WORLD OF WARCRAFT
CYCLE OF HATRED

키스 R. A. 디캔디도 지음 / 유미지 옮김

제우미디어

증오의 굴레

초판 1쇄 | 2019년 6월 5일

지은이 | 키스 R. A. 디캔디도
옮긴이 | 유미지

펴낸이 | 서인석
펴낸곳 | 제우미디어
출판등록 | 제 3-429호
등록일자 | 1992년 8월 17일
주소 | 서울시 마포구 독막로 76-1 한주빌딩 5층
전화 | 02-3142-6845
팩스 | 02-3142-0075
홈페이지 | www.jeumedia.com

ISBN | 978-89-5952-792-2
• 파본은 구입하신 서점에서 교환해드립니다.

제우미디어 네이버 포스트 | post.naver.com/jeumediablog
제우미디어 페이스북 | facebook.com/jeumedia

만든 사람들
출판사업부 총괄 손대현 | **편집장** 전태준
책임 편집 안재욱 | **기획** 홍지영, 박건우, 장윤선, 조병준, 성건우, 오사랑, 서민성
디자인 총괄 디자인 수 | **영업** 김금남, 권혁진
도움 주신 분 블리자드코리아 현지화팀, 홍보팀, 커뮤니티팀, 마케팅팀, 웹서비스팀

그레이스앤 안드레아시 디캔디도,
헬가 보르크, 어슐러 K. 르 귄,
콘스탄스 하셋, 조안 돕슨,
그리고 정말 많은 것을 가르쳐준 여성들에게

감사의 말

먼저 블리자드의 게임 구루인 크리스 멧젠에게 감사 인사를 전합니다. 그분이 워크래프트에 얼마나 많은 기여를 했는지는 말로 다 표현할 수 없습니다. 우리가 전화와 이메일로 나눈 내용은 굉장한 결실을 거뒀고, 놀랍도록 창의적인 에너지를 이끌어냈습니다.

두 번째로 포켓 북스의 담당 편집자인 마르코 팔미에리와 상사인 스콧 섀넌에게 감사드립니다. 이 책을 쓰는 게 좋은 생각이라는 것을 두 사람 모두 믿어주었죠. 그리고 멋진 에이전트 루시엔 다이버에게도 감사드립니다.

세 번째로 다른 워크래프트 소설가인 리처드 나크, 제프 그럽, 크리스티 골든에게 감사의 마음을 전합니다. 특히 제프의『마지막 수호자』와 크리스티의『부족의 군주』는 에이그윈과 스랄의 캐릭터를 형성하는 데 큰 도움이 되었습니다.

끝으로 광기에 기반한 이성을 유지하는 데 큰 도움이 되어준 말리부 갱, 엘리티스트바스터드, 노벨스크라입스, 잉크웰 등 여러 메일링 리스트, CITH와 CGAG, 이런 날 참아주는 팔롬보 친구들, 쿄시 폴을 비롯한 도장의 착한 친구들, 그리고 나와 함께 살면서 늘 믿어주는 인간과 고양이에게도 감사 인사를 전합니다.

역사가의 주석

이 소설은 〈월드 오브 워크래프트〉가 시작되기 일 년 전에 일어난 사건을 서술하고 있습니다. 이는 불타는 군단의 침공이 시작되고 오크와 인간, 나이트 엘프 연합군이 군단을 격퇴한 〈워크래프트 III: 레인 오브 카오스〉와 〈워크래프트 III 확장팩: 프로즌쓰론〉의 시점에서 약 삼 년 뒤 이야기입니다.

제 1 장

에릭이 카운터 뒤에 매달아둔 악마의 두개골에 에일 맥주가 묻어 있는 것을 보고 닦아내던 그때, 이방인이 주점 안으로 들어섰다.

악마파멸 여관 겸 선술집은 사람들이 많이 찾는 곳은 아니었다. 모르는 얼굴이 찾아드는 일은 흔치 않았다. 물론 이름을 모르는 손님이야 적지 않았다. 에릭은 단골손님들도 얼굴만 기억했다. 주머니에 돈이 있고 얼근히 술을 마실 줄만 안다면 들어오는 사람이 누구든 크게 신경 쓰지 않았다.

탁자에 앉은 이방인은 무언가를 기다리거나 아니면 누군가를 찾는 듯했다. 그는 칙칙한 목재 벽에 시선을 두진 않았다. 창문도 없고 불빛이라고는 횃불 두어 개뿐인 악마파멸 여관의 조명 아래에서는 어차피 거의 보이지 않는 벽이었다. 그렇다고 작고 둥근 나무 탁자와 의자들을 보고 있는 것도 아니었다. 에릭은 탁자를 특별한 형태로 배열하지는 않았다. 어차피 손님들이 마음대로 이리저리 옮겨놓을 테니까.

잠시 후 이방인은 자리에서 일어나 바를 향해 다가왔다.

"주문받으러 오길 기다리고 있었는데요."

"그런 건 안 하외다."

에릭은 뚱한 표정으로 대꾸했다. 그는 애초에 적지 않은 돈을 주고 종업원을 부리는 건 아무 의미도 없다고 생각했다. 술을 마시고 싶은 손님은 그냥 바에 와서 주문을 하면 된다. 너무 많이 취해서 바까지 올 정신도 없는 사람에게는 술을 더 팔고 싶은 생각도 없었다. 그 정도로 술에 취한 사람이라면 싸움질하는 경우가 많았다. 에릭은 조용한 선술집을 원했다.

이방인은 은화 한 닢을 바에 내려놓으며 물었다.

"이 집에서 제일 비싼 술이 뭔가요?"

"북부에서 가져온 멧돼지 그로그주지. 오크가 만드는 술인데 푹 발효시켜서……."

말이 채 끝나기도 전에 이방인은 콧등을 일그러뜨리며 말했다.

"아니, 오크 술은 마시지 않아요."

에릭은 어깨를 으쓱했다. 술을 고르는 기준은 사람마다 달랐다. 맥주가 옥수수 위스키보다 나은 점을 두고 정치 문제나 종교 문제로 다투는 것보다 더 치열하게 싸우는 모습도 봤었다. 이방인이 오크 술을 싫어하든 말든 에릭은 아무 상관없었다.

"옥수수 위스키도 있소이다. 지난달에 만든 새 술이지."

"그걸 줘요."

이방인이 손으로 바를 쿵 내리치자 한자리에 모아둔 땅콩 껍질과 산딸기 씨앗 등이 이리저리 흩어졌다. 에릭이 바를 청소하는 건 일 년에 한 번 정도였다. 악마 두개골과는 달리 바를 눈여겨보는 사람은 아무도 없었고, 에릭은 눈에 띄지 않는 곳을 청소해야 할 필요성을 전혀 느끼지 않았다.

단골손님으로 늘 그로그주를 마시는 군인 한 명이 이방인을 향해 고개를 돌리며 물었다.

"오크 술을 왜 싫어하는지 얘기해줄 수 있나?"

에릭이 옥수수 위스키를 찬장에서 꺼내 그럭저럭 깨끗한 잔에 따르는 사이, 이방인은 어깨를 으쓱하고는 대답했다.

"오크 술을 싫어하는 건 아닙니다, 나리. 오크를 싫어할 뿐이죠."

이방인은 손을 내밀며 말을 이었다.

"마르고즈라고 합니다. 어부인데 이번 철에는 그물에 걸리는 게 별로 없어서 기분이 좋지 않네요."

군인은 악수도, 자기소개도 하지 않은 채 무심히 대꾸했다.

"당신이 영 시원찮은 어부라서 그런 거겠지."

마르고즈는 군인이 살갑게 굴 생각이 없다는 걸 눈치채고는 손을 내려 옥수수 위스키 잔을 들었다.

"사실은 썩 괜찮은 어부입니다, 나리. 쿨 티라스에서는 형편도 나쁘지 않았고요. 사정이 생겨 어쩔 수 없이 이곳으로 이사를 해야 했지만 말입니다."

마르고즈의 반대편에 앉은 상인이 에일 맥주잔을 들여다보며 투덜거렸다.

"사정은 무슨. 불타는 군단과 싸우느라고 징집됐겠지, 안 그래?"

마르고즈는 고개를 끄덕였다.

"다들 그렇지 않나요? 여기 테라모어에서 새로운 삶을 살아보려고 했는데, 저 망할 초록 괴물들이 좋은 어장을 모조리 차지해버린 바람에 도무지 먹고 살 방법이 없지 뭡니까?"

마르고즈의 뒷말은 어떨지 몰라도 앞부분만큼은 에릭도 동의하는 바가 있어 절로 고개가 끄덕여졌다. 에릭 자신도 불타는 군단을 몰아낸 후 테라모어로 흘러들어 왔다. 싸우러 온 건 아니었다. 그가 고향을 떠났을 때 싸움은 이미 끝나 있었으니까. 그저 유산을 물려받고자 온 것이었다. 에릭의 형 올라프는 군단과 싸우다 목숨을 잃었고, 복무가 끝나면 선술집을 열겠다며 모아두었던 금화를 에릭에게 남겼다. 그 돈과 함께 올라프가 힘겨운 싸움 끝에 처치한 악마의 두개골이 에릭에게 전해졌다. 그는 딱히 선술집을 운영할 생각은 없었지만, 그렇다고 달리 하고 싶은 일이 있는 것도 아니어서 전사한 형을 기리는 의미로 '악마파멸 선술집'을 열었다. 테라모어 사람들이라면 악마를 몰아내고 형성된 이 도시 국가와 어울리는 이름에 좀 더 끌리리라 예상했고, 다행히 그의 예상은 맞아떨어졌다.

"가만히 있을 수가 없군. 당신도 전쟁터에서 싸웠을 것 아닌가, 어부 양반. 오크들이 우리와 함께 어떻게 싸웠는지도 잘 알고 있을 테고."

군인의 말에 마르고즈가 대답했다.

"그때 이야기를 하자는 게 아닙니다, 나리. 지금 하고 있는 짓 때문에 힘든 거지요."

군인 뒤편 탁자에 앉아 있던 선장이 말을 보탰다.

"그것들이 좋은 건 몽땅 차지했어. 북쪽 톱니항 방면에는 그놈의 고블린들이 늘 오크 배만 수리해주고 항구를 내어준다니까. 지난달에는 내 작은 고깃배도 반나절이나 기다린 후에야 항구에 댈 수 있었다고. 그게 다가 아니야, 두 시간쯤 뒤에 오크 배가 들어왔는데 바로 자리가 나더라니까."

군인은 선장을 향해 고개를 돌리고서 말했다.

"그러면 톱니항 말고 다른 곳으로 가지 그랬나."

선장은 어이가 없다는 표정을 지으며 대꾸했다.

"그게 말처럼 쉬운 일이 아니잖아."

"어차피 배를 수리할 필요도 없어."

선장과 함께 앉아 있던 남자가 불쑥 끼어들었다. 두 사람의 비슷한 차림새로 보아 에릭은 그가 일등 항해사일 거라고 생각했다. 그 남자가 말을 이었다.

"오그리마 위쪽 산에는 떡갈나무가 자란다고. 우리 쪽엔 뭐가 있는데? 기껏해야 비실비실한 가문비나무뿐이지. 놈들은 떡갈나무를 몽땅 쓸어가고 있어. 좋은 목재는 죄다 차지한다고. 우리 배들은 습지에서 자라는 쓰레기로 만들다 보니 여기저기 물이 새고 난리인데 말이야."

그러자 다른 사람들도 투덜거리며 그 말에 동의를 표했다.

"다들 오크가 없었으면 좋겠다는 건가?"

군인은 주먹으로 힘껏 바를 내리쳤다.

"그들이 없었다면 우린 악마의 먹잇감이 되었을 거야. 그건 분명한 사실이라고!"

"그걸 부정할 사람은 없을 겁니다. 하지만 자원이 불공평하게 분배되고 있는 건 분명한 사실이지요."

마르고즈가 위스키 잔을 홀짝이며 말하자, 에릭이 서 있는 곳에서는 보이지도 않는 누군가가 입을 열었다.

"뭐, 예전에는 오크들도 전부 노예였지. 따지고 보면 인간의 노예이기도 했고, 불타는 군단의 노예였던 적도 있었잖아. 그러니 이제 와서 손에 넣을 수 있는 건 모두 차지하려 든다고 해도 그렇게 비난할 수만은 없잖아."

"놈들이 우리 것을 빼앗아 간다면 난 비난할 자격이 있지."

선장의 말에 상인도 고개를 끄덕였다.

"다들 알다시피 놈들은 이곳 출신도 아니야. 무슨 다른 세계에서 온 건데, 그것도 불타는 군단을 따라온 거라고."

일등 항해사가 투덜거렸다.

"그냥 자기네 고향으로 돌아가라고 그래."

"프라우드무어 여군주님이 대체 무슨 생각을 하고 있는 건지 알 수가 없다니까요."

마르고즈가 불쑥 말했다.

에릭은 눈살을 찌푸렸다. 그 말 한마디에 선술집은 갑자기 침묵에 잠겼다. 마르고즈가 그 말을 하기 전까지만 해도 여기저기에서 여러 사람들이 중얼거리며 다른 이들의 말이나 감정에 호응하고 있었다.

하지만 마르고즈가 제이나 프라우드무어라는 이름을 언급하자마자, 아니 그 이름을 비난하는 투로 투덜거리자마자, 선술집에는 완전한 고요가 내려앉았다.

너무 조용했다. 에릭은 지난 삼 년 동안 이 선술집을 운영하면서 두 가지 현상이 나타나면 싸움이 벌어진다는 사실을 배웠다. 하나는 술집이 너무 시끄러워졌을 때, 또 하나는 너무 조용해졌을 때였다. 선술집이 쥐 죽은 듯 조용해지면 끔찍한 싸움판이 벌어진다는 징조였다.

첫 번째 군인 곁에 앉아 있던 또 한 명의 병사가 자리에서 일어섰다. 어깨가 우락부락하게 벌어진 이 병사는 지금껏 아무 말도 하지 않았었다. 그가 입을 열자 낮게 울리는 음성에 바 뒤쪽에 있는 악마의 두개골이 덜덜 떨릴 지경이었다.

"프라우드무어 여군주님께 그따위 말을 지껄인다는 건 이제부터 그 주둥이를 쓰지 않고 여생을 보내고 싶다는 뜻이겠지."

마르고즈는 침을 꿀꺽 소리 나게 삼켰다.

"저는 우리 모두의 지도자이신 제이나 님을 존경하는 마음 외에 다른 마음은 없어요, 나리. 정말입니다."

마르고즈는 옥수수 위스키를 위험하다 싶을 만큼 단숨에 들이켰고, 그

바람에 두 눈이 커다래졌다. 마르고즈는 머리를 몇 차례 절레절레 저었다. 그를 보며 상인이 말을 이었다.

"프라우드무어 여군주님은 진심으로 우리를 위해 주시는 분이야. 불타는 군단을 몰아낸 후에는 우리를 이렇게 하나의 공동체로 묶어주셨고. 당신이 불평하는 것도 이해해, 마르고즈. 하지만 어느 것 하나 여군주님을 탓할 수는 없어. 난 살면서 꽤 많은 마법사를 만나봤는데, 대부분 내 발톱의 때보다도 더 더러운 자식들이었어. 하지만 여군주님은 다르다고. 여군주님을 비난하는 데 동조할 사람은 여기 아무도 없어."

"여군주님을 비난하려는 건 아니었어요, 나리. 하지만 여기 계신 분들이 말씀하신 좋은 목재를 사들일 수 있는 무역 협정이 왜 아직도 체결되지 않았는지, 조금 의아하긴 합니다."

마르고즈의 목소리는 섣불리 들이켜버린 옥수수 위스키 때문에 조금 떨리고 있었다. 그는 잠시 생각에 잠긴 표정이었다.

"어쩌면 여군주님께선 시도를 하셨는데 오크들이 수락하지 않았을지도 몰라요."

선장은 에일 맥주를 꿀꺽 삼킨 후 말했다.

"어쩌면 오크들이 그분께 북부감시 요새를 떠나라고 했는지도 모르지."

상인이 그 말을 받았다.

"우린 북부감시 요새를 떠나야 해. 불모의 땅은 원래 중립 지역이라고. 처음부터 양측이 그렇게 합의했었잖아."

병사의 표정이 딱딱하게 굳었다.

"미치지 않고서야 우리가 그 땅을 포기할 이유가 있나."

그러자 마르고즈가 말했다.

"그곳은 오크들이 프라우드무어 제독님과 싸운 곳이죠."

상인이 고개를 절레절레 저었다.

"그래, 수치스러운 곳이야. 프라우드무어 여군주님은 좋은 지도자이지만, 그분의 선친은 그렇게 어리석었지. 그 끔찍한 사건은 그냥 통째로 잊어버리는 게 나아. 하지만 그러려면 우선―"

선장이 말을 잘랐다.

"내 생각에는 우리가 북부감시 요새 너머로 진출하는 게 옳아."

말을 끝마치지 못했기 때문인지 아니면 선장의 말이 마음에 들지 않기 때문인지는 몰라도, 언짢아진 목소리로 상인이 쏘아붙였다.

"미쳤어?"

"당신이야말로 미친 거 아니야? 오크들이 우리를 쥐어짜고 있어! 놈들이 축복받은 대륙을 몽땅 차지했고, 우리는 고작 테라모어가 전부잖아. 불타는 군단을 쫓아낸 뒤로 벌써 삼 년이 지났어. 그런데 우리 땅에서 이렇게 하층민으로 살아가야 한단 말이야? 이런 똥통 같은 도시 국가에서 갇혀 사는 게 말이 되느냐고!"

"테라모어는 인간의 영토 어느 곳과 비교해도 모자람이 없는 곳이다."

병사는 당당한 목소리로 말했지만 체념한 듯한 태도였다.

"오크의 영토가 넓다는 건 분명 사실이다. 그래서 북부감시 요새가 필수적이라는 거야. 테라모어 성벽 너머에 구축된 방어선을 유지할 수 있도록 해주니까."

"게다가 오크들은 우리가 그곳에 머무는 걸 좋아하지 않아. 내 생각엔 그 이유만으로도 요새를 남겨둬야 할 것 같은데?"

일등 항해사는 맥주잔을 들여다보며 웃음기 띤 목소리로 말했다.

"아무도 네 생각 따위는 안 물어봤어."

거친 목소리로 상인이 쏘아붙이자 카운터에 서 있던 다른 남자가 입을 열었다.

"이제 누군가 물어봐야 할 때가 됐는지도 모르지. 오크는 칼림도어가 지들 땅이라는 듯이 굴잖아. 우리는 뜨내기 취급하고 말이야. 하지만 여긴 우리 고향이야. 그러니까 우리 몫을 되찾아야지. 오크는 인간이 아니고, 이 세계 출신도 아니야. 놈들이 무슨 권리로 우리 삶을 결정한다는 거야?"

카운터 아래쪽으로 자리를 옮긴 에릭은 그가 부두에서 장부 담당자로 일하는 사람이라는 것을 알아볼 수 있었다.

"오크들도 나름대로 자기네 삶을 살아갈 권리가 있지 않아?"

상인의 물음에 병사는 고개를 끄덕이며 말했다.

"불타는 군단과 싸우면서 그 정도 권리는 얻었다고 할 수 있겠지. 오크가 아니었다면……."

병사는 남은 술을 벌컥벌컥 마셔버리고는 잔을 에릭 쪽으로 밀었다.

"에일 맥주를 줘."

에릭은 머뭇거렸다. 그로그주 병을 향해 손을 뻗던 참이었다. 이 병사는 에릭이 악마파멸 선술집을 연 이후로 단 한 번도 그로그주 외의 다른 술은 마신 적이 없었다.

하지만 삼 년 내내 찾아준 손님에게 의문을 제기할 이유는 없었다. 게다가 돈을 내기만 한다면 비눗물을 마신다고 해도 에릭이 상관할 바는 아니었다.

선장이 말했다.

"사실 이건 우리 세계야. 우리의 생득권이라고. 그 오크들은 우리 집에 찾아온 손님일 뿐이고, 손님이면 손님답게 굴어야 하는 거잖아!"

열띤 대화가 다시 시작되었다. 에릭은 술을 몇 잔 더 따르고, 술잔 몇 개를 개수대에 넣고, 상인에게 에일 맥주 한 잔을 더 가져다준 후에야 오늘의 모든 논란을 촉발시킨 마르고즈가 이미 선술집을 떠났다는 사실을 깨달았다.

팁도 한 푼 남기지 않은 채 그냥 사라져버렸다. 에릭은 경멸하는 표정으로 고개를 절레절레 저었다. 그 어부의 이름은 어느새 그의 기억 속에서 사라졌다.

하지만 그의 얼굴만은 기억에 남을 것이다. 그리고 나중에라도 그 망할 녀석이 이 선술집에 다시 나타나면, 달랑 한 잔 마시면서 소란만 피운 대가로 그의 술에 침이나 잔뜩 뱉어줄 심산이었다. 에릭은 말썽을 피우는 사람이 선술집에 오는 걸 싫어했다. 딱 싫었다.

더 많은 사람들이 오크에 대해 불평을 늘어놓기 시작했다. 병사 옆에 있던 덩치가 에일 맥주잔으로 카운터를 내리치는 바람에 술이 악마의 두개골까지 튀었다. 에릭은 한숨을 내쉬며 두개골에 묻은 술을 행주로 닦아냈다.

예전의 마르고즈는 테라모어의 어두컴컴한 거리가 너무 무서워서 혼자 돌아다니는 건 상상도 못했다.

사실 테라모어처럼 긴밀한 공동체에서 범죄 걱정은 별로 할 필요가 없었다. 거의 모든 사람이 서로를 잘 알고 있고, 설령 모르는 사람이라 해도 상대를 잘 아는 다른 사람을 알고 있는 이런 지역에서는 애초에 범죄 행위라는 것이 빈번하게 일어날 수가 없었다. 혹여 범죄 행위를 저지르는 자가 있다면 프라우드무어 여군주의 병사들이 신속하고 냉혹하게 처벌했다.

그럼에도 마르고즈는 왜소하고 여린 축에 속했고, 덩치가 크고 강한 녀석들은 언제나 약한 사람을 먹잇감으로 삼는 일이 많았다. 마르고즈는 되도록이면 한밤중에 혼자 돌아다니는 것을 피했다. 크고 강한 녀석들은 한밤의 어둠 속에 숨어 있다가 약한 사람을 두들겨 패며 자신의 덩치와 힘을 자랑하는 경우가 적지 않았다. 그리고 대부분의 경우 마르고즈는 두들겨 맞는 쪽에 속했다. 덕분에 마르고즈는 상대가 말하는 대로 복종해 상대방을 기쁘게 해주는 것이 폭력을 피할 수 있는 최선의 방법이라는 것을 일찌감치 깨달았다.

하지만 이제는 그런 자들이 두렵지 않았다. 아니, 아무것도 두렵지 않았다. 지금 그에게는 보호자가 있기 때문이었다. 물론 지금도 상대가 말하는 대로 복종해야 하는 건 마찬가지였지만, 그에 따른 보상으로 힘과 부를 얻게 될 것이었다. 예전에는 보상이라고 해봐야 죽기 직전까지 얻어맞는 꼴을 피하는 것이 전부였다. 어쩌면 단순히 뱃속을 조여들게 하는 공포를 다른 공포로 대체하는 행위에 불과할 수도 있지만, 적어도 지금은 상황이 훨씬 나아졌다고 생각했다.

짭조름한 산들바람이 항구 쪽에서 불어왔다. 마르고즈는 깊이 숨을 들이쉬었다. 바다 내음은 그에게 힘을 주었다. 악마파멸 선술집에서 한 얘기는 일부만 사실이었다. 그는 어부였지만 실력이 괜찮다는 평가를 들은 적은 단 한 번도 없었다. 그리고 얘기했던 것과는 달리 불타는 군단과의 전투에 참여한 적도 없었다. 불타는 군단이 쫓겨난 후에 이곳으로 흘러들었을 뿐이다. 그는 쿨 티라스보다 이곳에서 더 많은 기회가 있기를 바랐다. 마르고즈의 형편으로는 썩 좋은 그물을 얻을 수도 없었지만, 가격을 고려하더라도 그 그물은 너무 형편없었다. 하지만 부두 관리인들에게 그에 대한 불만을 토로하자 그는 누구나 예상할 법한 대접을 받았다. 흠씬 두들겨 맞은 것이다.

그래서 그는 프라우드무어 여군주가 통치하는 땅을 찾아 이주하는 사람들의 행렬을 따라서 칼림도어로 왔다. 하지만 그렇게 이주해온 어부는 마르고즈 혼자가 아니었고, 여전히 그는 최고의 어부라고 하기엔 어려웠다.

보호자가 나타나기 전까지 마르고즈는 궁핍한 생활을 했다. 사실 잡은 물고기를 팔기는커녕 끼니를 때우기도 어려운 상황이라, 그는 닻을 붙잡고 배 밖으로 뛰어내려버릴까 심각하게 고민하던 중이었다. 그렇게라도 모든 불행을 끝내고 싶었다.

하지만 그때 보호자가 나타났고 상황은 달라졌다.

마르고즈는 잠시 후 소박한 거처에 도착했다. 그의 보호자는 그보다 더 나은 곳으로 이사하는 걸 허락하지 않았다. 환기도 되지 않고, 가구도 엉망이고, 쥐가 들끓는다고 아무리 사정해봐도 보호자는 꼴사납다며 징징거리지 말라고 했다. 보호자가 말하길, 마르고즈의 형편이 갑자기 바뀌면 불필요하게 사람들의 이목을 끌 것이라고 했다. 가능한 한 사람들의 눈에 띄지 말아야 한다는 말도 덧붙였다.

하지만 그것도 오늘까지였다. 오늘은 악마파멸 선술집에 들어가서 반(反)오크 정서의 불씨를 지피라는 지시를 받았다. 예전 같았으면 그런 장소에 감히 발을 들이지도 못했을 것이다. 약자만 골라서 괴롭히는 걸 좋아하는 사람들은 보통, 여럿이 무리를 지어 선술집에 모여드는 일이 많았다. 바로 그런 이유 때문에 마르고즈는 늘 선술집을 피했다.

아니, 정확히 말하면 피하는 쪽을 선호했다.

그는 방에 들어섰다. 빵 한 조각보다 그리 두껍지 않은 침상, 너무 거칠어서 견딜 수 없이 추운 겨울밤에만 덮는 삼베 이불, 등불 하나 정도를 제외하면 사실상 아무것도 없는 방이었다. 벽의 갈라진 틈 사이로 쥐 한 마리가 바삐 지나갔다.

마르고즈는 한숨을 내쉬었지만 다음엔 또 어떤 일을 해야 하는지 떠올렸다. 더 나은 거처로 옮길 수 없다는 사실 외에도, 마르고즈가 보호자와 거래하는 데 있어 가장 싫어하는 건 보호자가 남기는 냄새였다. 그건 보호자가 다스리는 마법의 부작용이었다. 그런 냄새가 무슨 이유로 남는지는 몰라도, 마르고즈가 그걸 싫어한다는 것만큼은 분명했다.

그래도 힘을 얻기 위해서라면 악취 정도는 감수할 수 있었다. 물리적인 폭력에 대한 두려움 없이 거리를 활보하고 악마파멸 선술집에서 술을 마실 수 있다면 기꺼이 참을 수 있었다.

목깃으로 손을 넣은 마르고즈는 불타는 검 모양의 은 펜던트를 꺼냈다. 그리고 그 검의 날이 손바닥에 박힐 정도로 펜던트를 꽉 쥔 채 암기한 말을 암송했다. 무슨 뜻인지는 알아내지 못했지만 입 밖으로 내뱉을 때마다 말로는 표현하지 못할 공포가 치밀어 오르는 말이었다.

"갈탁에레드나쉬. 에레드나쉬 반 갈라르. 에레드나쉬 하빅 이르토그. 갈탁에레드나쉬."

유황의 악취가 작은 방 안에 퍼졌다. 마르고즈가 싫어하는 순간이었다.

갈탁에레드나쉬. 내가 명령한 대로 하였느냐?

"네, 그렇습니다."

마르고즈는 생쥐가 찍찍거리는 듯한 자신의 목소리가 부끄러웠다. 애써 헛기침을 하며 그는 목소리를 가다듬으려 했다.

"지시하신 대로 했습니다. 오크들 때문에 힘이 든다는 말을 하자마자 선술집에 있던 거의 모든 사람들이 저마다 말을 보탰습니다."

거의?

마르고즈는 위협하는 듯한 단 한마디의 질문이 마음에 들지 않았다.

"한 남자는 뜻을 굽히지 않았습니다. 하지만 다른 사람들이 합심해서 그를 공격했지요. 사실상 모두의 분노를 한 몸에 받은 희생양이 된 셈입니다."

그럴지도 모르지. 잘했다.

그 말에 마음이 놓였다.

"감사합니다, 정말 감사합니다. 제가 도움이 될 수 있다니 정말 기뻐요."

마르고즈는 잠시 주저하다가 말을 이었다.

"이런 말씀을 드려도 되는지 모르겠습니다만, 이제 제 생활을 조금이라도 개선하면 안 될까요? 보셨겠지만 쥐까지—"

너는 우리를 섬겼다. 보상을 받으리라.

"전에도 그렇게 말씀하셨습니다만, 가능하면 빨리 그 보상을 받고 싶습니다."

그는 평생 동안 함께했던 공포를 이용해보기로 결심했다.

"아시는지 모르겠는데, 오늘 저녁에는 심각한 위험에 처했었습니다. 부두 근처를 혼자 걷는다는 건—"

우리를 섬기는 한, 네게 위해가 가해질 일은 없다. 이 세상을 거닐 때 더는 두려움을 느낄 필요가 없다, 마르고즈.

"무, 물론 그렇겠죠. 제 말은 그저—"

넌 그저 네게 허용되지 않은 삶을 살고 싶다고 말하고 있다. 하지만 충분히 용인할 수 있는 생각이겠지. 인내심을 가져라, 마르고즈. 때가 되면 보상이 널 찾아갈 것이다.

유황 냄새가 조금씩 가시기 시작했다.

"감사합니다. 갈탁에레드나쉬!"

보호자 또한 희미한 목소리로 말했다.

갈탁에레드나쉬.

마르고즈의 숙소에는 다시 침묵이 내려앉았다.

그때 벽을 쿵쿵 두드리는 소리와 함께 벽 너머에서 이웃 사람의 고함 소리가 들려왔다.

"좀 닥쳐! 잠잘 시간이라고!"

마르고즈는 고작 이런 거친 말투 몇 마디에도 두려움에 사로잡혀 부들부들 떨던 때가 있었다. 하지만 이웃의 말을 무시한 채 침상에 편히 누웠다. 악취 때문에 잠을 설치지 않길 바라면서.

제 2 장

"도무지 이해가 안 갑니다. 안개라는 건 무슨 목적으로 존재하는 걸까요?"

오크 상선 오르가타르의 볼릭 선장은 후회하리라는 걸 알면서도 당번병 라빈의 말에 자기도 모르는 사이 대꾸를 하고 말았다.

"목적이라는 게 있어야 하는 건가?"

라빈은 볼릭 선장의 엄니 닦는 일을 계속하면서 고개를 저었다. 모든 오크가 그렇게 엄니를 닦는 건 아니었지만, 볼릭은 오르가타르의 선장으로서 선원들 앞에 설 때는 말쑥해야 한다고 생각했다. 오크는 고귀한 종족이었지만, 고향에서 쫓겨나 악마와 인간의 노예로 살아야 했다. 노예로 살아가던 오크는 늘 더럽고 단정하지 못한 차림새였다. 듀로타에서 위대한 전사 스랄의 어진 통치 아래 살아가는 자유로운 오크로서, 볼릭은 가능한 한 과거의 노예와는 다른 모습을 보여줘야 한다고 생각했다. 그런 생각 속에는 대부분의 오크들은 도저히 이해할 수 없는 낯선 개념인 몸단장이 포함되어 있었고, 볼릭은 선원들에게도 어느 정도의 단정한 모습을 요구했다.

그리고 라빈은 오르가타르의 어지간한 선원들보다 선장의 지시를 잘 따랐다. 라빈은 눈썹을 손질했고, 엄니와 이를 닦았으며, 손톱은 날카롭게 다듬었다. 몸치장도 최소화해서 코걸이와 문신 하나뿐이었다.

볼릭 선장의 질문에 라빈은 이렇게 답했다.

"음, 이 세상의 모든 것에는 일종의 목적이 있습니다. 그렇지 않습니까? 이를테면 물은 우리가 먹을 물고기를 제공해주고 배를 이용해서 이동할 수 있게 해줍니다. 공기는 우리가 숨 쉴 수 있도록 존재하는 것이고요. 땅은 우리에게 식량을 주고, 집을 지을 때 토대가 되어줍니다. 우리는 나무로 배를 만들기도 하지요. 눈과 비는 바닷물과 달리 우리가 마실 수 있는 물이 되어줍니다. 그런 것들은 모두 의미가 있지 않습니까."

라빈은 볼릭 선장의 손톱 손질로 주의를 돌렸고, 볼릭도 앞으로 내밀었던 몸에서 힘을 뺐다. 등받이 없는 의자는 선실의 칸막이벽 바로 옆에 놓여 있던 터라 볼릭은 그 벽에 등을 기댈 수 있었다.

"그런데 안개는 아무 의미도 없다, 이건가?"

"주는 것도 없이 그저 성가시기만 하잖습니까."

선실을 희미하게 비추는 등불 아래 깨끗하게 닦은 이를 반짝이며 볼릭이 웃었다. 현창으로는 빛이 들어오지 않았다. 라빈이 불만을 토로하고 있는 바로 그 안개 때문이었다. 선장이 물었다.

"눈과 비도 성가신 건 마찬가지잖나."

"그건 그렇습니다, 선장님. 맞는 말씀입니다."

라빈은 엄지손톱을 날카롭게 다듬고는 다음 손가락으로 넘어갔다.

"하지만 이미 말씀드렸다시피 눈과 비에는 더 중요한 목적이 있습니다. 성가시긴 하지만 그걸 보완할 만한 도움을 주잖습니까. 그런데 솔직히 말해서 안개가 무슨 도움을 줍니까? 우리 뱃길만 방해하고, 정작 도와주는 건 아무것도 없지 않습니까?"

볼릭 선장은 당번병 라빈을 바라봤다.

"그럴지도 모르지. 하지만 말이야, 안개가 우리에게 어떤 도움을 주는지 아직 깨닫지 못한 것인지도 몰라. 눈이라는 게 단순히 비가 얼어서 생기는 물질이라는 사실조차 몰랐던 때가 있었으니까. 당시의 오크라면 눈을 보면서 지금 네가 안개를 보며 생각하는 것과 동일한 불만을 느꼈을지도 모르지. 결과적으로는 추운 계절에 마실 물을 얻을 수 있다는 사실을 깨닫게 되었겠지. 그러니까 이건 안개의 잘못이 아니야. 아직 진실을 알아내지 못한 우리 잘못이지. 그리고 원래 그런 법이다, 라빈. 이 세계는 우리가 알 준비가 되었을 때, 알아야 할 것을 알려준다. 미리 알려주는 경우는 없어. 그게 이 세상이 돌아가는 방식이다."

라빈은 손톱 다듬기를 마치고 광을 내기 시작하면서 선장의 말을 곱씹었다.

"그럴 수도 있겠죠. 하지만 오늘은 정말이지 안개가 아무런 도움도 안 주고 있잖습니까, 선장님?"

"그건 그래. 선원들은 어떻게 지내고 있나?"

라빈은 어깨를 으쓱하며 대답했다.

"나름 잘들 지내고 있는 것 같습니다. 하지만 망루에 올라간 망꾼이 자신의 엄니도 보이지 않는다며 투덜거립니다."

볼릭은 눈살을 찌푸렸다. 지금까지 일정하게 흔들리던 배가 언제부터인가 조금씩 튀어 오르는 것 같았다. 대부분의 경우 그런 징후는 이 배가 다른 함선의 영향을 받고 있다는 뜻이었다.

손톱을 다듬던 라빈을 밀어내고 의자에서 일어나며 볼릭이 말했다.

"나중에 계속하자, 라빈."

무릎을 꿇고 앉아 있던 라빈도 자리에서 일어나며 고개를 끄덕였다.

"알겠습니다, 선장님."

볼릭은 아버지의 철퇴를 들고 선실을 나와 좁은 통로로 나섰다. 오르가타르는 볼릭이 자신의 아버지이자 철퇴의 주인이었던 오르가트의 이름을 따서 명명한 배였다. 아버지는 불타는 군단과 싸우다 목숨을 잃었고, 볼릭은 아버지께 최고의 것만 헌정하고 싶어 고블린의 도움을 받아 오르가타르를 건조했다. 레이즈라는 이름의 연로하지만 명민한 고블린 조선공은 볼릭에게 오크의 체격을 감당할 수 있도록 통로를 특별히 넓게 제작해주겠노라 장담했다. 안타깝게도 키 작은 고블린이 '특별히 넓게' 제작한 통로였지만 볼릭에겐 그리 넓지 않았고, 거대한 체격의 볼릭은 갑판으로 올라가는 층계참에 애써 몸을 들이밀었다.

계단을 올라가던 볼릭은 일등 항해사 캐그가 계단을 내려오다가 멈춰 서는 모습을 봤다.

"지금 선장님을 뵈러 가던 중입니다."

캐그는 싱긋 웃었다. 기다란 엄니가 눈을 찌를 것 같았다.

"물살이 바뀐 걸 알아채셨을 줄 알았습니다."

캐그의 말에 볼릭은 쿡쿡 웃으며 갑판으로 올라섰다. 갑판에 도착하자마자 캐그를 층계참 아래로 불러내려 보고를 받지 않은 것이 후회되기 시작했다. 안개가 어찌나 짙은지 검으로 베어낼 수 있을 것만 같았다. 눈을 가리고도 갑판의 가장자리까지 갈 수 있을 만큼 오르가타르에 대해 잘 알고 있었지만, 지금은 달리 움직일 방법이 없었다. 캐그가 그의 뒤를 따랐다. 서로 볼 수 있으려면 코가 맞닿을 정도로 바짝 붙어 걸어야만 했다.

어차피 다른 함선이 보일 리 없다는 생각에, 그리고 지금 인근 해상에 다른 함선이 존재한다는 실질적인 증거 또한 없었기 때문에, 볼릭은 일등 항해사를 향해 시선을 돌렸다.

"무슨 일인가?"

캐그는 고개를 가로저었다.

"뭐라 말씀드리기 어렵습니다. 망꾼의 시야가 영 좋지 않아서 말입니다. 그런데 함선이 언뜻 보였다고 합니다. 먼저 본 건 테라모어 군함이었는데, 그 뒤에 인간이나 오크의 일반적인 함선과는 전혀 다른 배를 봤다고 합니다."

"자네는 어떻게 생각하는데?"

일등 항해사 캐그는 주저하지 않고 말했다.

"망꾼도 확신이 없었다면 보고하지 않았을 겁니다. 그가 처음에 본 배는 테라모어 군함이 맞는 듯한데 그 후에 목격한 배가 군함과 달라 보였다면, 그 두 척의 배는 서로 다른 함선인 것 같습니다. 전 적함이 두 척이라고 생각합니다. 게다가 밀려드는 파도의 형태를 보면 주위에 함선 두 척이 움직이고 있거나, 아니면 어느 한 척이 주위를 빙글빙글 돌고 있는 듯합니다. 안개가 이 지경인데 어느 쪽이 맞는지는 고민할 것도 없겠죠."

볼릭은 고개를 끄덕이며 일등 항해사의 말에 동의했다. 이 배의 망꾼인 바크는 수평선에 찍힌 점 두 개만 보고도 어느 쪽이 어선이고 어느 쪽이 군함인지 구분할 수 있었다. 심지어 노움이 만든 어선인지 인간이 만든 어선인지, 불타는 군단이 침공하기 전에 만든 군함인지 그 후에 만든 것인지도 구분할 수 있었다.

"함선 세 척이 서로 이렇게 근접해 있다는 건 곧 문제가 생길 거라는 뜻일 테지. 고동을 울려라. 지금 당장―"

"배다!"

볼릭은 위쪽을 바라보며 망꾼 바크의 모습을 찾아보려 했지만, 그의 머리 위로 솟아 있는 돛대 모두 안개 속에 잠겨 있었다. 바크의 목소리는 인간들이 '까마귀 둥지'라고 부르는 망루에서 들려왔다. 볼릭은 까마귀가 새의 일종이라는 건 알았지만, 그 새의 둥지가 망꾼의 망루와 무슨 관계가 있는지는 아직도 알 수 없었다. 어쨌거나 망루에 선 바크의 모습은 볼릭 선장의 눈에도 보이지 않았다.

캐그가 위를 향해 외쳤다.

"뭐가 보이나?"

"배가 접근합니다! 인간입니다! 식별 깃발은 달지 않았습니다!"

"군함은 어떻게 됐나?"

"지금은 보이지 않지만, 조금 전에 봤습니다! 이제 평행 항해합니다!"

볼릭은 이 상황이 마음에 들지 않았다. 식별 깃발을 달지 않은 배는 보통 해적을 의미했다. 어차피 이렇게 짙은 안개 속에서는 식별 깃발이 보일 리 없을 테니, 만약 상대가 해적이 아니라면 오크 함선을 아직 못 본 것인지도 모른다. 하지만 볼릭은 그런 가능성을 두고 위험을 감수할 수는 없었다. 화물을 잃게 될 가능성이 조금이라도 있다면 대비해야만 했다. 화물을 칼바위 언덕에 무사히 배달하지 못하면 볼릭은 항해 대금을 받을 수 없고, 그러면 선원들도 수당을 받을 수 없다. 선원들이 수당을 받지 못하면 선장의 신세는 더욱더 고달파질 것이다.

"고동을 울려라. 그리고 화물실에 경비병을 세워."

볼릭의 명령에 캐그가 고개를 끄덕였다.

"네, 알겠습니다."

"작살이다!"

바크의 외침과 동시에 볼릭은 욕설을 내뱉었다. 작살이 의미하는 건 두

가지 중 하나였다. 첫 번째는 상대 함선에서 오르가타르를 고래나 바다뱀 같은 거대한 바다 생물로 착각했다는 뜻이다. 두 번째는 상대가 해적이고 저 작살에는 승선 밧줄이 연결되어 있다는 뜻이다.

바다뱀이나 고래가 이렇게 북쪽까지 올라오는 일은 없었으므로, 두 번째 의미가 정답일 것이다.

작살들이 갑판에 내리꽂혔다. 후갑판으로 이어지는 계단과 안개 때문에 볼릭 선장의 눈에는 보이지 않는 곳이었다. 곧이어 작살에 연결된 밧줄이 팽팽하게 당겨졌다.

"적들이 승선한다!"

캐그의 고함 소리와 함께 또 다른 누군가의 목소리가 들려왔다.

"줄을 잘라!"

주먹으로 몸을 때리는 듯한 소리가 들리더니, 뒤이어 캐그가 다시 외쳤다.

"멍청한 소리하지 마라! 검으로는 저 밧줄을 자를 수 없다! 그러다가는 적의 공격에 노출되고 만다!"

갑자기 안개를 뚫고 마법에 소환이라도 된 것처럼 오르가타르에 승선하려는 적들이 나타나면서 모든 대화가 중단되었다. 인간이었다. 볼릭은 그들이 군복을 입고 있지 않다는 걸 알아챘다. 적의 복장에서 그 외에는 아무것도 알 수 없었다. 반드시 필요한 것만을 착용하는 오크와 달리 의복의 외형에 지나치리만큼 집착하는 인간의 습성을 볼릭은 전혀 이해할 수 없었다. 볼릭도 프라우드무어 여군주의 병사들이 어떤 군복을 입는지 정도는 알았지만 그게 전부였다.

"해적들을 죽여라!"

볼릭이 외쳤다. 사실 그 배의 선원들에게는 그런 지시가 필요 없었다. 전투는 이미 시작되었다. 볼릭은 오른손으로 아버지의 철퇴를 들어 올려

가장 가까이 있는 인간을 향해 휘둘렀다. 인간은 재빨리 몸을 굽혀 피한 후 검을 들고 달려들었다.

볼릭은 왼팔로 검을 쳐냈다. 하지만 그가 머리 위로 철퇴를 돌리며 두 번째 일격을 준비할 때, 인간은 이미 검을 들어 방어 태세를 마친 후였다. 하지만 인간이 검을 들어 올리자 복부가 볼릭에게 더 가까워졌고, 덕분에 볼릭은 쉽게 주먹으로 적의 배를 강타할 수 있었다. 인간은 고통에 몸을 구부리고 기침을 토하며 갑판 위로 쓰러졌다. 볼릭은 철퇴로 인간의 목덜미를 내리쳤다.

그때 적 두 명이 볼릭 앞에 나타났다. 2대1 상황이라면 그가 움츠러들거라고 기대한 게 분명했다. 하지만 오크 선장 볼릭은 그런 약골이 아니었다. 노예로 이 세계에 태어났지만 스랄에 의해 해방된 그는 다시는 인간 앞에서 두려움에 떨지 않겠노라 맹세했다. 물론 인간과 함께 싸운 적이 있었던 건 사실이지만, 열등한 존재처럼 인간 따위에게 고개 숙일 생각은 없었다, 절대로.

지금 검을 들고 달려오는 인간들에게도 마찬가지였다.

왼쪽에 있던 인간 해적이 칼을 휘둘렀다. 볼릭이 예전에 한 번 본 적이 있는 둥글게 휜 칼이었다. 오른쪽 해적은 짧은 검 두 자루를 휘둘렀다. 볼릭은 휜 칼을 왼팔로 막았다. 이번에는 칼날이 팔뚝을 파고드는 것이 느껴졌다. 그는 곧장 철퇴를 사용하여 짧은 검 하나를 쳐냈다. 다른 검 하나는 볼릭의 가슴을 아슬아슬하게 스쳤다.

왼팔에서 타는 듯한 고통이 느껴졌지만, 볼릭은 칼이 꽂혀 있는 팔을 재빨리 아래로 내렸다. 그의 월등한 힘과 예측불허의 움직임으로 왼쪽에 있던 적은 이제 무기를 잃었다. 그의 무기는 여전히 볼릭의 팔에 박혀 있었다. 볼릭은 오른쪽 해적을 걸어차면서 왼쪽 해적의 머리를 붙잡고 끌어내려 무릎을 꿇렸다.

짧은 검을 든 적은 다리가 부러질 수도 있었던 발길질을 가까스로 피했지만 그 과정에서 균형을 잃고 갑판에 나뒹굴었다.

볼릭은 육중한 왼손으로 머리를 붙잡고 있던 해적을 옆으로 집어던졌다. 그 해적의 머리는 돛대와 충돌하며 만족스럽게 우지끈 소리를 냈다.

하지만 그 틈을 타 오른쪽에 있던 해적이 다시 몸의 균형을 잡았다. 그자가 작은 검 두 개를 들고 달려드는 순간, 볼릭은 몸을 숙여 오른팔을 뒤로 쭉 뻗었다가, 철퇴를 힘껏 휘둘러 인간의 두개골을 내리쳤다. 해적은 그 자리에서 즉사했다.

"바크!"

볼릭은 돛대를 향해 외치며, 팔에 박힌 해적의 검을 빼서 의식을 잃은 주인 옆 난간 밖으로 내던졌다.

"고동을 울려라!"

인간 해적은 오크어를 모를 가능성이 크기 때문에 뱃고동이 울릴 것을 예상하지 못할 터였다.

이윽고 귀를 찢을 듯한 굉음이 주위를 가득 채웠다. 볼릭은 뼛속까지 뒤흔들 소음에 대비해 이미 단단히 마음의 준비를 해둔 상태였다. 그리고 눈에 보이지는 않지만 배의 다른 선원들도 마음의 준비를 해두었길 바랐다.

볼릭의 눈에 보이는 인간들은 속수무책으로 엄청난 소음에 노출된 것 같았다. 그가 기대한 바였다. 그리고 지금 눈에 보이는 오크들은 그 기회를 놓치지 않고 해적들을 압박했다. 볼릭도 머리 위로 철퇴를 빙빙 돌리며 적당한 목표물을 찾았다. 아버지의 철퇴는 가까이 있던 해적의 어깨를 내리쪘었고, 미처 피하지 못한 인간 해적은 고통에 울부짖으며 갑판 위로 쓰러졌다.

누군가 인간의 언어로 '퇴각'을 의미하는 듯한 단어를 외쳤다. 해적들이 바삐 밧줄에 올라 자신들의 배로 물러나는 모습을 보니 볼릭의 예상이 맞는 모양이었다. 그가 보는 앞에서 캐그는 도망치는 해적 하나의 다리를 잘랐다. 해적은 곧장 대해로 곤두박질쳤다.

캐그는 고개를 돌려 물었다.

"추적할까요?"

볼릭은 고개를 가로저었다. 이토록 끔찍한 안개 속에서 다른 함선을 추적하는 건 아무 의미가 없었다.

"아니, 놓아줘라. 화물부터 확인해."

일등 항해사 캐그는 고개를 끄덕인 후 화물실 입구를 향해 달렸고, 그의 발소리가 갑판 위에서 우렁차게 울렸다.

위를 올려다보며 볼릭이 소리쳤다.

"망루, 인간 함선은 어떻게 됐나?"

"뱃고동을 울리기 전까지는 꼼짝도 안 했습니다. 뱃고동이 울리자 움직이기 시작했고요. 지금은 보이지 않습니다."

망꾼 바크의 대답에 볼릭이 주먹을 움켜쥐었다. 오른손으로 아버지의 철퇴 손잡이를 어찌나 꽉 쥐었던지, 손잡이가 부러질 것만 같았다. 인간은 동맹이었다. 프라우드무어 여군주의 그 잘난 병사들이 근처에 있었다면, 해적들이 오르가타르에 올라탔을 때 왜 아무 지원도 하지 않은 걸까?

캐그가 화물을 지키고 있던 전사 폭스와 함께 돌아와 보고했다.

"선장님, 상자 하나가 부서졌습니다. 또 다른 하나는 인간들 중 누군가가 달아나면서 추격을 막으려고 내던지는 바람에 배 밖으로 떨어졌습니다."

옆에 있던 폭스가 말을 보탰다.

"놈들은 인원 대부분을 화물실로 투입했고, 저희는 온 힘을 다해 막아냈습니다. 자칫했으면 화물을 모두 빼앗겼을 겁니다."

"아주 잘했다, 폭스. 이번 일에 대한 보상은 두둑이 치러주겠다."

볼릭은 자신의 말에 선원들이 깜짝 놀라리라는 걸 알았다. 상자 두 개를 잃었다는 건 화물의 20퍼센트를 날렸다는 뜻이었고, 이는 임금이 20퍼센트 줄어든다는 의미였다. 볼릭은 폭스의 어깨에 한 손을 얹었다.

"화물을 모두 배달했을 때 해당되는 몫을 주겠다. 차액은 내 몫으로 지불해주지."

옆에 있던 캐그의 두 눈이 휘둥그레졌다.

"영광입니다, 선장님."

"무슨 소리야? 넌 내 배를 지켜줬는데 임금을 삭감할 수는 없지."

폭스가 웃었다.

"즉시 전사들에게 전하겠습니다, 선장님."

폭스가 자리를 떠나자 볼릭은 캐그를 향해 고개를 돌렸다.

"피해를 확인하고 인간 시체가 남아 있으면 바다에 던져버려라. 그리고 배를 원래 항로대로 돌려놔."

볼릭은 숨을 깊이 들이쉰 후 엄니 사이로 길게 내뱉었다.

"그리고 전령 하나를 준비해둬. 이번 일을 스랄 님께 즉시 알려야 한다."

고개를 끄덕이며 캐그가 대답했다.

"네, 선장님."

해적들이 가까이 접근해 공격을 감행할 수 있도록 기회를 제공한 짙은 안개를 바라보며, 볼릭은 당번병 라빈의 말을 곰곰이 되새겨보았다. 그는 안개가 어떤 미지의 도움을 주더라도 이번 일로 입은 손해를 만회할 수는 없다고 결론지었다.

제 3 장

여군주 제이나 프라우드무어는 칼바위 언덕 꼭대기에 서서 자신이 역사상 가장 낯선 동맹을 결성했던 땅을 바라봤다.

물론 칼바위 언덕은 오크의 영토였지만, 제이나와 스랄은 제이나의 능력을 고려할 때 두 지도자의 만남은 오크의 땅에서 이루어지는 것이 좋겠다고 합의했다. 스랄이 평소 거주하는 지역이 그곳이었고, 제이나는 마법을 이용해 원하는 곳이라면 어디든 순식간에 갈 수 있었으니까.

사실 스랄에게 연락이 왔을 때 제이나는 마음이 놓였다. 성년이 된 후 제이나의 삶은 계속해서 위기가 반복되는 듯했다. 제이나는 악마와 오크, 전쟁군주와 싸웠고, 이제 온 세계의 운명이 다시 한 번 그녀의 작은 손에 놓였다.

제이나는 한때 아서스를 사랑했다. 그가 고귀한 기사였던 시절이었다. 하지만 아서스는 타락했고, 스컬지의 리치 왕이자 이 세계 역사상 가장 잔혹한 전쟁군주가 되어버렸다. 제이나는 언젠가 아서스와 직접 싸워야 할 날이 오리라는 걸 알았다. 메디브…… 살게라스의 저주에 사로잡혀 악마와 오크를 불러들이고 이 세계를 파멸에 이르게 할 뻔했던 그 마법사는 이제 든든한 아군이 되어 제이나와 스랄을 설득하고 나이트 엘프와 힘을 합쳐 불타는 군단과 맞서 싸우게 했다.

그 후 인간이 칼림도어에 새로운 정착지가 될 테라모어를 건설했을 때, 제이나는 혼돈이 가라앉으리라 생각했다. 하지만 군주는 아무리 평시라 해도 평온한 일상이 주어지지 않았다. 테라모어를 하루하루 이끌던 제이나는 오히려 목숨을 걸고 싸우던 날이 그리워질 것만 같았다.

물론 진심으로 전쟁이 그리울 리 없었지만, 사실 후회되는 건 몇 가지 있었다. 어쨌거나 제이나는 이 기회에 사막의 여행자가 수통의 물을 마시듯 잠시 휴식을 취하고 있었다.

언덕 가장자리에 선 그녀는 멀리 내리막 끝자락에 있는 작은 오크 마을을 바라봤다. 거친 갈색 땅 위에 방어 시설을 제대로 갖춘 오두막들이 점점이 흩어져 있었다. 아무리 평시라 해도 오크는 자신의 집을 절대 빼앗기지 않도록 만반의 준비를 갖추고 있었다. 오크 몇 명이 오두막 사이를 오가며 서로 인사를 하고, 때로는 잠깐 멈춰 서서 대화를 나누기도 했다. 그 소박하고 일상적인 풍경을 바라보던 제이나는 자기도 모르게 미소가 번지는 걸 느꼈다.

그때 스랄의 비행선이 도착했음을 알리는 낮게 우르릉거리는 소리가 들렸다. 뒤를 돌아보니 거대한 비행선이 다가오고 있었다. 비행선이 가까이 다가오자, 뜨거운 공기로 가득 찬 캔버스 기낭 아래 선체에 스랄이 홀로 서 있는 모습이 보였다. 기낭은 다양한 기호로 장식되어 있었다. 그중 일부가 오크의 고대 언어에서 따온 상형 문자라는 걸 제이나도 알 수 있었다. 그리고 제이나가 알아본 문자 중 하나는 스랄의 부족, 즉 서리늑대 부족의 문장이었다. 그 문장은 오크의 비행선과 인간의 비행선을 구분하는 가장 큰 차이점이었다. 테라모어가 고블린에게서 대여한 비행선은 별다른 특징이 없어 크게 눈에 띄지 않았다. 오늘은 왠지 무생물인 수송선에도 살아 있는 생명체처럼 개성을 부여해주는 오크의 방식이 더 나을 것 같다는 생각이 들었다.

예전에 이 언덕에서 두 사람이 만날 때면 스랄은 적어도 호위병 한두 명을 대동했다. 하지만 지금은 스랄 혼자 오간다는 사실이 제이나를 불안하게 했다.

비행선이 다가오는 사이 스랄은 여러 레버를 잡아당겼고, 거대한 수송선은 점차 감속하여 언덕 위 상공에 멈춰 섰다. 스랄은 마지막 레버를 당겨 밧줄 사다리를 내린 후 그걸 붙잡고 아래로 내려왔다. 여느 오크와 마찬가지로 스랄은 초록색 피부에 머리카락은 검었다. 그 검은색의 땋은 머리는 어깨에 걸쳐 아래로 늘어뜨린 모습이었다. 갈색으로 장식한 그의 검은 판금 갑옷은 원래 오그림 둠해머의 것이었다. 스랄의 스승이었던 오그림의 이름을 따서 듀로타의 수도에 이름이 붙여졌다. 스랄은 언제나 그랬듯이 자신의 등에 오그림의 무기를 둘러메고 있었다. 바로 오그림의 성이 된 '둠해머'였다. 제이나도 전투 중 스랄이 그 양손 무기를 휘두르는 모습을 적잖이 봤다. 그 거대한 망치 앞에 수많은 악마의 피가 흩뿌려졌다.

하지만 스랄에게서 가장 눈에 띄는 점은 그의 푸른 눈이었다. 오크에게서 흔히 볼 수 없는 색이기 때문이다. 그리고 그 눈에는 그의 지성과 친절한 성품이 그대로 드러났다.

삼 년 전 테라모어와 듀로타가 건설 중일 때, 제이나는 스랄에게 마법 부적을 주었다. 옛 티리스팔의 룬 모양으로 조각된 작은 돌이었다. 그리고 쌍둥이 돌을 제이나도 지니고 있었다. 스랄이 그 돌을 쥔 채 그녀를 떠올리기만 하면 제이나의 돌이 빛을 발했다. 그 반대의 경우도 마찬가지였다. 정치적인 문제나 지도자로서의 지위를 떠나 인간과 오크 모두를 아우르는 문제를 비밀리에 논의하고자 할 때, 혹은 그저 옛 친구이자 동료로서 이야기를 나누고 싶을 때 두 사람은 그 작은 돌을 작동시키기만 하면 된다. 돌이 빛을 발하면 제이나는 이 언덕으로 순간이동하고, 스랄은 비행선을 타고 이곳으로 왔다. 여기까지 올 수 있는 다른 방법이 없었다.

"이렇게 만나니 반갑군요."

제이나는 따뜻한 미소를 지으며 말했다. 진심이었다. 제이나는 지금껏 이 오크보다 더 명예롭고 믿음직한 이를 만난 적이 없었다. 오래전이었다면 그녀의 아버지와 아서스 역시 같은 평가를 받았을지도 모른다. 하지만 제이나의 아버지 프라우드무어 제독은 칼림도어의 오크를 공격하겠다는 고집을 꺾지 않았다. 오크 역시 인간과 마찬가지로 불타는 군단의 희생자일 뿐이며 결코 사악한 존재가 아니라는 딸의 애처로운 호소에 조금도 귀를 기울이지 않았다. 제이나가 알았던 수많은 사람들과 마찬가지로, 프라우드무어 제독은 이 세계가 그의 젊은 시절과는 다른 곳이 되었다는 사실을 받아들이지 못했고, 그런 변화에 저항하려 했다. 오크가 세상에 존재한다는 사실 또한 그런 변화의 일부였다. 제이나는 결국 유혈 사태를 막기 위해 아버지를 배신하고 스랄의 동족 편을 들어줘야 하는 난처한 상황에 처하고 말았다.

그리고 아서스는 이 세계에서 가장 사악한 존재가 되고 말았다. 어느새 제이나는 한때 사랑했던 사람이나 아버지보다도 오크 부족의 지도자를 더 신뢰하고 있었다.

제이나의 아버지 프라우드무어 제독이 공격해왔을 때, 제독을 물리칠 방법을 이야기하는 제이나의 두 눈에 담긴 고통을 지켜본 스랄은 약속을 지켰다. 그는 이 세계가 예전과는 달라졌다는 사실을 누구보다 명확하게 알고 있었다. 그는 어린 시절 에델라스 블랙무어라는 인간에게 붙잡혀 완벽한 노예로 길러졌다. 그리고 노예를 뜻하는 '스랄'이라는 이름을 받았다. 하지만 스랄은 사슬을 벗어던지고 오크를 결집하여 자유를 되찾았고, 악마의 세력 때문에 길을 잃은 동족을 이끌고 이 세계로 찾아왔다.

지금, 스랄의 비범한 푸른 눈 속에서 다른 감정이 엿보였다. 제이나의 소중한 친구는 격노하고 있었다.

"그대와 나는 조약을 맺지 않았소."

스랄은 제이나의 인사를 받지도 않고 곧장 본론으로 들어갔다.

"우리가 동맹을 맺었다는 사실을 문서로 규정하지는 않았소. 우리의 결속이 피로 맺어진 것이라 믿었고, 서로를 배신하는 일은 결코 없으리라 생각했기 때문이오."

"전 당신을 배신하지 않았어요, 스랄."

제이나는 잠시 긴장했지만, 오랜 경험을 통해 체득한 자제력으로 감정을 억눌렀다. 인사치레도 없이 일방적으로 제이나가 배신을 했다며 비난하고, 불분명한 이유로 그녀가 양측의 신뢰를 무너뜨렸다고 주장하는 것이 무척이나 불쾌했다. 하지만 수습 마법사로 가르침을 받기 시작했을 때, 가장 먼저 배운 것은 격한 감정과 마법은 어울리지 않는다는 사실이었다. 그녀는 스승인 대마법사 안토니다스의 유품인 화려한 나무 지팡이를 꽉 쥐었다.

"그대가 그랬으리라고는 생각하지 않소."

스랄의 목소리는 여전히 공격적이었다. 사실 다른 오크와 달리 스랄은 무뚝뚝하지 않았다. 분명 인간의 손에 길러졌기 때문일 것이다.

"하지만 그대의 백성은 우리의 결속을 당신처럼 존중할 생각이 없는 것 같소."

제이나는 긴장한 목소리로 물었다.

"스랄, 지금 무슨 얘기를 하는 건가요?"

"오르가타르라는 우리 측 상선이 해적들의 공격을 받았소."

제이나는 눈살을 찌푸렸다. 막아보려 많은 노력을 했지만, 공해상에서는 여전히 해적이 활개를 치고 있었다.

"저희도 정찰을 최대한 늘렸지만, 아무리 해도—"

"아무리 정찰하는 함선이 있다고 해도 가만히 앉아 손을 놓고 있다면 아무 쓸모가 없소! 오르가타르 근처에는 정찰함이 있었소! 짙은 안개 속에서도 눈에 띌 만큼 가까이 있었지만, 볼릭 선장과 선원들에게 그 어떤 도움도 주지 않았소! 볼릭은 뱃고동을 울리기까지 했지만, 당신네 병사들은 그저 가만히 지켜만 봤소."

스랄의 들끓는 분노와는 상반되게 차분한 목소리로 제이나가 물었다.

"그쪽 망꾼이 우리 함선을 보았다고는 하지만, 우리 측 함선이 오르가타르를 볼 수 있었는지는 알 수 없어요."

그 말에 스랄은 할 말을 잃었다.

제이나는 말을 이었다.

"당신 종족은 우리보다 눈이 좋아요. 뱃고동을 들었을 때 어서 비키라는 신호라고 생각했을 수도 있어요."

"우리 선원들이 볼 수 있을 만큼 가까이 있었다면, 함선에 승선하는 해적들 소리 정도는 들을 수 있었을 거요! 우리 오크의 시력이 좋은 건 사실이지만, 몸을 숨긴 채 싸우는 건 아니오. 그대의 정찰함이 정녕 싸움이 벌어지는 소리도 듣지 못했으리라고는 생각지 않소."

"스랄—"

스랄은 두 손을 머리 위로 올리며 돌아섰다.

"이곳에서는 상황이 다를 줄 알았소! 그대의 동족이 마침내 우리를 동등한 존재로 받아주었다고 생각했소. 오크를 돕기 위해 동족을 상대로 무기를 드는 자들이라면 언제든 우리를 버릴 수 있다는 것도 알았어야 했는데."

이제는 제이나도 분노를 억제할 수 없었다.

"어떻게 그런 말을 할 수 있죠? 우리가 함께 겪은 일들을 생각하면, 적어도 한 번쯤은 제 백성을 믿어줘야 하는 것 아닌가요?"

"증거가—"

"무슨 증거요? 볼릭 선장과 그 선원들 외에 또 누구와 이 문제에 대해 얘기해봤나요?"

스랄의 침묵이 제이나의 질문에 대한 답이었다.

"어떤 정찰함이었는지 제가 알아보겠어요. 오르가타르가 공격을 받은 곳이 어디였죠?"

"톱니항 해안에서 2킬로미터 정도 떨어진 곳이오. 항구로부터 약 한 시간 거리."

제이나는 고개를 끄덕였다.

"저희 병사를 시켜 조사해보지요. 그쪽 정찰함은 북부감시 요새에서 운영하는 함선이에요."

스랄의 몸이 딱딱하게 굳었다.

"왜 그러죠?"

스랄은 다시 제이나를 향해 돌아섰다.

"요즘 북부감시 요새를 무력으로 빼앗아야 한다는 압박이 강해지고 있소."

"저도 그 요새를 지켜야 한다는 압력을 받고 있어요."

스랄과 제이나는 서로를 바라봤다. 그제야 제이나는 스랄의 푸른 눈에 뭔가 다른 감정이 떠오른 것을 보았다. 그 눈에는 이제 분노가 아닌 당혹 감이 가득했다.

"어떻게 이런 일이 일어난 거요?"

스랄은 한결 누그러진 목소리로 물었다. 어느새 분노는 모두 사라져버린 듯했다.

"어쩌다 우리가 이렇게 어리석은 일로 다투게 된 거요?"

스랄의 말에 제이나는 웃음을 터뜨릴 수밖에 없었다.

"우리는 지도자예요, 스랄."

"지도자는 전사들을 전장으로 이끄는 존재요."

"전쟁 중에는 그렇죠. 하지만 평화가 찾아왔을 때는 다른 방식으로 백성을 이끌어야 해요. 전쟁은 평범한 일상까지 모두 집어삼키는 거대한 사건이지만, 전쟁이 끝나도 일상은 그대로 남으니까요."

제이나는 친구에게 다가가 자신의 작은 손을 그의 거대한 팔에 얹었다.

"제가 조사해볼게요, 스랄. 진실을 알아낼게요. 혹시라도 우리 병사들이 의무를 저버리고 우리의 동맹 관계를 훼손했다면, 맹세코 그들을 처벌하겠어요."

스랄은 고개를 끄덕였다.

"고맙소, 제이나. 무턱대고 비난했던 건 사과하겠소. 하지만 내 백성은 너무 많은 고통을 견뎌야 했소. 나 또한 너무 많은 악행을 견뎌내야 했기에, 내 백성이 학대받는 건 도저히 견딜 수 없었소."

제이나는 조용한 목소리로 말했다.

"저도 마찬가지예요. 그리고 어쩌면……."

그녀는 잠시 주저하며 말을 잇지 못했다.

"하고 싶은 말이 있소?"

"공식 조약을 체결하는 게 나을 수도 있겠어요. 당신 말이 옳아요. 당신과 저는 서로를 신뢰할지 몰라도, 모든 인간과 오크가 그런 건 아니니까요. 그리고 이런 생각은 별로 하고 싶지 않지만, 우리가 영원히 살 수 있는 것도 아니고요."

스랄은 고개를 끄덕였다.

"이제…… 인간이 우리 오크를 노예로 부리고 있는 건 아니라고 설득하는 게 쉽지 않소. 오크가 노예로 살던 시절은 이미 오래전에 끝났지만, 무엇 때문인지 다들 반란을 계속 이어나가길 원하는 것 같소. 가끔은 이런 나조차도 그들의 열기에 휩쓸리곤 하오. 나는 불타는 군단만큼이나 사악한 자의 손에 구속되어 자랐으니 말이오. 가끔은 최악의 사태가 두렵소. 내가 세상을 떠난 후 그 누구도 내 동족에게 지금이 평화로운 시기라는 것을 상기시키지 않는 날이 올까 봐 말이오. 그러니 그대 말이 옳은 것 같소."

"우선 이번 사태부터 해결해요. 그 후에 조약에 관해 얘기해보죠."

제이나는 스랄을 향해 웃어 보였다.

"고맙소."

스랄은 고개를 절레절레 저으며 쿡쿡 웃었다.

"왜 그러세요?"

"솔직히 닮은 구석은 없지만, 그래도…… 그대가 웃는 순간 타리의 모습이 보였소."

제이나가 기억하기로, 모두들 타리라고 부르는 타레사 폭스톤은 에델라스 블랙무어와 한 집에서 살았다. 타리는 자신의 목숨을 희생하여 스랄이 블랙무어의 손아귀에서 탈출하는 데 핵심적인 역할을 했다.

오크 종족은 역사를 노래로 남겼다. 록아몬은 가족의 시작을 연대순으로 기록하고, 록트라는 전투를, 록밧노드는 영웅의 삶을 그렸다. 지금까지 알려진 노래 중 록밧노드가 유일하게 헌정 노래를 바친 인간이 바로 타리였다.

제이나는 고개 숙여 인사하며 말했다.

"그렇게까지 얘기해주다니, 정말 영광이에요. 로레나 대령을 북부감시 요새로 보낼게요. 그리고 보고가 들어오는 대로 당신에게 알려드리죠."

스랄은 고개를 가로저었다.

"그대의 부대에 소속된 또 한 명의 여성이로군. 인간 때문에 놀랄 일이 정말 많다니까."

제이나의 목소리에 서리가 내렸다. 다시 한 번 그녀는 지팡이를 꼭 쥐었다.

"그게 무슨 뜻이죠? 당신 세계에서는 남자와 여자의 역할이 다르다는 건가요?"

"전혀 아니오. 그렇게 말하고 싶은 생각도 없소."

스랄은 제이나가 말허리를 자르기 전에 재빨리 덧붙였다.

"그건 곤충과 꽃이 같다고 말하는 것과 다르지 않겠지. 그저 수행하는 역할이 다를 뿐이오."

마침 이야기가 나온 김에 제이나는 자신만만하던 젊은 시절, 안토니다스에게 수습 마법사가 되게 해달라고 부탁했을 때의 이야기를 스랄에게 들려주었다. 그 당시에 대마법사 안토니다스는 이렇게 말했었다.

"개가 아리아를 작곡하지 못하듯 여자도 마법사가 될 수 없다."

제이나는 스랄에게도 똑같이 말했다.

"누구나 다른 역할을 할 수 있다는 점에서 우리가 동물과 다를 수 있지 않을까요? 그런 논리를 들어 오크는 원래 노예로 사는 존재였다고 주장하는 사람도 있으니까요."

제이나는 고개를 절레절레 저으며 말을 이었다.

"물론 당신처럼 생각하는 사람이 많아요. 그래서 여성들이 남성과 동일한 지위를 얻으려면 두 배 더 열심히 일해야 하죠. 바로 그 이유 때문에 전 로레나를 다른 어떤 대령보다 더 신뢰해요. 그녀라면 진실을 알아낼 수 있을 거예요."

그 말에 스랄은 커다란 머리를 뒤로 젖히며 호탕한 웃음을 터뜨렸다.

"그대는 정말 멋진 여성이오, 제이나 프라우드무어. 그대를 보면 나는 비록 인간의 손에 길러졌지만 아직 인간에 대해 알아야 할 게 많다는 것을 새삼 느낄 수 있소."

"어쩌면 당신을 기른 그 사람 때문일 수도 있죠."

스랄은 고개를 끄덕였다.

"일리 있는 말이군. 로레나 대령에게 이번 일을 맡겨주시오. 조사가 끝난 후 다시 얘기합시다."

그는 공중에 그대로 떠 있는 비행선의 밧줄 사다리를 향해 걸음을 옮겼다.

"스랄."

그는 멈춰 서서 제이나를 향해 돌아섰다. 그녀는 최대한 낙관적인 표정을 지어 보였다.

"우리는 절대로 이 동맹을 깨뜨리지 않을 거예요."

스랄은 다시 한 번 고개를 끄덕였다.

"물론이오. 그런 일은 절대 없을 거요."

그 말을 남기고 스랄은 밧줄 사다리를 올랐다.

제이나도 마법사들의 언어로 나직하게 주문을 외운 후 깊이 숨을 들이
쉬었다. 내장이 콧구멍으로 쓸려나가는 듯한 느낌과 함께 칼바위 언덕과
비행선, 스랄이 모두 하늘하늘 뒤틀리며 희미해졌다. 잠시 뒤, 한순간에
모든 것이 응축되며 테라모어에 있는 가장 크고 높은 건물인 성 꼭대기 층
에 있는 익숙한 방의 풍경으로 변해갔다.

제이나는 대부분의 국무를 호사스러운 알현실이 아니라 이곳에서 처리
했다. 책상과 함께 두루마리 수천 개가 보관되어 있는 작고 소박한 방이었
다. 제이나는 가능한 한 왕좌에 앉지 않으려 했다. 매주 탄원자들을 만나
야 하는 자리에서도 마찬가지였다. 그녀는 민망할 만큼 커다란 그 왕좌 앞
을 이리저리 오가는 쪽을 선호했고, 그나마도 알현실을 자주 사용하지 않
았다. 이 방은 그녀의 스승이었던 안토니다스의 서재와 비슷했다. 너저분
한 책상과 제대로 정리되지 않은 두루마리들까지 그대로였다. 마치 고향
에 와 있는 기분이 들었다.

알현실에는 있지만 이 방에는 없는 또 다른 한 가지가 바로 전망 좋은 창
문이었다. 제이나는 테라모어의 전경을 내다볼 수 있는 창문이 있으면 아
무 일도 할 수 없으리라는 사실을 잘 알고 있었다. 백성들이 섬에 무엇을
건설하는지 궁금해질 테고, 그 섬 전체를 다스려야 한다는 책임감 때문에
두려워하느라 끊임없이 주의가 흐트러질 테니까.

순간이동은 늘 강렬하고 온몸의 기운이 모조리 빠지는 과정이었다. 제
이나는 오랜 훈련을 통해 순간이동을 마친 후에도 즉시 전투를 수행할 수
있도록 자신을 단련했지만, 지금 같은 상황에서는 잠시 휴식을 취해도 괜
찮으리라 생각하며 숨을 돌린 후 큰 소리로 비서를 불렀다.

"듀리!"

늙은 과부가 출입구를 통해 들어왔다. 이 방에는 출입구가 세 개 있었

다. 그중 두 개는 누구나 알고 있는 출입구였다. 하나는 듀리가 방금 들어온 문이고, 다른 하나는 제이나의 개인 숙소로 이어지는 통로와 충계참을 지나는 출입구였다. 세 번째는 대피 경로로 사용되는 비밀 통로의 출입구였다. 그 통로의 존재를 아는 건 여섯 명뿐이었고, 그중 다섯 명은 그 통로를 만든 작업자들이었다.

듀리는 안경 너머로 제이나를 쏘아봤다.

"소리 지를 필요 없어요. 늘 그렇듯 문 바로 앞에 앉아 있었으니까요. 그 오크와 만난 일은 어떻게 됐죠?"

제이나는 한숨을 쉬며 말했다. 이번이 처음도 아니었다.

"그의 이름은 스랄이에요."

듀리는 팔을 거세게 내젓다가 노쇠한 몸이 균형을 잃었고, 코에서 떨어진 안경이 목에 건 줄에 매달려 흔들거렸다.

"알아요. 하지만 정말 멍청한 이름이잖아요. 그러니까 오크들 이름은 보통 헬스크림, 둠해머, 드렉탄, 벅스, 뭐 그렇잖아요? 그런데 그 오크는 자기 이름을 스랄이라고 한다고요? 자존심이 있는 오크라면 그런 이름을 사용할까요?"

제이나는 스랄이 그 어떤 오크보다 스스로를 존중할 줄 안다는 말은 굳이 하지 않았다. 이미 수백 번도 더 말해봤지만 아무 효과가 없었으니까. 그래서 이렇게만 말했다.

"드렉타르예요. 드렉탄이 아니라."

"아무렴 어때요."

듀리는 다시 안경을 썼다.

"그런 건 아주 괜찮은 오크 이름이죠. 스랄은 영 아니에요. 어쨌든, 일은 어떻게 됐나요?"

"문제가 생겼어요. 크리스토프를 불러주세요. 그리고 병사를 보내서 로레나 대령을 찾고, 북부감시 요새로 떠날 부대를 차출한 후 내게 보고하라고 전해주세요."

제이나는 책상 앞에 앉아 두루마리를 정리하며 선적 보고서를 찾으려 했다.

"로레나? 로서나 피어스를 불러야 하지 않나요? 조금…… 음, 덜 여성적인 사람이 필요하지 않을까요? 북부감시 요새에는 꽤 거친 녀석들이 주둔해 있잖아요."

로레나의 이름이 나올 때마다 왜 이런 대화를 반복해야 하는지 알 수 없었다.

"로레나는 로서와 피어스를 합친 것보다 더 강한 사람이에요. 아무 문제 없을 거예요."

듀리는 뿌루퉁하게 입을 내밀었다. 노파에게는 그리 어울리지 않는 표정이었다.

"이건 옳지 않아요. 군인은 여자가 할 일이 아니라니까요."

선적 보고서 찾는 일을 포기하고, 제이나는 듀리를 노려봤다.

"도시 국가를 운영하는 것도 마찬가지겠죠."

"음, 그건 좀 다르죠."

듀리는 조금 작아진 목소리로 말했다.

"어떻게요?"

"그냥 달라요."

제이나는 고개를 가로저었다. 삼 년이 지났는데도 듀리는 그보다 나은 대답을 찾아내지 못했다.

"더는 아무 말 말아요. 가서 크리스토프를 데려오고 로레나에게 전갈을 보내세요. 내가 당신을 도롱뇽으로 변신시키기 전에요.”

“날 도롱뇽으로 변신시키면 혼자서는 아무것도 찾지 못할 텐데요.”

모두 포기한 듯 두 손을 들어 올리며 제이나가 말했다.

“이미 아무것도 찾을 수가 없네요. 망할 선적 보고서는 대체 어디 있는 거죠?”

듀리는 미소를 지으며 말했다.

“크리스토프가 갖고 있죠. 여기로 올 때 가져오라고 할까요?”

“그렇게 해주세요.”

듀리는 고개를 숙여 인사했고, 그 바람에 안경이 다시 떨어졌다. 연로한 듀리는 방을 떠났다. 제이나는 듀리를 향해 화염구를 날려 보낼까 잠시 고민했지만 결국 포기했다. 듀리 말이 맞다. 듀리가 없다면 제이나는 아무것도 찾지 못할 것이다.

잠시 후 크리스토프가 도착했다. 그는 두루마리 몇 개를 들고 있었다.

“여군주님께서 제게 하실 말씀이 있다고 들었습니다. 아니면 그냥 이것들이 필요하셨던 건가요?”

그는 두루마리를 가리켰다.

“둘 다예요. 고마워요.”

제이나는 그에게서 두루마리를 받아 들며 말했다.

크리스토프는 제이나의 시종장이었다. 그녀는 테라모어를 지배했지만, 실제로 국가를 운영하는 건 크리스토프였다. 그야말로 짜증날 만큼 사소한 일들까지 모두 챙길 줄 아는 능력 덕분에 크리스토프는 그 일에 가장 적합한 인물이었다. 그 덕분에 제이나가 지도자라는 어마어마한 무게를 나누어 짊어질 수 있었고, 피를 부르는 분노에 사로잡히는 사태를 막을 수 있었다. 그는 전쟁 전에 대영주 가리토스의 서기였고, 그의 뛰어난 관리 능력은 가히 전설이 되었다.

크리스토프가 강인한 신체 능력으로 군대에서 출세할 수 있었던 건 분명 아니었다. 그는 키가 컸지만 비쩍 말랐고, 듀리만큼이나 연약해 보였다. 듀리는 나이가 많다는 핑계를 댈 수 있었지만, 그는 그럴 수도 없었다. 어깨를 살짝 덮는 검은 직모 머리카락이 매부리코가 도드라진 여윈 얼굴을 감싸고 있었다. 그 얼굴에는 찌푸린 표정이 새겨져 있는 듯했다.

제이나는 오크 상선 오르가타르가 공격을 받았을 때 인근에 있던 테라모어 정찰함이 아무 도움도 주지 않았다는 스랄의 이야기를 크리스토프에게 전했다.

그러자 가느다란 눈썹을 치켜세우며 크리스토프가 말했다.

"그다지 믿을 만한 이야기는 아니군요. 톱니항에서 2킬로미터가량 떨어진 곳이라고 하셨습니까?"

제이나는 고개를 끄덕였다.

"그 지역에는 군함이 배치되어 있지 않습니다, 여군주님."

"안개가 매우 짙었어요. 볼릭 선장이 봤다는 배가 항로를 벗어났을 수도 있겠죠."

크리스토프는 고개를 끄덕이며 수긍했다.

"그렇지만 볼릭 선장이 착각한 것일 수도 있습니다."

"그런 것 같지는 않아요."

제이나는 책상으로 다가가 의자에 앉고는 유일하게 여유 공간이 남아 있던 자리에 선적 보고서를 내려놓았다.

"오크는 우리보다 시력이 훨씬 좋다는 걸 잊지 마세요. 그중에서도 눈이 가장 좋은 오크를 망꾼으로 배치하지요."

"오크가 거짓말을 하고 있다는 가능성도 고려해야 합니다."

제이나가 그 말에 적극적으로 반박하려던 순간, 크리스토프는 유난히 손가락이 길어 보이는 손을 들어 올렸다.

"지금 스랄 이야기를 하는 게 아닙니다, 여군주님. 오크의 대족장은 분명 명예를 아는 인물입니다. 그를 신뢰하시는 것도 충분히 이해합니다. 하지만 스랄도 그저 백성들에게 들은 이야기를 여군주님께 전달했을 뿐입니다."

"무슨 이야기를 하고 싶은 거죠?"

제이나는 그 질문에 대한 답을 알고 있었지만, 크리스토프의 입으로 직접 듣고 싶었다.

"지금까지 수도 없이 했던 이야기를 다시 말씀드리는 겁니다, 여군주님. 오크를 맹목적으로 신뢰할 수는 없습니다. 네, 물론 오크 개개인은 충분히 명예로운 존재일 수 있다는 건 확인했습니다. 하지만 오크 종족 전체를 보면 어떨까요? 오크 종족 전체가 우리에게 선의를 품고 있다고 믿는 건 어리석은 일입니다. 그리고 그들 모두가 스랄처럼 합리적이라고 믿는 것도 마찬가지일 겁니다. 스랄은 불타는 군단과 맞서 싸울 때 강력한 동맹이 되어주었습니다. 그의 위업은 저도 충분히 존경하는 바입니다. 하지만 그의 과업 역시 일시적일 뿐입니다."

크리스토프는 비쩍 마른 손으로 책상을 짚고는 제이나를 향해 몸을 기울이며 말을 이었다.

"오크를 이성적인 존재로 유지시키는 건 스랄뿐입니다. 그가 사라지는 순간, 분명히 말씀드립니다만, 오크는 본래의 본성을 되찾고 우리를 궤멸시키기 위해 수단과 방법을 가리지 않을 겁니다, 여군주님."

제이나는 자신도 모르게 웃음을 터뜨렸다. 크리스토프의 말은 제이나와 스랄이 나눴던 얘기와 대동소이했다. 하지만 시종장의 입에서 나오는 말을 직접 들어보니, 생각했던 것만큼 합리적으로 들리진 않았다.

크리스토프의 몸이 뻣뻣하게 굳었다.

"제가 우스운 말이라도 했습니까, 여군주님?"

"아니요. 하지만 지금 상황을 과대평가하고 있는 것 같아요."

"여군주님께서는 과소평가하고 있는 것 같습니다. 이 도시 국가는 칼림도어 전체가 오크의 대륙이 되는 것을 막는 최후의 보루입니다."

크리스토프는 잠시 주저했다. 흔히 있는 일이 아니었다. 그는 늘 솔직 담백한 태도로 인정을 받으며 여기까지 온 인물이고, 그것이 그의 기질 중 가장 유용한 성품이었다.

"왜 그러죠, 크리스토프?"

"우리의 동맹은…… 다소 걱정스럽습니다. 이 대륙 전체를 오크가 지배한다는 사실이…… 많은 사람을 불편하게 하고 있습니다. 현재로서는 뾰족한 수가 없습니다. 일단 다른 문제가 산적해 있으니까요. 다만 중요한 것은–"

"오크의 침공이 시작되지 않은 이유가 저 하나 때문이라는 건가요?"

"위대한 마법사이자 불타는 군단을 쓰러뜨린 프라우드무어 여군주가 칼림도어를 다스리는 한, 전 세계 사람들이 밤잠을 편히 잘 수 있습니다. 하지만 그 여군주마저도 오크를 통제할 수 없다는 사실이 드러나면, 모든 것이 달라질 테지요. 그런 날이 왔을 때 몰려올 침공군은 돌아가신 아버님의 함대조차 나룻배 두어 척으로 보이게 할 만큼 규모가 클 겁니다."

제이나는 의자에 등을 기대고 앉았다. 사실 그녀는 칼림도어 너머의 세계에 대해서는 별로 생각해본 적이 없었다. 처음에는 악마와 싸우느라, 그 다음에는 테라모어를 건설하느라 너무 바빴기 때문이었으리라. 그리고 자신의 아버지까지 공격했던 것을 생각해보면, 오크와 함께 전쟁에서 직접 싸우지 않은 이들은 여전히 오크를 짐승보다 나을 게 없는 존재로 생각한다는 사실을 분명히 알 수 있었다.

하지만 크리스토프는 달라야 했다.

"진짜 하고 싶은 얘기가 뭐예요, 크리스토프?"

"볼릭 선장이 오크를 선동하려는 건지도 모릅니다. 스랄이 여군주님, 아니 우리에게서 등을 돌리게 하려는 거죠. 북부감시 요새가 있긴 하지만 우리는 사실상 테라모어의 관문 안에 홀로 갇혀 있습니다. 언제 오크들에게 포위당할지 모르는 상황이죠. 게다가 트롤은 이미 놈들에게 협력하고 있고, 고블린은 어느 쪽에도 합류하지 않을 가능성이 높습니다."

제이나는 고개를 가로저었다. 크리스토프의 예측은 칼림도어에 살고 있는 모든 인간이 상상할 수 있는 가장 끔찍한 악몽이었다. 어제까지만 해도 그런 악몽을 불가능한 것으로 만들어가는 과정을 밟고 있다고 생각했었다. 오크와의 교역도 수월하게 이루어지고 있었고, 듀로타와 테라모어 사이의 중립 지역인 불모의 땅도 평화로웠다. 한때 서로를 그토록 증오했던 두 종족이 삼 년째 원만한 관계를 유지하고 있었다.

지금 제이나가 자신에게 묻고 있는 건, 이 시기가 바람직한 미래로 나아가는 전초 단계인지 아니면 그저 불타는 군단과의 전쟁 이후 회복 중인 휴식기이자 폭풍 전야의 고요함인지, 그것이 문제였다.

제이나가 점점 더 고민이 깊어지려는 찰나, 흑발에 키가 훤칠한 여성이 방 안으로 들어왔다. 각진 얼굴과 뾰족한 코, 유난히 넓은 어깨가 눈에 띄었다. 그 여성은 표준 군복인 판금 갑옷에 프라우드무어 가문의 옛 고향인 쿨 티라스의 닻 문양이 그려진 초록색 휘장을 착용하고 있었다.

오른손을 올리며 경례를 한 후 그녀가 입을 열었다.

"대령 로레나, 부름을 받고 왔습니다, 여군주님."

자리에서 일어나며 제이나가 말했다.

"고마워요. 편히 쉬어요. 듀리 비서가 필요한 일들에 대해 얘기해줬겠죠?"

제이나는 로레나와 비교했을 때 항상 자신이 너무 작게 느껴져서, 대령과 함께 있을 때면 늘 일어서서 몸을 가능한 한 꼿꼿이 세우려 했다.

경례했던 손을 내린 후 두 손을 등 뒤에 맞잡은 것을 제외하고는 완벽하게 꼿꼿한 자세를 유지한 채 로레나가 대답했다.

"네, 여군주님. 한 시간 안에 북부감시 요새로 출발할 수 있습니다. 전령을 보내 다빈 소령에게 저희 부대가 간다는 전갈을 띄워놓았습니다."

"좋아요. 두 사람 다 이제 가봐도 좋아요."

로레나는 경례를 하고 돌아서서 방을 나갔다. 하지만 크리스토프는 잠시 기다렸다.

시종장이 입을 열지 않자 제이나가 먼저 물었다.

"왜 그러죠, 크리스토프?"

"로레나 대령과 함께 가는 병력을 북부감시 요새에 남겨두고 요새의 방어를 강화하는 편이 현명할 것 같습니다."

한 치의 망설임도 없이 제이나가 말했다.

"안 돼요."

"여군주님─"

"오크는 우리가 북부감시 요새에서 아예 철수하길 원하고 있어요, 크리스토프. 우리가 그 요청에 응할 수 없는 이유는 충분히 이해하지만, 요새 방어를 강화해서 상대를 자극할 생각은 없어요. 특히 지금은 우리가 해적의 공격을 방조했다고 생각하는 상황이잖아요."

"그렇다고 하더라도─"

"이제 나가주세요. 시종장."

제이나가 얼음처럼 차가운 목소리로 말하자, 크리스토프는 잠시 그녀를 바라본 후 두 팔을 벌리며 깊이 고개 숙여 인사했다.

"네, 여군주님."

크리스토프는 그대로 방을 떠났다.

제 4 장

"정확히 무슨 문제가 있다는 건지 잘 모르겠습니다, 대령님."

로레나는 북부감시 요새의 작은 감시소 창밖을 바라봤다. 그 말을 한 사람은 현재 북부감시 요새의 사령관인 다빈 소령이었다. 로레나가 한 시간 전쯤 파견 부대와 함께 이곳에 도착한 후로 소령은 계속 그녀의 골치를 썩이고 있었다.

덥수룩한 수염에 통통한 체격의 다빈은 감시소 중앙에 있는 작은 책상 뒤에 앉아 로레나에게 안개 속에서 길을 잃은 군함이 하나 있었다고 얘기했다. 오크가 봤다고 하는 배가 그 함선일 수도 있었다.

로레나는 돌아서서 그를 내려다봤다. 일어선 키도 로레나 대령이 다빈 소령보다 클 테지만, 지금은 상대가 앉아 있어서 더 쉬웠다.

"소령, 문제는 오크가 우리에게 도움을 청하고 있다는 점이다. 우리는 그들을 도와야 한다."

"이유가 뭡니까?"

다빈은 진심으로 당황한 목소리로 물었다.

"그들은 우리의 동맹이니까."

로레나는 이런 것까지 설명해야 한다는 사실을 믿을 수가 없었다. 다빈은 전쟁 영웅이었다. 한 마법사를 호위하던 소대가 잔혹하게 학살당한 가운데 유일하게 살아남은 사람이었다. 그 마법사 역시 목숨을 잃었지만, 다빈은 값진 정보를 입수하여 생환했다.

지금 그 전쟁 영웅은 그저 어깨를 으쓱할 뿐이었다.

"그들이 우리와 함께 싸운 건 사실입니다. 하지만 그건 필요에 의한 일이었습니다. 대령님, 그자들에게는 문명이라고 할 만한 것도 없습니다. 그것들을 참아주고 있는 유일한 이유는 바로 스랄입니다. 그리고 스랄을 감내하는 이유는 인간이 그를 길렀기 때문입니다. 하지만 그자들에게 발생한 일은 우리가 상관할 바가 아닙니다."

다빈 소령의 말이 끝나기 무섭게 로레나는 딱딱한 목소리로 대답했다.

"프라우드무어 여군주님은 그 생각에 동의하지 않으신다. 나도 그렇고."

로레나는 다시 돌아섰다. 창문 밖으로 보이는 대해의 풍경이 굉장한 장관이었다. 로레나도 다빈의 언짢은 얼굴을 바라보는 것보다는 대해 쪽이 훨씬 마음에 들었다.

"아비닐 선장과 선원들에게 우리 측 상황을 확인할 수 있도록 병사들을 보냈다."

그러자 다빈도 자리에서 일어섰다.

"외람된 말씀입니다만, 대령님, 확인할 만한 것도 없습니다. 아비닐 선장의 배는 길을 잃었다가 다시 본래의 항로를 찾았습니다. 그리고 항구로 돌아왔습니다. 오크 함선이 해적의 공격을 받았다면, 뭐 유감스러운 일이지만 저희가 신경 쓸 바는 아닙니다."

로레나는 다빈을 바라보지도 않고 대꾸했다.

"아니, 우리가 신경 써야 할 일이 맞다. 해적은 아무나 공격한다. 고블린 이든 오크든, 트롤이든 오우거든, 엘프든 드워프든, 심지어 상대가 인간 이라고 해도 상관없이 공격하지. 톱니항과 그렇게 가까운 해역에서 해적 이 활동한다면, 신경 써야 할 필요가 있어."

"제가 이 자리에 배속된 지도 삼 년이 되었습니다, 대령님. 해적에 관해 따로 설명하실 필요는 없습니다."

다빈 소령은 이제 대놓고 불만 가득한 목소리로 대꾸했다.

"그렇다면 오크 함선이 공격받은 사건에 대해 자네가 신경 써야 한다는 사실을 내가 굳이 알려줄 필요도 없었을 텐데."

머리 하나는 더 큰 사람에게나 맞을 법한 커다란 군복을 입은 왜소한 일 등병이 감시소의 문을 조심스럽게 두드렸다.

"소령님, 소령님과 로레나 대령님을 뵙고 싶다는 사람들이 찾아왔습 니다."

"누군데?" 다빈이 물었다.

"어, 아비널 선장과 처음 보는 병사입니다, 소령님."

"스트로프겠군. 선장을 이곳으로 데려오라고 보낸 병사다."

로레나의 말에 다빈이 그녀를 노려봤다.

"선장이 포로도 아니고 수치스럽게 감시소로 끌고 올 필요가 있습니 까?"

로레나 대령은 머릿속으로 다빈 소령의 보직을 주방 지원 담당으로 변 경할 것을 요구하는 보고서를 쓰기 시작했다. 이번 일이 끝나면 프라우드 무어 여군주와 노리스 장군에게 보낼 작정이다.

"소령, 선장과 대화할 때 자네가 동석하기를 바랄 거라고 생각했다. 그런데 자네는 범죄자를 구금실이 아닌 여기 감시소로 데려오는 건가?"

다빈은 로레나의 질문에 답하기보다는 계속 그녀를 노려보는 쪽을 택했다.

로레나는 젊은 사병을 향해 고개를 돌렸다.

"두 사람 다 들여보내라, 일등병."

짜증스럽게도 일등병은 다빈 소령을 바라봤다. 그가 고개를 끄덕이자 일등병은 밖으로 나갔다.

두 사람이 작은 사무실로 들어왔다. 스트로프는 로레나가 아는 사람 중 가장 평범한 사람이었다. 평범한 키에 평범한 체격, 갈색 머리와 갈색 눈, 작은 수염까지 모든 것이 평범했다. 그는 이 세상의 모든 성인 인간 남성과 똑같아 보였다. 바로 그런 점이 뛰어난 추적자가 될 수 있는 여러 자질 중 하나였다. 특징이라고는 하나도 없는 터라 그가 그곳에 있다는 걸 아무도 눈치채지 못하기 때문이었다.

스트로프의 뒤로 노련한 선원 특유의 풍파에 찌든 얼굴을 한 남자가 따라 들어왔다. 걸음걸이가 조금 이상했다. 발아래 갑판이 일그러지기라도 한 것 같았다. 그리고 햇빛에 오랫동안 노출된 탓에 깊은 주름과 붉은 기운이 얼굴을 뒤덮고 있었다.

다빈 소령이 의자에 앉으며 말했다.

"아비널 선장, 이쪽은 로레나 대령님이다. 해적선이 오크 함선을 공격한 이유에 대해 확인하라는 프라우드무어 여군주님의 명령을 받고 테라모어에서 오셨다."

아비널은 눈살을 찌푸렸다.

"그 이유는 명확하지 않을까요, 대령님."

시간을 할애하여 다빈을 잠시 노려본 후, 로레나는 아비널에게로 시선을 돌렸다.

"소령의 말은 조금 부정확하다. 해적선이 오크 상선을 공격한 이유는 알고 있다. 내가 이해할 수 없는 건 당신이 왜 그들을 돕지 않았는가 하는 점이다."

그러자 아비널 선장은 스트로프를 가리키며 물었다.

"그것 때문에 이 사람과 병사들이 내 선원들을 괴롭히고 있는 겁니까?"

"스트로프 일등병은 여군주님의 명령에 따르고 있을 뿐이다, 선장. 나도 마찬가지고."

"어느새 정찰 시간이 됐네요, 대령님. 오늘은 이만하고 나중에—"

"아니, 그럴 수는 없다, 선장."

아비널이 다빈 소령을 바라봤다. 다빈은 어깨를 으쓱했다. 이 일은 자기 손을 벗어났다고 말하는 것 같았다. 그러자 선장은 어리둥절한 표정으로 로레나 대령을 바라봤다.

"알겠습니다. 그 공격이 있었던 게 언제였습니까?"

"닷새 전이다. 다빈 소령의 얘기를 들어보면 그날 아침엔 짙은 안개에 갇혀 있었다고 하던데."

"네, 그랬습니다."

"그날 아침에 다른 함선을 보았나?"

"그랬을 수도 있습니다. 여기저기에서 배일 수도 있는 형체를 보긴 했습니다. 함선이라고 확언할 수는 없지만요. 한 번은 다른 함선에 꽤 가까이 접근했던 적도 있었던 것 같습니다. 상대 함선에서 뱃고동을 울렸거든요."

로레나가 고개를 끄덕였다. 오크들이 여군주에게 전했던 이야기와 일치하는 내용이었다.

"하지만 아무것도 제대로 보지 못했습니다. 솔직히 제 코도 보이지 않더군요. 오십 년 동안 항해를 했지만, 그런 안개는 정말이지 처음이었습니다, 대령님. 살게라스가 저희 함선 갑판 위에서 산책을 했다 해도 보지 못했을 겁니다. 솔직히 말씀드리면 저희 선원들이 폭동을 일으키지 않도록 제어하는 것도 쉽지 않았습니다. 초록 피부의 놈들이 뭘 하는지, 그것까지 신경 쓸 여력이 없었습니다."

로레나는 아무 말 없이 선장을 바라보다가 한숨을 쉬었다.

"알았다, 선장. 고맙군. 이제 가봐도 좋아."

소리 죽여 '이렇게 시간 낭비를 시키다니'라고 투덜거리며 아비널 선장은 감시소를 떠났다.

선장이 떠난 후 스트로프가 말했다.

"선원들도 대부분 같은 얘기를 했습니다, 대령님."

"물론 그랬을 겁니다. 그게 사실이니까요. 잠깐이라도 곰곰이 생각해보면 누구나 알 수 있을 겁니다."

다빈 소령의 말에 로레나는 휙 돌아서며 물었다.

"대답해봐라, 소령. 아비널 선장이 다른 함선에 접근했었다는 얘기나 상대 함선이 뱃고동을 울렸다는 얘기, 그 이야기들은 아까 왜 하지 않았지?"

"그게 관련이 있는 줄은 몰랐습니다."

로레나는 머릿속으로 보고서를 다시 작성했다. 다빈의 보직을 시궁창 관리 담당으로 변경할 것을 요구하는 보고서로.

"자네 일은 관련성을 판단하는 게 아니다, 소령. 자네 일은 아니, 자네 의무는 상관의 명령을 따르는 것이다."

다빈 소령은 긴 한숨을 내쉬었다.

"대령님, 대령님께서는 지금 아비닐 선장이 잘못한 게 있는지 확인하고자 여기까지 오신 게 아닙니까? 선장은 아무 잘못도 하지 않았습니다. 그리고 초록 피부 한 무리가 화물 좀 도난당했다고 해도 그게 우리와 무슨 상관입니까?"

"사실 화물을 도난당하지는 않았다. 직접 해적과 싸워서 물리쳤으니까."

이번에는 다빈 소령이 자리에서 일어났다. 그리고 미친 사람을 보듯 로레나 대령을 바라봤다.

"외람된 말씀입니다만, 대령님, 그렇게 질문하시는 이유가 뭡니까? 그 초록 피부들에게 어차피 도움이 필요했던 것 같지도 않습니다만? 그런데 어째서 우리를 범죄자 취급하시는 겁니까? 이미 말씀드렸다시피 우리는 그 어떤 잘못도 하지 않았습니다."

로레나 대령은 고개를 가로저었다. 그 말에는 전혀 동의할 수 없었다.

제 5 장

　바이로크는 살아오면서 가장 행복한 시간이 낚시할 때가 되리라고는 꿈에도 생각지 않았다.

　언뜻 봐서 낚시란 오크에게 어울리는 삶이 아니었다. 낚시에는 전투도, 영광도, 도전적인 결투도, 동등한 적을 상대로 자신의 능력을 시험하는 과정도 없었다. 아무런 무기도 사용하지 않았고, 피도 흐르지 않았다.

　하지만 중요한 건 무엇을 하느냐보다 왜 하느냐였다. 바이로크는 자유롭기 때문에 낚시를 하러 갔다.

　젊은 시절 그는 굴단과 어둠의 의회가 새로운 세계로 진출하자는 거짓 약속을 그대로 믿었다. 하늘은 파랗고 거주민은 오크의 월등한 힘으로 쉽게 사냥할 수 있는 먹잇감에 불과하다며 새로운 세상이 있다고 그들은 주장했었다. 바이로크는 부족의 다른 오크들과 함께 굴단의 지시에 따랐다. 굴단과 어둠의 의회가 살게라스와 사악한 악마들의 지시에 따라 움직이고 있다는 내막이나, 이 새로운 세계를 얻기 위한 대가로 자신의 영혼을 바쳐야 한다는 사실을 전혀 알지 못했다.

그리고 오크들이 패배하는 데 십 년이 걸렸다. 오크는 은인이라고 생각했던 악마들의 노예로 살거나, 아니면 악마들이 생각했던 것보다 훨씬 더 싸움에 능했던 인간들의 노예로 살았다.

악마의 마법 때문에 바이로크의 머릿속에 남아 있던 오크의 고향 땅은 어느새 희미해졌다. 기억하는 일에 별반 관심이 없기 때문인지 인간의 지배 아래 있었던 그 기억 역시 비슷한 상태였다. 그때의 삶은 등골이 부서질 만큼 힘이 들고 비천한 삶이었으며, 악마의 지배를 이겨내고 그나마 남아 있던 아주 작은 정신력마저 그때 모두 파괴되고 말았다는 기억만 떠올랐다.

그때 스랄이 나타났다.

그리고 모든 것이 바뀌었다. 스랄은 위대한 듀로탄의 아들이었다. 듀로탄의 죽음과 함께 다양한 측면에서 오크 종족의 예전 삶은 종말을 고했다. 그리고 그런 존재의 아들인 스랄은 지배자들에게서 탈출한 후 인간의 전술로 인간과 싸웠다. 그렇게 오크들이 오래전 잊어버렸던 과거를 떠올리도록 해주었다.

스랄과 규모를 키워가던 그의 군대가 바이로크를 해방시키던 날, 바이로크는 둘 중 한 명이 죽을 때까지 그 젊은 오크를 섬기겠노라 맹세했다.

인간 병사와 악마 무리의 최정예 전투원들이 악착같이 공격해왔지만 다행히 아직까지는 죽음이 도래하지 않았다. 하지만 불타는 군단의 하급 악마 중 하나가 바이로크의 오른쪽 눈을 앗아가는 데 성공했다. 그 대가로 바이로크는 놈의 머리를 통째로 없애버렸다.

전투가 끝나고 오크들이 듀로타에 정착했을 때, 바이로크는 전역을 신청했다. 물론 긴급 소집의 뿔피리가 울린다면 비록 한쪽 눈이 없어도 가장 먼저 달려와 전사의 책무를 짊어지겠다고 약속했다. 하지만 지금은 그토록 힘겹게 싸워 얻어낸 자유를 최대한 누리고 싶었다.

스랄은 바이로크뿐 아니라 전역을 신청한 병사들 모두에게 전역을 허가해주었다.

사실 바이로크는 낚시를 할 필요가 없었다. 듀로타에는 훌륭한 농지가 있었다. 인간의 땅은 남부 습지에 국한되어 있었기 때문에 인간은 농사를 지을 수 없었고, 그래서 낚시에 집중했다. 인간은 남는 생선을 오크의 남는 곡물과 교환했다.

하지만 바이로크는 인간이 잡은 물고기는 먹고 싶지 않았다. 가능하다면 인간과 관련된 것은 무엇이든 피하고 싶었다. 물론 인간이 오크와 함께 불타는 군단과 맞서 싸운 건 사실이었다. 하지만 그건 필요에 의해 결성된 동맹이었다. 인간은 괴물이다. 바이로크는 그토록 미개한 생물과는 그 어떤 관계도 맺고 싶지 않았다.

그래서 데드아이 해안 가운데 그가 즐겨 찾는 낚시터에서 인간 여섯 명이 앉아 있는 모습을 목격한 외눈박이 오크는 놀랄 수밖에 없었다.

바이로크의 낚시터는 높은 초원에 둘러싸여 있었다. 바이로크의 탁월한 추격 능력은 오른쪽 눈을 잃으면서 다소 약화되었지만, 그럼에도 이 초원에서 자신을 제외한 다른 이의 흔적은 보지 못했다. 특히 작고 가벼운 생물치고는 애처로울 만큼 요란하게 움직이는 인간의 흔적은 하나도 보지 못했다. 인근에는 비행선도 없었고, 낚시터 주변에는 배 한 척 보이지 않았다.

하지만 저 인간들이 어떻게 여기까지 왔는지는 그리 중요하지 않았다. 그들이 지금 이곳에 있다는 사실이 문제였다. 낚시 도구를 내려놓은 후, 바이로크는 등에 멘 샛별둔기를 풀었다. 그 무기는 스랄 대족장이 그를 구속에서 해방시킨 후 선사한 선물이었다. 그래서 바이로크는 어디를 가든 그 무기를 지참했다.

그의 낚시터에 지금 다른 오크들이 앉아 있었다면 그들과 이런저런 대화를 나눴겠지만 인간의 경우, 특히 인간 침입자의 경우에는 굳이 그런 대화가 필요 없었다. 조금 더 은밀한 방식으로 그들의 의중을 알아낼 생각이었다. 최선의 상황이라면 그들은 단순히 길을 잃고 너무 북쪽까지 올라와 자신들이 영토를 침범하고 있다는 사실조차 모르고 있는 사람들일 것이다. 바이로크는 오랫동안 살아오면서 악의보다는 멍청함이 더 많은 일을 설명해준다는 사실을 알고 있었다.

최악의 상황이라면 저 인간들이 진짜 침입자인 경우였다. 하지만 만약 그렇다면 바이로크는 그들을 이 낚시터에서 살려 보내지 않을 것이다.

바이로크는 노예로 사는 동안 인간의 언어를 배웠다. 울창한 풀숲에 쪼그려 앉아 있는 그에게는 몇몇 단어가 들려오는 정도였지만, 여섯 명의 인간이 나누는 이야기 중 귀에 들어오는 단어들은 이해할 수 있었다.

하지만 바이로크가 들은 단어를 토대로 생각해보면 전망이 좋지 않았다. '실각시키다'와 '스랄'이라는 단어가 들렸다. 인간이 오크를 비하할 때 사용하는 '초록 피부'라는 말도 들렸다.

그리고 바이로크는 이런 말을 들었다.

"놈들을 모두 죽여버리고 이 대륙을 우리가 차지하자."

다른 사람이 뭔가 질문을 했다. 그중 바이로크가 알아들은 건 '트롤'뿐이었다. 그러자 이 대륙을 차지하자고 말한 자가 대답했다.

"놈들도 죽여버리자."

풀들을 옆으로 젖히고 바이로크는 인간들을 조금 더 자세히 살펴봤다. 특별히 눈에 띄는 점은 없었다. 바이로크에게는 모든 인간이 똑같아 보였다. 하지만 늙은 오크의 눈이 가까운 곳에 있는 인간 두 명에게서 불타는 검 모양의 문장을 확인했다. 한 명은 불타는 검 모양의 문신을 팔에 새겼고, 또 한 명은 귀걸이를 하고 있었다.

피가 차갑게 식었다. 바이로크는 그 문장을 어디서 봤는지 떠올렸다. 아주 오래전, 굴단의 주도 아래 오크가 이 세계에 처음 도착했을 때의 일이었다. 그들은 자신들을 불타는 칼날단이라 했고, 그들의 방어구와 깃발에는 지금 눈앞의 인간 두 명이 지니고 있는 문장과 동일한 문양이 새겨져 있었다. 불타는 칼날단은 어둠의 의회 추종자 중에서 가장 흉포했던 자들이었다. 이후 모두 말살되어 악마를 섬기던 그 부족은 단 한 명도 살아남지 못한 것으로 알려졌다.

그런데 여기 이 인간들이 그들의 문장을 지닌 채 스랄을 죽이겠노라 이야기하고 있었다.

피가 끓어올랐다. 바이로크는 벌떡 일어나 샛별둔기를 머리 위에서 빙빙 돌리며 6인조를 향해 내달리기 시작했다. 바이로크는 육중했지만 달릴 때 거의 소리를 내지 않았다. 지금도 유일하게 들리는 소리는 그가 머리 위로 들어 올린 샛별둔기 손잡이를 중심으로 쇠사슬에 연결된 쐐기 박힌 커다란 철구가 회전하며 윙윙거리는 소리뿐이었다.

하지만 안타깝게도 그 소리만으로 충분했다. 불타는 칼날단의 문장을 지닌 인간 두 명이 휙 돌아섰다. 바이로크는 가장 가까이 있던 두 사람을 노리고 대머리를 향해 샛별둔기를 던졌다. 무기를 빼앗기면 어쩌나 하는 걱정 따윈 하지 않았다. 인간은 그의 무기를 들어 올릴 수조차 없었으니까. 바이로크가 다시 집어 들기 전까지 무기는 그대로 있으리라.

"오크다!"

"한 마리 나타날 때가 됐지!"

"죽여!"

기습의 효과가 사라지자 바이로크는 큰 소리로 포효했다. 인간들은 그 소리를 들으면 늘 위축되었다. 바이로크는 곧장 수염이 덥수룩한 다른 인간을 향해 도약했다. 바이로크의 거대한 주먹이 수염 난 인간의 머리와 충돌했다.

민머리 인간이 바이로크의 어깨를 붙잡았다. 실망스럽게도 바이로크의 무기를 가까스로 피한 모양이었다. 민머리 인간은 다른 손으로 샛별둔기를 집어 들려고 했다. 그럴 여유만 있었더라면 바이로크는 웃음을 터뜨렸을 것이다.

하지만 그는 오른손으로 다른 인간의 머리를 붙잡아 침입자들에게 집어던질 준비를 하느라 너무 바빴다. 게다가 타이밍도 잡지 못했다. 다른 인간이 오른쪽에서 공격해 들어왔기 때문이다.

보이지 않는 오른쪽 눈에 대한 대책을 세우지 못한 자신에게 욕설을 퍼부으며, 바이로크는 옆구리에 느껴지는 고통을 감수한 채 오른팔을 힘껏 휘둘렀다.

다른 인간 두 명이 바이로크에게 달려들었다. 한 명은 그에게 주먹을 날렸고, 다른 한 명은 칼을 휘둘렀다. 바이로크는 가까스로 공격자 중 한 명의 다리를 밟아 부러뜨릴 수 있었다. 다리가 부러진 인간의 외마디 비명이 오크를 자극했고, 바이로크는 공세를 더욱더 강화했다. 하지만 적이 너무 많다. 그중 두 명이 심각한 부상을 입었지만, 인간들은 계속해서 그에게 달려들었다. 바이로크도 비무장 상태에서는 인간 여섯 명을 물리칠 수 없었다.

무기가 필요하다는 사실을 절감한 그는 숨을 깊이 들이쉬었다가 다시 커다란 포효를 내지르며 양 주먹에 온 힘을 실어 내질렀다. 두 주먹은 적들을 잠시 쓰러뜨렸을 뿐이지만, 그 잠깐의 시간이 그에게 필요했다. 바이로크는 무기를 향해 몸을 날린 후 손잡이를 움켜쥐었다.

하지만 그가 미처 무기를 들어 올리기도 전에 인간 두 명이 그의 머리를 강타했고, 다른 한 명은 왼쪽 넓적다리에 단검을 꽂았다. 바이로크는 팔을 바깥쪽으로 휘둘렀고, 샛별둔기의 철구가 매섭게 공중을 갈랐지만, 인간들을 가격하지는 못했다.

그 순간, 어쩔 수 없이 그래야만 하는 자신이 너무나 혐오스러웠지만 바이로크는 달아났다.

정말 힘든 일이었다. 넓적다리에 단검이 박혀 있어서 걸음이 느려졌기 때문만은 아니었다. 전장에서 달아나는 것은 수치이기 때문이었다. 하지만 바이로크는 더 중요한 임무를 수행해야 했다. 불타는 칼날단이 돌아왔다. 그리고 이번에는 인간으로 구성되어 있었다. 앞서 확인했던 두 사람 외에도 공격해온 인간들 모두 목걸이든 문신이든 몸 한구석에 불타는 검 문장을 지니고 있다는 걸 확인할 수 있었다.

스랄에게 반드시 전해야 하는 정보였다. 바이로크는 필사적으로 뛰었다. 아니, 그보다는 절뚝거리는 쪽에 가까웠다. 부상 때문에 점점 몸이 무거워졌다. 이제는 숨 쉬는 것조차 힘겨웠다.

그래도 외눈박이 바이로크는 계속 달렸다.

막연하게 인간 여섯 명이 추적해 오고 있다는 걸 알 수 있었다. 하지만 추격당하고 있다는 사실에 주의를 기울일 수는 없었다. 오그리마로 돌아가 지금 일어나고 있는 일을 스랄에게 알려야 했다. 부상을 당했어도 그의 보폭은 인간의 보폭보다 훨씬 컸고, 그만큼 더 빨리 달릴 수 있었다. 충분히 거리를 벌리기만 하면 다른 어떤 외부인보다 자세히 파악하고 있는 덤불 속에 숨어 인간들을 따돌릴 수 있었다. 게다가 저들은 그저 아무 오크나 붙잡아 두들겨 패고 싶은 것 같았다. 바이로크가 자신들의 말을 이해했다는 사실은 모르고 있을 테고, 따라서 바이로크가 그들의 정체를 알고 있다는 사실 또한 알지 못할 터였다. 그러니 그자들은 적당히 추격하다가 포기할 것이다.

아니, 그러길 바랐다.

이미 바이로크의 머릿속에는 아무 생각도 남아 있지 않았다. 그는 머리를 비우고 그저 한 발, 한 발을 옮기며 발바닥으로 지면을 밟는 일에만 집중했다. 그는 다리에서 느껴지는 고통을 무시했다. 맞고 베인 상처를 무시하고, 하나 남은 성한 눈이 점차 흐릿해지고 있다는 사실도 무시했다. 팔다리에서 힘을 앗아가고 있는 극심한 피로를 애써 무시했다.

바이로크는 계속 달렸다.

그러다가 비틀거렸다. 그의 왼쪽 다리가 움직임을 거부했다. 하지만 오른쪽 다리는 계속해서 앞으로 나가려 했고 결국 그는 땅바닥에 나뒹굴었다. 풀과 흙이 그의 코와 입과 눈에 들어갔다.

"일어나야…… 해……."

"넌 아무 데도 못 간다, 이 괴물아!"

바이로크는 그들의 목소리를 들을 수 있었다. 발자국 소리를 들을 수 있었다. 곧이어 인간 두 명이 그의 등에 올라타 움직이지 못하도록 압박하는 게 느껴졌다.

"아는지 모르겠다만, 네놈들의 시간은 이제 끝났다. 오크는 이 땅에 어울리지 않아. 그래서 우리가 네놈들에게서 이 땅을 빼앗을 생각이다. 알아들었냐?"

바이로크는 가까스로 고개를 들어 인간 두 명을 바라봤다. 그리고 인간들을 향해 침을 뱉었다.

하지만 그들은 그저 웃기만 했다.

"어서 해치우자. 갈탁에레드나쉬!"

나머지 다섯 명도 한목소리로 외쳤다.

"갈탁에레드나쉬!"

여섯 명의 인간은 쓰러져 있는 오크를 거칠게 가격하기 시작했다.

제 6 장

　다빈 소령과 아비널 선장을 심문하고 한 시간이 지난 후, 로레나 대령은 북부감시 요새 앞 공터에 부대를 집결시켰다. 바위와 굵은 나무가 점점이 흩어져 있었다. 울퉁불퉁한 땅 위에 산쑥이 비죽비죽 솟아올랐다. 태양이 땅과 식물을 찬란하게 비추자 모든 것이 환하게 빛을 발했다. 그리고 판금 갑옷을 입은 병사들을 모두 따뜻하게 덥혀주었다.

　로레나가 데려온 부대는 대부분 근무자 명단 위쪽에 있던 병사들로 구성되었지만, 그중 두 명은 로레나가 직접 뽑은 사람들이었다. 젊긴 했지만 스트로프는 그녀가 가장 신뢰하는 병사였다. 아무런 의문도 제기하지 않고 맡은 임무를 수행했으며, 꼭 필요한 경우에는 임기응변에도 능했다. 그는 돌발 상황이 아닌 이상, 받은 명령을 토씨 하나 빼놓지 않고 모두 따랐다. 또한 상대가 누구든 놓치지 않고, 들키지 않고 어디까지든 추적할 수 있었다.

　또 한 명은 스트로프와 정반대의 인물이었다. 자로드는 오크라는 것이 무엇인지 아무도 모를 때부터 오크와 맞서 싸운 노병이었다. 그가 프라우드무어 제독을 훈련시킨 교관이었다는 소문도 있었지만, 로레나는 사실 그 말은 믿지 않았다. 어쨌든 자로드는 모든 것을 보고, 또 모든 일을 해내며 많은 위험을 겪었지만 그것들에 대해 떠벌리며 지금까지 살아남았다.

스트로프가 말했다.

"대령님, 감시소에서도 말씀드렸지만, 다른 선원들이 아비닐 선장의 주장을 입증해주었습니다. 그곳 해상에서는 아무것도 볼 수 없었다고 합니다. 오르가타르 상선이나 해적들이 실제로 그곳에 있었는지조차 확인할 수 없을 것 같습니다."

파올로라는 이름의 정예 병사가 덧붙였다.

"설령 그곳에 있었다고 해도 다른 배를 도울 만한 여력은 없었을 겁니다. 제가 지금까지 만난 선원들 모두 당시의 상황을 떠올릴 때 상당히 두려워했습니다."

오래전 아제로스의 해군에서 복무한 경험이 있는 맬 또한 고개를 끄덕였다.

"그들을 탓할 수는 없습니다. 해상에서 짙은 안개를 만나는 건 최악입니다. 주위 상황을 확인할 방법이 없습니다. 가장 좋은 방법은 닻을 내리고 안개가 걷히기를 기다리는 겁니다. 솔직히 말하면 그들이 그렇게 하지 않았다는 게 놀랍습니다."

"그런데 그게 대체 무슨 상관입니까?"

로레나는 자로드의 질문에 눈살을 찌푸렸다.

"무슨 말을 하는 거냐?"

"그 망할 오크 놈들이 프라우드무어 제독님의 함대를 몰살시켰습니다! 세상에서 가장 위대한 인물 중 한 분을 살해했단 말입니다! 아비닐 선장의 배를 지휘하고 있던 게 저였다면, 차라리 해적을 도왔을 겁니다. 수치스러운 일이 아닐 수 없습니다. 프라우드무어 여군주님께서 동족을 등지고 그야만의 것들을 돕는 것이, 아버지를 배신하고 그런 놈들을 따르는 것이 말입니다. 그 괴물들은 말살해야 마땅한데, 이런 일까지 해야 하는 것이 정말 수치스럽습니다!"

그 말에 모든 병사가 불편한 듯 자세를 바꿨다.

로레나 대령만 예외였다. 그녀는 검을 뽑아 칼끝을 자로드의 목덜미에 들이밀었다. 그 행동에 노병은 깜짝 놀란 듯했다. 얼굴을 뒤덮은 주름살 아래로 그의 푸른 눈이 공포로 휘둥그레졌다.

낮고 위협적인 목소리로 로레나가 말했다.

"다시는 내 앞에서 프라우드무어 여군주님을 욕되게 하지 마라, 상사. 자네가 누구 밑에서 일했고 또 얼마나 많은 트롤과 악마를 죽였는지는 상관없다. 프라우드무어 여군주님에 대해 그토록 불손한 생각을 한다면, 머리부터 발끝까지 산산 조각내어 개들에게 먹이겠다. 무슨 말인지 알겠나?"

스트로프가 한 걸음 앞으로 나섰다.

"자로드 상사도 프라우드무어 여군주님께 결례를 저지를 의도는 없었을 겁니다, 대령님."

자로드가 떨리는 목소리로 덧붙였다.

"당연히 그럴 생각은 없었습니다. 제겐 여군주님을 존경하는 마음뿐입니다. 대령님도 잘 아시잖습니까. 단지—"

"단지 뭐냐?"

자로드가 침을 꿀꺽 삼키자 로레나의 칼끝에 목젖이 부딪혔다.

"단지 그 오크들을 무작정 믿을 수만은 없다는 말씀을 드리고 싶은 겁니다."

자로드는 분명 불손한 말을 했지만 로레나는 검을 내렸다. 수십 년 동안 군에서 성실히 복무한 군인이기에 충분히 정상을 참작할 여지가 있었다. 하지만 조금 전 자로드 상사가 했던 말은 아서스가 변절하기 전부터 프라우드무어 여군주를 열정적으로 섬겨온 노병에게는 어울리지 않는 말이었다. 사실 다른 사람이 그런 말을 했다면 로레나는 귀찮은 경고 따위는 생략하고 곧장 베어버렸을 것이다.

검을 다시 칼집에 집어넣으며 로레나 대령이 말했다.

"부두로 돌아가자. 갈 길이 멀다."

수송선이 정박해 있는 부두로 돌아가면서, 로레나는 지금 무슨 일이 일어나고 있는 것인지 곰곰이 생각했다. 그녀는 성인이 된 후 지금까지 평생을 군인으로 살았다. 십 남매 중 막내이자 유일한 딸이었던 그녀는 오라비와 아버지처럼 군인이 되고 싶었다. 심지어 그녀는 자신이 남자라고 생각하며 살기도 했다. 하지만 열세 살 여름이 되던 해에 나타난 신체적 변화는 자신이 여자라는 현실을 받아들이도록 강요했다. 로레나는 검과 방패를 다루는 솜씨가 어찌나 뛰어났던지, 처음엔 그녀가 군에 입대하는 것을 꺼려하던 아버지조차 쿨 티라스 도시 경비대에 지원하는 그녀를 후원해줄 정도였다. 시간이 흐르고 그녀는 차근차근 계급을 높여가다가 마침내 불타는 군단과 전쟁을 치르는 중에 프라우드무어 여군주의 명에 따라 대령으로 진급했다.

그 짧지 않은 기간 동안 그녀는 직감을 갈고 닦았다. 군인 집안 출신의 전사에게 발현된 치밀한 직감이었다. 그리고 바로 그 직감이 로레나에게 이번 일은 단순한 사건이 아님을 말하고 있었다. 군 정찰함이 안개 속에서 상선과 그 배를 공격하는 해적을 보지 못한 것이 이 사건의 전부가 아니라고 말이다. 그런 의혹은 그녀가 북부감시 요새에 도착하는 순간 마음속에

뿌리를 내렸다. 그리고 지금, 자로드에 의해 그 의구심이 다시금 고개를 들었다.

무엇이 잘못된 것인지 정확히 설명할 수는 없었지만, 이제부터 알아낼 작정이었다.

공터 가장자리를 따라 행군하면서, 스트로프 일등병은 자로드 상사에 게서 한시도 눈을 떼지 않았다. 전장에서 잔뼈가 굵을 대로 굵은 노병이 무슨 생각에 사로잡혔는지는 몰라도 스트로프는 그의 변화가 마음에 들지 않았다.

오크들에 대해 불만을 늘어놓을 수는 있었다. 지금까지의 역사를 생각 해보면 충분히 이해할 만한 일이었다. 스트로프 자신은 오크 역시 악마의 영향력에 의해 희생된 피해자로 생각했지만 말이다. 그럼에도 오크들을 증오하는 건 메디브가 그랬던 것만큼 충분히 일리가 있는 일이었다. 물론 메디브는 악마들에게 지배당했던 과거에도 불구하고 지금은 영웅으로 추대받고 있지만 말이다. 어쨌거나 스트로프는 일부 인간들이 무슨 이유로 오크들에게 적대감을 갖고 있는지 충분히 이해할 수 있었다.

하지만 프라우드무어 여군주에 대한 적대감이라면? 여군주를 탐탁지 않게 생각할 이유가 있는 존재들은 오직 불타는 군단과 그들의 대의에 동 조하는 자들뿐이었다.

자로드 상사는 과거에 이런 감정을 표현한 적이 한 번도 없었다. 그런 생 각을 하다 보니 상사가 실성한 건 아닐까 하는 생각까지 들었다. 물론 그 것 자체는 이상할 게 없었다. 아무리 뛰어난 사람이라도 문제를 겪을 수 있었다. 하지만 그 문제가 그들을 위험에 빠뜨릴 수도 있었다. 훈련 과정 에서 병사들에게 주입되는 원칙 중에는 늘 부대 내의 동료들에게 의지해야 한다는 사항이 있었다. 스트로프는 더 이상 자로드에게 의지할 수 없으리라는 생각이 들었다.

그래서 자로드 상사를 항상 시야에 두고 있어야 한다는 생각 때문에, 스트로프는 좀 더 일찍 눈치챘어야 하는 것을 뒤늦게 알아챘다. 나무와 바위, 그리고 북부감시 요새에서 사용하는 작은 헛간들이 완전한 원형 경계를 이루었다. 부대가 그 원의 경계에 도달하는 순간, 스트로프는 망토를 두른 형체 넷이 헛간과 나무, 바위 뒤에 숨어 있는 것을 확인했다. 모두들 몸을 잘 숨기고 있었지만, 스트로프는 여느 병사보다 눈썰미가 뛰어났다.

"매복이다!"

스트로프의 고함 소리에 병사 일곱 명이 재빨리 전투태세를 취하며 검을 뽑았다. 그와 동시에 적 일곱 명이 은신처에서 뛰쳐나왔다. 스트로프도 다른 세 명은 미처 알아채지 못했다.

적은 거대했다. 망토를 둘렀지만 그들이 오크라는 사실을 감출 수 없었다. 하지만 개별 오크를 식별할 만한 특징을 감추는 데는 성공했다.

스트로프는 머리를 향해 날아오는 곤봉을 무기로 막아내며 뭔가 특이한 것을 눈치챘다. 적의 망토에는 불타는 검 모양의 문장이 새겨져 있었다. 스트로프에게도 낯익은 문장이었지만, 그 순간에는 더 깊이 기억을 더듬을 만한 시간이 없었다. 망토를 두른 오크가 온 힘을 다해 스트로프의 숨통을 끊고자 달려들었다.

오크는 곤봉을 세 번 더 휘둘렀고, 스트로프는 세 번 다 막아냈다. 그리고 세 번째 공격에서 그는 안쪽으로 파고들어 오크의 배를 세차게 걷어찼다. 그런 공격을 예상하지 못하고 있던 오크는 뒤로 벌렁 넘어졌고, 스트로프는 그대로 검을 찔러 넣으려 했다. 하지만 상대 오크는 놀라운 몸놀림으로 곤봉을 들어 그의 검을 막았다.

오크 입장에서는 안타까운 상황이 되었지만, 이후로 싸움의 주도권은 스트로프가 차지했다. 그는 계속해서 공격을 변주해가며 적을 찌르고 베기를 반복하다가, 오크가 미처 예상치 못한 지점을 공격하려 했다. 하지만 오크 또한 잘 훈련받았고 놀라운 반사 신경을 갖고 있었다. 스트로프가 발로 차거나 주먹을 날릴 때마다 대응할 준비가 되어 있었다. 인간은 전투 중에 자신의 무기에만 의존하는 경향이 있었다. 하지만 스트로프는 자신의 신체를 전부 활용했다.

스트로프는 낮은 위치로 검을 찔렀다. 오크가 무기를 내려 막으면서 머리를 공격할 기회가 생기길 바랐다. 하지만 오크도 그런 공격을 예상했는지 곤봉을 한 손으로 들어 스트로프의 검을 막고 다른 손은 위로 들어 머리를 가렸다.

스트로프는 재빨리 오크의 비어 있는 한쪽 다리를 걷어찼다.

뼈를 부러뜨릴 정도로 강한 공격은 아니었지만 오크는 비틀거리며 균형을 잡으려고 두 팔을 버둥거렸다. 그 덕분에 스트로프는 오크의 가슴을 공격할 기회가 생겼다.

아니, 그런 줄 알았다. 그의 칼이 검은 망토를 쉽게 꿰뚫었고, 칼날은 절반가량 들어갔다. 하지만 오크의 육체를 찔렀다는 느낌이 들지 않았다. 그리고 스트로프의 예상보다 훨씬 더 힘겹게 검을 뽑아냈을 때, 칼날에는 피가 전혀 묻어 있지 않았다.

스트로프는 이를 악물며 놀란 마음이 드러나지 않도록 애썼고, 상대는 이미 균형을 잡은 채 똑바로 서 있었다.

스트로프는 깊이 숨을 들이쉬며 포기하지 않고 다시 적에게 다가갔다. 그는 오크의 목을 향해 검을 휘둘렀지만 적은 공격을 막아냈다. 그 즉시 배로, 다시 목으로, 그리고 다리를 공격했다. 스트로프는 양손이 제대로 보이지 않을 만큼 빠르게 움직이며 오크를 점점 더 뒤로 밀어냈다. 한 치의 틈도 보이지 않으며 적에게는 가까스로 공격을 막아낼 시간만 허용했다. 스트로프는 공격을 거듭하며 단 한 번만 공격이 제대로 먹히길 바랐다.

그 순간 난데없이 어디선가 칼날이 튀어나와 오크의 머리를 베었다. 칼날에 잘린 망토 절반이 바닥으로 떨어졌고, 성난 남성 오크의 초록색 얼굴이 드러났다. 왼쪽 엄니에는 불타는 검 문양이 새겨져 있었다.

오크 머리에 상처를 내고 망토를 잘라낸 검은 로레나 대령의 검이었다. 로레나 대령은 이미 자기 몫의 적을 처치한 모양이었다.

오크가 오크어로 소리치며 후퇴를 지시했고, 그러자 적들은 한목소리로 외쳤다.

"갈탁에레드나쉬!"

스트로프는 오크어와 트롤어, 고블린어, 드워프어, 네 개의 엘프 방언을 비롯한 다양한 언어를 이해할 수 있었지만, 단 한 번도 들어본 적 없는 언어였다.

적들이 달아나기 시작했다. 스트로프가 고개를 돌려 훑어보니 이언과 맬이 쓰러져 있었다. 이언은 목이 잘려 이미 숨을 거두었지만, 맬은 다친 다리를 제외하면 생명에 지장은 없었다. 로레나와 자로드, 파올로, 클레이가 부상 없이 서 있었다. 오크 중 하나는 땅에 쓰러져 있었고, 나머지 여섯은 도망치고 있었는데 그중 두 명은 피를 흘리고 있었다.

"스트로프, 클레이, 추적해라."

로레나가 맬에게 다가가며 말했다.

클레이는 이 파견 부대에서 가장 잔혹한 투사였다. 스트로프는 동료인 클레이 일등병의 칼날에 엄청난 양의 오크 피가 묻어 있는 것을 볼 수 있었다.

"오크의 몸을 벨 수 있었어?"

스트로프는 오크 여섯 명이 도망친 방향으로 달리며 클레이에게 묻자, 클레이는 고개를 끄덕이며 답했다.

"머리나 목을 공격할 때만. 몸이 꼭 연기로 만들어진 것 같던데."

오크들은 벽처럼 늘어선 버들가지를 통과했다. 몇 걸음 뒤에서 그곳을 통과한 클레이와 스트로프는 아무것도 발견할 수 없었다. 오크들은 흔적도 없이 사라졌다. 부상당한 오크 두 명이 흘렸을 핏자국도 전혀 남아 있지 않았다. 그곳은 전방 2킬로미터가 탁 트인 장소였다. 그 짧은 시간 동안 오크들이, 그것도 부상자와 함께 시선이 닿지 않는 곳까지 달아났을 리는 없었다.

스트로프는 멈춰 서서 숨을 깊이 들이쉬었다.

"무슨 냄새가 나지?"

클레이는 고개를 가로저었다.

"유황이야. 그리고 향료. 백리향 같아."

혼란스러워하는 목소리로 클레이가 물었다.

"그래서?"

"마법이야. 그래서 저 녀석들을 칼로 찌를 수 없었던 거야."

광기에 가까운 눈빛을 번뜩이며 클레이가 물었다.

"악마일까?"

"아니었으면 좋겠군."

스트로프는 몸을 부들부들 떨었다. 클레이는 젊었다. 불타는 군단과 싸울 때는 너무 어려서 참전하지 못했던 신병이었다. 악마와 싸우고자 하는 클레이의 열망은 실제로 악마와 싸워본 적이 없는 이들에게서 나타나는 욕망이었다.

스트로프와 클레이는 돌아서서 버드나무 잎을 지나 부대원들이 있는 곳으로 돌아갔다.

로레나 대령은 맬 옆에 무릎을 꿇고 있었고, 곁에는 파올로가 맬의 상처에 붕대를 감고 있었다. 돌아온 스트로프와 클레이를 보자마자 로레나는 벌떡 일어나 화난 목소리로 물었다.

"어떻게 된 거지?"

"놈들이 사라졌습니다, 대령님. 혈흔까지 완전히 사라졌습니다. 그리고 그 자리에는 마법의 냄새가 남아 있었습니다."

"젠장!"

로레나는 침을 뱉으며 앙다문 이 사이로 짧은 숨을 내쉬고는 땅에 떨어진 망토를 가리켰다.

"이해가 되는군. 저 녀석도 심문받을 생각이 없었던 모양이다."

스트로프가 살펴보니 망토는 입체감 없이 땅바닥에 널브러져 있었다. 그는 검으로 망토를 찔러보았다. 잿더미가 이리저리 흩어졌다. 그는 다시 대령을 바라봤다.

"분명히 마법이야."

로레나는 고개를 끄덕이며 말했다.

"대령님, 뭔가 낯익은 것이—"

그 순간 마침내 스트로프의 머릿속에서 최근 형과 나눴던 대화가 떠올랐다.

"그겁니다!"

"무슨 얘기지, 스트로프 일등병?"

"지난번 집에 갔을 때, 저희 형 마누엘에게서 불타는 칼날단이라는 단체가 활동하고 있다는 이야기를 들었습니다. 악마파멸 선술집에 갔을 때 누군가 형을 영입하려 했다고 합니다. 그들은 지금의 상황에 불만을 품은 사람들을 모임에 불러 모으고 있다고 했습니다. 그 외에 다른 이야기는 하지 않았습니다만."

자로드가 코웃음을 쳤다.

"어차피 지금 상황을 만족스러워하는 사람은 아무도 없어. 그런데 뭘 굳이 모임까지 갖는 거야?"

스트로프는 앞서 자로드가 했던 말을 고려하면 지금 이야기는 어딘가 이상하다고 생각했다. 하지만 그에게 따로 대꾸하지 않고 대령에게 보고를 계속했다.

"대령님, 제가 상대한 오크는 엄니에 불타는 칼 모양의 문장이 새겨져 있었습니다."

"불타는 칼날이군. 나와 싸운 녀석, 그러니까 저기 재로 변해버린 녀석도 코걸이에 불타는 칼날이 덜렁거리고 있었다."

로레나가 고개를 가로저으며 대꾸하자 클레이가 한 손을 들었다.

"한 말씀드려도 되겠습니까, 대령님?"

로레나가 고개를 끄덕였다.

"제가 상대한 적들 중 하나도 마찬가지였습니다. 스트로프 일등병이 말한 것처럼 엄니에 그 문장이 새겨져 있었습니다."

"젠장. 그건 그렇고 그쪽은 좀 어떤가?"

로레나는 맬 옆에서 일어나는 파올로를 바라보며 물었다.

"치유사가 필요하지만, 테라모어로 돌아갈 때까지는 버틸 수 있을 겁니다."

파올로는 로레나 대령 너머로 보이는 북부감시 요새를 바라보며 덧붙였다.

"저곳의 의무실은 믿을 수 없을 것 같습니다, 대령님."

이를 앙다문 맬도 숨을 몰아쉬며 말을 보탰다.

"저도 같은 생각입니다, 대령님."

"좋아."

로레나는 칼을 닦지도 않은 채 그대로 칼집에 넣은 후, 부두를 향해 걷기 시작했다. 스트로프는 대령이 배에 탄 후에 칼을 닦을 거라고 생각했다.

"어서 배로 가자. 배에 오르면 고통을 달랠 수 있게 내 위스키라도 좀 먹여라."

맬이 지친 얼굴로 웃으며 말했다.

"대령님은 정말 너그러우시다니까."

맬 상등병을 향해 반쯤 미소를 지어 보인 후, 로레나가 말했다.

"그렇게 너그럽지는 않아. 손가락 두 개 높이까지다. 더는 안 돼. 아주 비싼 위스키거든."

파올로가 클레이에게 신호를 보내자 두 사람은 맬을 번쩍 들어 올렸다. 다친 다리를 잘 고정한 후 양옆에서 그를 들고 부두 쪽으로 향했다. 스트로프는 피투성이가 되어버린 이언의 시신을 들어 올렸다.

로레나는 함께 걸으며 그에게 말했다.

"일등병, 테라모어에 돌아가는 대로 자네 형과 이야기하고 싶다. 불타는 칼날단에 대해 알아봐야겠다."

"네, 대령님."

제 7 장

　호드의 대족장인 스랄의 왕좌가 있는 석실은 늘 서늘했다. 스랄은 그편이 좋았다. 오크는 추위를 잘 견디는 생물이 아니었고, 그래서 이곳에 오면 불편함을 느꼈다. 그는 지도자 앞에 서 있을 때 백성들이 편안함을 느끼지 않는 것이 좋다고 생각했다. 그래서 이곳을 건설할 때 두꺼운 석재를 사용하고 창문을 내지 말 것을 특별히 요구했다. 조명도 횃불이 아니라 등불로만 이루어졌다. 열기를 덜 방출하기 때문이었다.

　그렇다고 해서 정말로 언짢을 만큼 춥지는 않았다. 스랄은 백성들이 자신에게 청원할 때 고통스럽게 하고 싶지는 않았다. 그저 완전히 마음을 놓지 않길 바랄 뿐이다. 스랄은 지금까지 정말 힘겨운 길을 걸어왔고, 그만큼 지금의 자리가 얼마나 소중하고, 또 얼마나 위태로운지 잘 알고 있었다. 따라서 주어진 기회는 모두 활용하겠노라 결심했고, 알현실을 서늘하게 유지하는 사소한 사항도 그 결심에 포함됐다.

　지금은 주술사인 칼타르와 가장 강한 전사 벅스가 알현 중이었다. 직접 처치한 짐승의 가죽으로 만든 왕좌에 앉은 스랄 앞에 두 오크가 서 있었다. 벅스가 입을 열었다.

"인간들이 아직 북부감시 요새에 주둔하고 있소. 마지막으로 확인한 바로는 추가 병력을 태운 함선까지 나타났다고 하오. 아무래도 병력을 증원하는 것 같소만."

그 말에 스랄은 왕좌에 편히 기대앉아 대답했다.

"그럴 리 없네. 프라우드무어 여군주가 병사들을 보내 볼릭 선장의 보고와 관련된 진실을 직접 확인해보겠다고 했네."

벅스는 몸을 한껏 꼿꼿이 세웠다.

"놈들이 전사의 말을 믿지 않는다는 뜻이오?"

나이가 들어 초록색 피부는 창백해지고 주름이 깊어진 칼타르가 호탕하게 웃었다.

"분명히 그럴 걸세, 벅스. 자네가 인간의 말을 귓등으로도 듣지 않는 것처럼, 인간도 오크의 말을 믿을 리가 없지."

"인간은 겁쟁이에 야비한 녀석들일 뿐."

벅스가 칼타르의 말을 일축하자, 스랄은 몸을 앞으로 숙이며 말했다.

"테라모어의 인간들은 그런 자들이 아니네. 그리고 내 앞에서 그들을 모욕하는 언행은 삼가하게."

벅스는 발을 쿵 하고 굴렀다. 전사의 과장된 몸짓에 스랄은 웃음이 나오려는 걸 참아야 했다. 그 몸짓은 인간 아이가 짜증을 부리는 모습을 떠오르게 했다. 하지만 오크들 사이에서는 불쾌감을 표현하는 행동이었다. 스랄은 비록 오크 부족의 군주이긴 했지만, 자신의 성장 과정이 동족과 함께 이루어지지 못했다는 사실을 어쩔 수 없이 깨닫게 될 때가 많았다.

"이건 우리의 땅이오, 스랄! 우리 것이라고! 인간들에게는 아무런 권리가 없소. 놈들에게는 대해를 건너 자기네 땅으로 돌아가라고 하시오. 그리고 우리는 악마의 저주가 우리를 뒤덮기 이전의 생활로 돌아가면 되오. 필멸이든 아니든, 모든 추악한 힘에서 벗어나 살아가면 된단 말이오."

스랄은 고개를 가로저었다. 이런 논쟁은 이미 이 년 전에 끝났다고 생각했는데.

"인간은 이 칼림도어에서 가장 척박한 땅에 거주하고 있네. 그것도 아주 좁은 지역에서. 우리는 먼지진흙 습지대에는 주둔조차 하지 않았지. 제이나의 백성들은—"

"'제이나'라고?"

벅스가 조롱하는 목소리로 그 이름을 되묻자 스랄은 자리에서 일어났다.

"말조심하게, 벅스. 프라우드무어 여군주, 아니 제이나는 내가 존중해 마지않는 인물이네. 하지만 자네를 존중하는 마음은 지금 빠르게 사라지고 있어."

벅스는 조금 움츠러들었다.

"사과하겠소, 대족장. 하지만 이해해주시오. 당신은 그들과 함께 자랐소. 그 때문에 종종…… 우리의 현실을 제대로 보지 못하는 것 같소."

"내가 보지 못하는 건 없네, 벅스. 악마의 저주와 인간의 지배 아래 희생된 이 세계의 모든 오크가 눈을 뜨고 자신의 정체성을 되찾게 한 것이 바로 나였다는 사실을 다시금 생각해보는 게 좋을 것 같군. 그런 식으로 내게 훈계할 수 있을 거라고는—"

숨을 헐떡이며 뛰어 들어온 어린 오크 때문에 그들의 논의가 중단되었다.

"천둥도마뱀입니다!"

스랄은 두 눈을 깜빡였다. 지금 언급된 생물의 주 서식지인 천둥 마루는 이곳에서 아주 멀리 떨어진 곳이었다. 오그리마에 천둥도마뱀이 나타났다면, 훨씬 더 강력한 경보가 울렸을 것이다.

"어디에 말이냐?"

벅스의 물음에 칼타르도 어리둥절한 표정으로 말했다.

"분명히 먼 곳이겠지. 그렇지 않다면 어린 전령 혼자 달려오지는 않았을 테니까."

오크 소년은 전령임을 나타내는 번개 모양의 코걸이를 하고 있었다. 스랄에게 보고하고자 천둥 마루에서부터 달려온 게 분명했다.

"말해라." 스랄이 어린 전령에게 말했다.

"저는 모래바람 협곡에서 왔습니다, 대족장님. 천둥도마뱀들이 천둥 마루에서 탈출했습니다."

"어떻게 그럴 수가 있단 말이냐?"

벅스가 추궁하듯 묻자 스랄은 벅스를 노려보며 말했다.

"전령의 말을 끊지 말게. 이야기를 듣다 보면 알 수 있겠지."

스랄은 소년을 향해 다시 말했다.

"계속해라."

"툴크라는 이름의 농부가 발굽 소리를 들었다고 했습니다. 곧장 아들들을 깨웠고, 천둥도마뱀들이 농작물을 망치지 못하도록 가족이 함께 쫓아냈다고 합니다. 하지만 전에는 그 누구도 천둥도마뱀이 그곳 마루에서 벗어났다는 얘기를 접한 적이 없습니다. 그래서 툴크와 아들들은 옆 농장의 농부와 그의 아들들과 함께 마루로 갔습니다."

스랄은 고개를 끄덕였다. 천둥 마루는 굵은 나무들이 빽빽하게 들어선 숲으로 둘러싸여 있었다. 그 울창한 숲을 통과할 수 없는 천둥도마뱀들은 천둥 마루를 벗어나지 못한다고 알려져 있었다. 조심스럽고 유연하게 움직인다면 그 숲을 빠져나올 수 있었지만, 천둥도마뱀들은 그렇게 움직일 수 있는 생물이 아니었다.

"그런데 농부들이 그곳에 도착했을 때, 숲이 엉망으로 파괴된 것을 확인했습니다. 천둥도마뱀들이 마루를 벗어날 수 있는 길이 생긴 겁니다. 농부들은 농작물이 훼손되는 것을 걱정하고 있습니다."

하지만 스랄은 아직 첫 번째 문장을 곱씹고 있었다.

"파괴되었다고? 정확히 어떻게 파괴되었다는 것이냐?"

"누군가 나무들을 모두 베어버렸습니다. 밑동이 땅 위로 한 뼘 정도만 남아 있었습니다."

"벤 나무는 어디로 가고?"

벅스의 물음에 오크 소년은 어깨를 으쓱했다.

"모르겠습니다. 가지도 남아 있는 게 없었습니다. 그저 나무 밑동만 남아 있었습니다."

고개를 가로저으며 스랄이 물었다.

"어떻게 그런 일이 가능한 것이냐?"

"어떻게 된 영문인지 모르겠습니다, 대족장님. 하지만 뭔가 일이 일어났다는 것만은 분명해서 이렇게 말씀드리러 왔습니다."

스랄은 소년에게 경례를 했다.

"아주 잘해주었구나. 우선 음식과 음료를 먹거라. 네가 일단 숨을 돌리고 나면 더 물어볼 것이 있다."

"감사합니다, 대족장님."

소년 전령은 고개를 끄덕이며 대답한 후 서둘러 밖으로 나갔다.

소년이 알현실을 떠나자마자 벅스가 으르렁거리듯 말했다.

"인간들 짓이오. 그럴 수밖에. 놈들은 벌써 몇 번이나 천둥 마루의 목재를 쓰게 해달라고 요청해왔소. 오크라면 이 땅을 그렇게 더럽히는 일은 없었을 거요."

　스랄은 인간들을 탓하고 싶은 생각이 없었지만, 듀로타의 어떤 오크도 그런 짓은 하지 않을 거라는 벅스의 말은 사실이었다.

　"그렇게 많은 목재를 천둥 마루에서 해안까지 들키지 않고 나를 수는 없네. 육로를 이용했다면 목격자가 있었을 테고, 비행선을 이용했다고 해도 크게 다르지 않았을 거야."

　"세 번째 방법이 있지."

　칼타르의 말에 스랄은 한숨을 쉬며 다시 고개를 절레절레 저었다.

　"마법."

　"그렇소, 마법. 테라모어에서 가장 강력한 마법사는 당신이 그렇게 아끼는 프라우드무어 여군주, 바로 제이나요."

　"프라우드무어 여군주의 짓은 아니네. 땅을 더럽히는 건 수치스러운 일이지. 하지만 인간에게도 나름의 책임감은 있으니, 이런 짓을 저질렀을 것 같지는 않아."

　"대체 무슨 소리를 하는 거요?"

　벅스가 성난 목소리로 물었다.

　"수수께끼 같은 이야기를 하는군. 늘 그렇지만."

　스랄이 웃으며 말했다.

　"뭔가 거대한 힘이 이 일에 관여하고 있소, 스랄. 강력한 마법이지."

　칼타르의 대답에 벅스는 다시 한 번 발을 굴렀다.

　"프라우드무어 여군주야말로 강력한 마법을 쓰는 인간이오. 또한 인간들은 그곳의 나무를 차지하려는 이유가 충분히 있고, 그 지역 목재라면 더 튼튼한 배를 만들 수 있소. 그렇게만 된다면야 우리 상선을 더 마음대로 괴롭힐 수 있겠지. 게다가 천둥도마뱀까지 풀어준다면, 우리들의 농장도 훼손할 수 있을 테고."

벅스는 스랄의 왕좌 앞까지 성큼성큼 다가갔다. 그러고는 엄니가 닿을 만큼 자신의 얼굴을 스랄의 얼굴 앞에 바짝 들이밀었다.

"모든 정황이 일치하오, 대족장. 당신도 알고 있잖소."

그러자 낮은 목소리로 스랄이 말했다.

"벅스, 내가 아는 건 프라우드무어 여군주가 듀로타와 테라모어의 동맹을 깨지 않고 아버지를 배신하는 쪽을 선택했다는 걸세. 그랬던 그녀가 고작 나무 때문에 우리의 동맹을 저버릴 거라고 생각하나?"

벅스는 물러서서 두 팔을 위로 들어 올렸다.

"인간이 무슨 생각을 하는지 누가 알겠소?"

"나는 알 수 있네. 자네도 앞서 지적한 바 있지만, 나는 인간의 손에 길러졌네. 인간의 선한 모습과 악한 모습을 전부 다 목격했지. 그래서 확실히 말할 수 있네. 이런 짓을 할 수 있는 인간이 분명 있겠지만, 제이나 프라우드무어는 그런 사람이 아니야."

반항이라도 하듯 팔짱을 낀 채 벅스가 말했다.

"칼림도어에 다른 인간 마법사는 없소. 그러면 누구라고 생각해야 한단 말이오, 대족장?"

스랄은 나직이 웃었다.

"나도 모르겠네. 블랙무어 준장이 날 인간처럼 교육시킬 때, 여러 철학과 과학 논문을 읽으라고 지시했었네. 그중 가장 기억에 남았던 것은 단한 문장이었네. 바로 지혜의 시작은 '나는 모른다'라고 인정하는 순간이라는 문장이었지. 그 사실을 인정하지 않는 자는 결코 아무것도 배울 수 없어. 나는 내 자신에게 배울 수 있는 능력이 있다는 사실에 늘 자부심을 느껴왔네."

스랄은 다시 자리에서 일어났다.

"모래바람 협곡으로 전사들을 보내게. 그리고 천둥도마뱀을 한데 모아. 이 문제를 해결하는 데 필요한 모든 지원을 제공하게."

그러고는 주술사 칼타르를 바라봤다.

"돌을 가져오게. 프라우드무어 여군주와 이야기를 나눠봐야 할 것 같아."

칼타르가 스랄의 지시에 따라 천천히 방을 나서는 중에 벅스는 다시 한 번 발을 굴렀다.

"즉시 행동해야 하오! 이야기나 하고 있을 때가 아니오."

"이야기를 하는 건 배우는 과정의 두 번째 단계네, 벅스. 나는 누가 이 일에 책임이 있는지 알아낼 생각이야. 이제 가서 내 지시에 따르게."

벅스는 뭔가 더 말하려 했지만 스랄은 허용하지 않았다.

"더는 자네 얘기를 듣지 않겠네, 벅스! 자네 생각은 이미 충분히 들었어! 하지만 지금은 모래바람 협곡을 돕는 게 더 시급하다는 건 인정하겠지? 우리들의 농장이 쑥대밭이 되기 전에, 어서 가서 내가 지시한 대로 하게."

"알겠소, 대족장."

벅스는 소년 전령이 그랬던 것처럼 경례를 하고는 알현실을 떠났다.

스랄은 제이나를 보호하려던 자신의 생각이 옳았기를 바랐다. 분명, 그렇게 하는 것이 옳았으리라. 하지만 숲을 망가뜨리고, 목재를 훔치고, 천둥도마뱀을 풀어준 자가 제이나가 아니라면…… 대체 누가 그런 짓을 했단 말인가?

제 8 장

로레나는 프라우드무어 여군주의 일상을 관리하는 미치광이 노파 듀리를 따라서 여군주의 방으로 들어섰다. 하지만 방은 텅 비어 있었다.

로레나는 듀리를 향해 빙글 돌아섰다. 그리고 자기보다 머리 하나는 작은 듀리 비서를 향해 물었다.

"여군주님은 어디 계십니까?"

"곧 돌아오실 테니까 그렇게 초조해하지 않아도 돼. 그 오크 대족장을 만나러 한 시간 전에 떠나셨으니, 곧 돌아오실 거야."

로레나는 눈살을 잔뜩 찌푸리며 물었다.

"스랄을 만나러 가셨다고요?"

손으로 입을 가리며 듀리가 말했다.

"오, 이런. 그 얘기는 하지 말았어야 했는데. 얘야, 내가 한 말은 전부 잊어주겠니?"

로레나는 아무 말도 없이 그저 노파를 방 밖으로 내보낼 심산으로 안 그래도 굳은 얼굴에 잔뜩 인상을 썼다. 로레나의 의도는 성공했다. 듀리는 코에 걸친 안경을 떨어뜨리면서 황급히 방을 빠져나갔다.

잠시 후 크리스토프가 들어왔다.

"대령님, 보고할 사안이 있다고 듀리 님이 말씀하셨습니다만."

로레나는 테라모어의 시종장 크리스토프를 바라봤다. 조금 전 나간 듀리와 마찬가지로 크리스토프는 필요악이었다. 국가란 군인만으로는 운영될 수 없는 것이니까. 로레나의 아버지와 오라비들이 가장 먼저 가르쳐준 것은 책상머리 사무원들에게 잘해주라는 것이었다. 모든 부대를 실질적으로 돌아가게 하는 건 고위 장교들이 아니라 사실 사무원들이기 때문이었다.

듀리는 워낙 짜증나는 노파라 그런 가르침을 실천으로 옮기지 못했지만, 크리스토프는 여군주의 오른팔이었다. 그래서 로레나는 시종장에 대한 강렬한 혐오감을 잠시 묻어두고 억지 미소를 지었다.

"여군주님께 보고드릴 게 있다. 돌아오시는 대로 말씀드릴 생각이야."

로레나의 말에 크리스토프는 미소를 지었다. 로레나가 지금까지 본 미소 중 가장 가식적인 미소였다. 쿨 티라스 요새에서 오랫동안 경비를 섰던 그녀는 가식적인 웃음을 헤아릴 수 없이 많이 봐왔지만, 지금 크리스토프의 미소에 견줄 만한 것은 없었다.

"제게 말씀하셔도 됩니다. 프라우드무어 여군주님께 그대로 전해드리겠습니다."

"괜찮다면 여군주님께 직접 전해드리고 싶군."

그러자 크리스토프가 매섭게 쏘아붙였다.

"여군주님은 공적인 업무로 자리를 비우셨습니다. 돌아오시기까지 시간이 다소 걸릴지도 모릅니다."

앞에 선 시종장에게 나름의 가식적인 미소를 지어 보이며 대령이 말했다.

"여군주께서는 마법사시다. 업무가 끝나면 바로 돌아오실 수 있을 테고. 게다가 이번 일은 직접 보고하라고 지시하셨다."

"대령님-"

크리스토프가 하려던 말은 그대로 묻혀버렸다. 펑 소리와 함께 섬광이 번지며, 프라우드무어 여군주의 귀환을 알렸다.

로레나는 늘 여군주를 대할 때마다 겉보기에는 그리 대단해 보이지 않는다고 생각했다. 하지만 마법사란 겉모습만으로 판단해서는 안 되는 존재라는 걸 이미 오래전에 배웠다. 로레나는 평생을 남자처럼 보이기 위해 노력했다. 머리는 짧게 자르고, 다리는 제모하지 않고, 가슴을 숨기는 속옷을 입었다. 그렇게 노력했지만 그저 여자라는 이유로 무시당하는 일이 종종 있었다. 그래서 금발을 늘어뜨리고 짙푸른 두 눈을 반짝이는 이 작고 창백한 여성이 그토록 많은 사람들에게 존경받고 있다는 사실이 항상 놀라웠다.

여군주의 태도에도 조금은 이유가 있는 것 같았다. 제이나는 어느 곳에 들어서든 그곳에서 가장 큰 사람으로 보였다. 실제로는 가장 작은 경우가 많았음에도 말이다. 그녀는 온통 하얀색 의복을 입고 있었다. 장화, 블라우스, 바지, 망토까지 모두 하얀색이었다. 그리고 놀랍게도 모든 의복이 티끌 한 점 없이 화사했다. 병사들은 판금 갑옷의 하얀 장식선이 변색되거나 때가 타지 않도록 일 년 중 일주일 정도는 투자해야 했고, 그렇게 해도 새하얗게 유지하지는 못했다. 하지만 프라우드무어 여군주의 옷은 마치 하얀빛을 내뿜는 것 같았다.

로레나는 그것이 강력한 마법사가 누리는 행운의 부산물이리라 생각했다.

"대령, 돌아왔군요."

프라우드무어 여군주는 내내 방 안에 있던 사람처럼 이야기했다.

"보고해주세요."

로레나는 신속하고 간략하게 북부감시 요새에서 지금까지 알아낸 정보를 보고했다.

크리스토프는 입을 굳게 다물었다.

"불타는 칼날단이라는 조직은 들어본 적이 없습니다."

"전 들어봤어요."

여군주가 두건을 벗자 황금빛 머리카락이 흘러내렸다. 그녀는 로레나의 보고를 들으며 책상에 앉아, 한 손가락으로 턱을 짚고 있었다.

"그런 이름의 오크 부족이 있었어요. 지금은 사라졌지만. 정예 호위병 몇몇이 지나가는 말로 그 이름을 언급한 적도 있는 것 같네요."

로레나는 지금 상황이 별로 마음에 들지 않았다. 스트로프가 그런 이야기를 접했다면 몰라도, 그 조직에 관한 소문이 여군주의 개인 호위병에게까지 흘러들었다면 뭔가 잘못된 게 분명했다.

"놈들은 오크였습니다, 여군주님. 그것만은 분명합니다."

"아니면 오크처럼 보이고자 의도한 것일 수도 있죠. 마법을 사용한 건 분명해요. 그것만으로도 충분히 언짢은 소식이지만, 마법이 개입되었다면 외형을 변형했을 가능성도 있어요. 오크가 이유 없이 인간 병사들을 공격했다면, 양 진영의 동맹이 더 불안정해질 테니까요."

프라우드무어 여군주의 말에 크리스토프가 입을 열었다.

"오크 선동가들이 지금은 소멸한 부족의 이름을 멋대로 사용하고 있을 가능성도 있습니다."

그러자 로레나는 고개를 가로저었다.

"그것만으로는 스트로프 일등병의 형이 테라모어의 선술집에서 그들의 이야기를 들었다는 사실을 설명할 수가 없습니다."

여군주는 고개를 끄덕였다. 방 안에 다른 사람들이 함께 있다는 것도 잊은 채 머릿속 생각에 집중하는 것 같았다. 로레나는 아는 마법사가 많진 않았지만, 그들 모두 사람들이 있든 없든 홀로 상념 속으로 빠져드는 경향이 있었다.

하지만 다시 현실 세계로 끌어내리려면 몽둥이로 머리를 때려야 하는 다른 마법사들과 달리, 프라우드무어 여군주는 스스로 당면한 현실의 문제로 돌아올 줄 알았다. 생각을 마친 여군주는 자리에서 일어났다.

"대령, 불타는 칼날단에 관해 조사해주세요. 그자들이 누구인지, 어떻게 운영되고, 특히 마법을 사용하고 있는지 알아야 해요. 오크를 끌어들인 상황에서 인간까지 포섭하려는 이유가 뭘까요? 샅샅이 파악하세요, 로레나. 필요한 인원은 누구든 활용하고요."

로레나 대령은 자리에서 일어나 경례를 했다.

"네, 여군주님."

"크리스토프, 미안하지만 지금 바로 떠나야 할 것 같군요. 천둥도마뱀이 천둥 마루에서 빠져나와 모래바람 협곡을 위험에 빠뜨렸다고 해요."

그러자 시종장 크리스토프는 눈살을 찌푸리며 말했다.

"그게 우리, 아니 여군주님과 무슨 관계가 있는지 모르겠습니다."

"천둥도마뱀을 마루에 묶어두고 있던 숲의 일부가 나무 밑동만 남은 채 모두 사라져버렸어요. 오크가 한 일은 아니에요."

"어떻게 그리 확신하십니까?"

크리스토프는 의심 가득한 목소리로 물었다.

로레나는 시종장의 질문이 멍청하다고 생각했다.

"오크가 그랬을 리 없다."

그제야 자기도 모르게 대화에 끼어들었다는 사실을 깨닫고 로레나는 프라우드무어 여군주를 바라보며 말했다.

"죄송합니다, 여군주님."

하지만 여군주는 미소를 지으며 말했다.

"아니, 괜찮아요. 계속 말씀해보세요."

로레나는 크리스토프를 돌아보며 말했다.

"불타는 군단의 저주에 휘말렸을 때조차 오크는 그런 짓을 하지 않았다. 오크가 보여주는 이 땅에 대한 애정과 숭배는 솔직히 광기에 가깝다고 생각한다."

프라우드무어 여군주가 쿡쿡 웃었다.

"사실 저는 대자연을 남용하는 인간의 성향이 좀 더 광기에 가깝다고 생각하지만, 대령이 무슨 말을 하고 싶은지 잘 알겠어요. 오크는 그런 일을 할 수 없어요. 특히 그 결과 천둥도마뱀이 풀려난다는 점까지 고려해보면 더욱 그렇죠. 그러니 오크를 제외하면 스랄의 지배 아래 편입된 트롤과 중립 세력인 고블린, 그리고 듀로타의 동맹인 우리 인간만 남죠."

그녀는 한숨을 쉬고는 말을 이었다.

"또 하나 특이한 점은 나무를 벤 흔적이 없다는 거예요. 게다가 목재를 운송했어야 하는데 육로든 항공이든 그런 흔적이 전혀 없어요. 그렇다면 마법을 사용했다는 뜻이겠죠."

영 달갑지 않은 그 말에 로레나가 물었다.

"여군주님, 불타는 칼날단과 관련이 있다고 생각하십니까?"

"대령의 보고를 듣고 나니 점점 더 그런 생각이 강해지네요. 당신에게 확인을 부탁하고 싶은 게 바로 그 점이에요."

크리스토프는 좁은 가슴 앞으로 팔짱을 끼었다.

"그래도 여군주님께서 테라모어를 떠나셔야 하는 이유는 잘 모르겠습니다."

제이나는 쓴웃음을 지었다.

"스랄에게 제가 직접 조사하겠다고 약속했거든요. 현재로서는 제가 이번 사건의 가장 유력한 용의자예요. 흔적도 없이 나무를 베고 칼림도어의 다른 곳으로 순간이동시키는 것은 제가 충분히 할 수 있는 일이니까요. 제가 직접 진실을 밝혀내는 것보다 제 결백을 증명하는 데 있어 더 좋은 방법이 있나요?"

"몇 가지 있을 것 같습니다만."

크리스토프가 씁쓸한 목소리로 말했다.

프라우드무어 여군주는 책상 뒤편으로 걸어가 시종장을 마주 바라봤다.

"또 한 가지 이유가 있어요. 이번 일에는 마법이 관여했을 가능성이 커요. 아주 강력한 마법이죠. 그렇게 강력한 마법이 칼림도어에서 사용되고 있다면, 누구의 마법인지 확인해야 해요. 그리고 어떻게 그런 마법이 지금까지 비밀로 유지될 수 있었는지 알아내야 하고요."

"정말로 마법이 관여했다면 그렇겠지요."

크리스토프가 언짢은 목소리로 툴툴거리는 바람에 하마터면 로레나는 그를 주먹으로 때릴 뻔했다. 하지만 시종장은 길게 한숨을 내쉬고는 팔짱을 풀었다.

"그래도 충분히 일리 있는 말씀인 것 같습니다. 적어도 이 문제를 자세히 조사해볼 필요가 있는 건 분명합니다. 더는 반대하지 않겠습니다."

크리스토프의 말에 여군주는 냉담하게 대답했다.

"받아들여줘서 고마워요, 크리스토프."

그녀는 책상으로 돌아가 쌓여 있는 두루마리를 뒤적이며 말했다.

"아침에 떠날 거예요. 크리스토프, 제가 자리를 비우는 동안 이곳의 일을 맡아주세요. 얼마나 걸릴지 모르니까요. 제가 돌아올 때까지 저의 권한 대행으로 정무를 볼 수 있게 해드리죠."

제이나는 로레나를 바라보며 덧붙였다.

"사냥 잘하세요, 대령. 두 사람 다 이제 나가보세요."

로레나가 다시 경례를 하고 돌아서서 방을 나가려던 순간, 크리스토프는 뭔가 더 이야기하려 했지만, 여군주가 시종장의 말을 잘랐다.

"이제 가보라고 했을 텐데요."

"알겠습니다, 여군주님."

잔뜩 언짢아하는 시종장의 목소리를 들으며 로레나 대령은 웃음을 참지 못했다.

제이나 프라우드무어는 종종 자신의 생각이 옳다는 게 몹시 싫을 때가 있었다.

하지만 그녀의 생각이 틀리는 경우는 거의 없었고, 제이나는 스승인 안토니다스를 탓했다. 그녀가 처음 수습 마법사 생활을 시작했을 때부터, 스승은 마법사가 저지를 수 있는 최악의 죄악이자 가장 쉽게 빠져드는 함정이 바로 오만이라고 반복해서 가르쳤다.

연로한 마법사는 이렇게 말했었다.

"그렇게 큰 힘을 손끝으로 부릴 수 있는 만큼, 네가 전능하다는 착각을 하기 쉽다. 대부분의 마법사가 그런 생각에 쉽게 굴복한다. 사실 우리가 늘 이렇게 짜증을 내는 이유 중 하나이기도 하지."

그 말을 하면서 스승은 희미하게 웃었던 것도 같다.

"하지만 스승님은 그렇지 않으시잖아요?"

제이나의 물음에 안토니다스는 이렇게 답했다.

"나도 그럴 때가 아주 많지. 중요한 건 네 안의 잘못을 인지하고 그걸 바로잡기 위해 노력하는 것이다."

스승은 티리스팔의 마지막 수호자였던 에이그윈과 메디브 같은 과거의 마법사들도 오만함을 다스리지 못해 몰락하고 말았노라 경고했다. 그 후로 오랜 시간이 지나고, 제이나는 잠시 메디브와 협력하는 동안 그가 예전의 과오를 바로잡았음을 알 수 있었다. 하지만 에이그윈은 안타깝게도 그러지 못했다. 첫 번째 여성 수호자, 제이나가 평생을 존경해왔던 에이그윈이 수백 년 동안 수호자의 삶을 살면서 저질렀던 단 한 가지 실수는 자신이 살게라스를 무찌를 수 있다고 착각한 것이었다. 에이그윈은 그저 살게라스의 화신만을 파괴할 수 있었고, 그 악마는 수백 년 동안 에이그윈의 영혼 속에 숨어 있다가 에이그윈이 메디브를 낳자 아들에게로 옮아갔다. 살게라스가 이 세상을 침공하는 데 있어 메디브는 매개체였다. 오크들이 이 세계에 존재하게 된 이유였다. 그 모든 것이 혼자서 살게라스를 막아낼 수 있다고 믿었던 에이그윈의 오만함 때문이었다.

제이나는 그 말을 가슴 깊이 새겼다. 끊임없이 자신의 확신에 의문을 제기했다. 그럼에도 그녀는 에이그윈을 존경했다. 에이그윈이 그렇게 새로운 길을 열지 않았다면, 마법을 배우겠다는 제이나의 결심은 회의적인 시선에서 그치지 않고 세상의 웃음거리가 되었을 것이다. 사실 에이그윈 덕분에 제이나는 안토니다스의 시선을 극복할 수 있었다.

자기 자신을 의심하려는 노력이 때로는 부정적인 영향을 주기도 했다. 아서스가 돌이킬 수 없는 강을 건넜다고 느낀 자신의 직감을 너무 늦게까지 받아들이지 않은 것 또한 그런 경우였다. 제이나는 자신이 좀 더 일찍 행동했다면 모든 것이 달라지지 않았을까 하는 생각을 멈추지 못했다. 하지만 그런 몇몇 경우를 제외하면 대개 그녀 자신에게 도움이 됐다. 무엇보다도 테라모어의 백성들을 위하는 지혜로운 지도자가 될 수 있도록 해주었으니까.

스랄이 천둥 마루를 둘러싼 숲의 한쪽 구역이 파괴되었다고 말했을 때, 제이나는 직감적으로 마법이 관계된 일이라는 걸 알았다. 그것도 아주 강력한 마법이…… 제이나는 자신의 직감이 틀렸기를 바랐다.

하지만 그 희망은 여지없이 깨졌다. 제이나는 테라모어의 자기 방에서 문제의 숲으로 바로 이동했다. 그리고 현장에서 실체를 갖추자마자 마법의 냄새를 맡을 수 있었다. 마법으로 강화된 능력이 없었더라도 그곳에서 일어난 모든 일에 마법이 영향을 주었다는 건 충분히 알 수 있었다. 그녀의 시야가 닿는 곳마다 모조리 나무 밑동이 채우고 있었다. 그리고 그런 풍경은 언덕을 넘어 천둥 마루까지 이어졌다. 나무 밑동의 절단면은 주변 밑동들과 완벽한 수평을 이뤘다. 마치 믿을 수 없을 정도로 거대한 톱이 모든 나무를 한 번에 잘라낸 것 같았다. 게다가 절단면 모두 흠집이나 갈라진 곳 하나 없이 고른 상태였다. 이런 완벽함을 실현할 수 있는 건 마법뿐이었다.

제이나는 생존해 있는 마법사는 거의 다 알고 있었다. 그녀 외에 이런 일을 할 수 있는 극소수의 마법사는 칼림도어에 존재하지 않았다. 게다가 이 마법은 그녀가 알고 있는 그 어떤 마법과도 느낌이 달랐다. 마법사마다 마법의 힘을 사용하는 방식은 조금씩 차이가 있었다. 그리고 충분히 예민한 사람이라면 여러 마법사를 구분하도록 해주는 차이점을 감지할 수 있었다. 상대는 제이나가 알고 있는 그 어떤 마법사와도 달랐다. 그리고 어째서인지 구역질이 치밀었다. 악마의 마법이 아닐까 하는 생각이 들었다. 불타는 군단의 마법이 존재하는 곳에서 제이나는 늘 불쾌한 기분을 느끼긴 했지만, 지금 구역질이 난다고 해서 그것이 꼭 악마의 마법 때문이라고는 말할 수 없었다. 하지만 제이나가 수습 마법사가 되고 삼 년째 되던 해에 안토니다스가 처음 켈투자드를 소개해줬을 때도 그랬다. 그때는 대마법사가 키린 토 최고의 마법사였던 시절, 그러니까 강령술에 탐닉하여 리치 왕의 노예로 전락하기 훨씬 전이었다.

게다가 파괴의 원인보다 그 결과가 더 중요했다. 천둥도마뱀이 아무런 제약 없이 모래바람 협곡과 그 너머의 땅을 활보하고 있었다. 제이나는 멀리 떨어진 곳에 천둥도마뱀을 이주시킬 만한 장소를 찾아야 했다. 오크가 건설한 농장과 도시를 짓밟지 않을 만큼 멀리 떨어져 있는 곳이 필요했다.

제이나는 망토 아래로 손을 넣어 지도를 꺼냈다. 지저분한 책상 위에서 가져온 두 가지 물품 중 하나였다. 지도를 살펴보던 제이나는 칼날흉터 고원에 천둥도마뱀을 이주시키기로 결정했다. 듀로타 남부 지역으로 톱니항 동쪽에 있는 칼날흉터 고원은 듀로타의 나머지 지역과는 산으로 분리되어 있어 천둥도마뱀이 타 지역으로 나가기가 쉽지 않을 것 같았다. 게다가 그 지역은 초원이 넓어 천둥도마뱀의 먹이가 풍부했고, 마음껏 돌아다닐 수 있을 만큼 넓었으며, 천둥 마루의 강과 비슷한 큰 개울이 흐르고 있었다. 천둥도마뱀들은 무사할 것이다. 듀로타 주민들도 마찬가지고.

처음에는 더 먼 곳으로 이주시킬까도 생각했었다. 예를 들면 이 대륙 반대쪽에 있는 페랄라스 같은 곳이 적합할 것 같았다. 하지만 아무리 대마법사 제이나라 해도 능력에는 한계가 있었다. 제이나 혼자 그곳까지 순간이동하는 거라면 얼마든지 쉽게 이동할 수 있었다. 하지만 천둥도마뱀 수백 마리와 함께 순간이동하려면 그렇게 먼 거리는 불가능했다.

제이나는 망토 속에서 두 번째 물건을 꺼냈다. 이 대륙에 있는 모든 천둥도마뱀의 정신을 감지하는 주문이 담긴 두루마리였다. 그녀는 주문을 외우며 감각을 외부로 뻗었다. 다른 파충류와는 달리 천둥도마뱀은 소처럼 무리를 짓는 습성이 있었다. 고향을 떠났어도 천둥도마뱀 무리는 함께 움직이고 있을 가능성이 컸다. 예상했던 대로 다수의 천둥도마뱀이 모래바람 협곡으로 흘러드는 강 주위에 무리 지어 어슬렁거리는 게 느껴졌다. 지금은 모두 온순한 상태인 것 같아서 제이나가 해야 할 일이 훨씬 쉬워질 것 같았다. 그렇지 않았다면 마법으로 온순하게 만드는 작업부터 시작해야 했으니까. 천둥도마뱀은 온순하거나 날뛰거나 둘 중 하나였다. 중간은 없었다. 그 녀석들이 날뛰는 와중에 순간이동을 시키려면 문제가 상당히 커질 것이다. 그럼에도 필요 이상으로 그 동물의 생활을 방해하고 싶지는 않았던 제이나는 천둥도마뱀이 온순한 상태라는 점이 무척 기뻤다.

순간이동 주문을 사용할 때 시전자가 자기 외의 대상을 주문에 포함시키려면 시선이 대상에 닿아야 한다. 아니, 적어도 이 문제가 언급된 두루마리에는 대부분 그렇게 명시되어 있었다. 하지만 안토니다스는 제이나에게 '정신의 선'만 닿아도 충분히 주문을 시전할 수 있다고 가르쳤다. 마법사가 정신을 뻗어 순간이동시키려는 대상의 정신과 접촉하기만 하면 되는 것이다. 물론 위험 부담이 훨씬 더 컸다. 대상의 정신과 접촉하는 게 어렵거나 위험할 수도 있기 때문이다. 다른 마법사나 악마들은 이런 일에 대비한 보호 기제를 갖추고 있었고, 각별히 의지가 강한 대상이라면 그런 접촉에 저항하는 경우도 있었다.

하지만 상대가 천둥도마뱀이라면 그런 걱정은 할 필요가 없었다. 지금도 도마뱀들의 머릿속에는 먹다, 마시다, 잠자다, 이 세 가지 생각만 가득했다. 번식기를 제외하면 아주 빨리 달리는 것과 더불어 그 세 가지 활동이 천둥도마뱀의 머릿속에 들어 있는 전부였다.

그렇다고 하더라도 망가져버린 숲속에 홀로 서서 모래바람 협곡에 있는 천둥도마뱀을 한 마리씩 접촉하고, 칼바위 언덕 쪽으로 떨어져 나간 나머지 도마뱀들까지 아우르는 데는 몇 시간이 걸렸다.

풀. 물. 눈 감아. 쉬어. 마셔. 씹어. 삼켜. 홀짝. 잠을 자. 숨을 쉬어.

한순간 제이나는 정신을 잃을 뻔했다. 천둥도마뱀의 사고 패턴이 복잡하지 않은 건 사실이었지만, 수백 마리를 한꺼번에 포용하려다 보니 그 생물들의 먹고 마시고 잠을 자려는 본능에 압도될 것만 같았다.

제이나는 이를 악물며 다시 한 번 천둥도마뱀 수백 마리에게 자신의 정신을 투영한 후, 순간이동 주문을 외우기 시작했다.

아파! 주문의 마지막 음절을 내뱉자마자 새하얗게 이글거리는 고통이 제이나의 두개골을 꿰뚫었다. 망가진 숲이 눈앞에서 녹아내리고, 그 즉시 또 한 번 형체를 이루었다. 조금 약한 고통이 제이나의 왼쪽 무릎을 관통했고, 그제야 그녀는 자신이 땅에 쓰러졌다는 사실을 인지했다. 가장 가까이 있던 나무 밑동에 무릎이 부딪힌 것이다.

아파. 다쳤어. 다쳤어. 다쳤어. 도망쳐. 도망쳐. 도망쳐. 도망쳐. 이제 안 아파. 도망쳐. 안 아파.

이마에 땀이 송골송골 맺히는 것을 느끼며, 제이나는 숲을 통과해 달리고 싶은 욕구를 애써 억눌렀다. 순간이동 주문에 문제가 생겼다. 제이나는 그 문제가 정확히 무엇인지 아직 알아내지 못했다. 주문이 실패로 돌아갔을 때 그녀가 느낀 고통이 연결된 정신을 통해 천둥도마뱀들에게도 이전됐기 때문이었다. 그 바람에 천둥도마뱀들은 거칠게 날뛰기 시작했고, 녀석들이 모래바람 협곡을 짓밟기 전에 어떻게든 막아야 했다.

도마뱀들과의 연결을 끊어야 한다고 그녀의 본능이 비명을 질렀다. 잔뜩 흥분한 천둥도마뱀을 억제하는 건 빗자루로 바닷물을 막으려는 것과 같았다. 하지만 그 생물들을 진정시킬 수 있는 유일한 방법은 바로 그 연결을 유지하는 것이었다. 제이나는 두 눈을 감고 가까스로 정신을 집중하며 날뛰는 탈것을 진정시키려고 안토니다스가 만들어낸 주문을 시전했다. 손톱이 손을 파고들어 피가 날 만큼 주먹을 있는 힘껏 꽉 그러쥔 채, 그녀는 주문에 온 힘을 불어넣어 천둥도마뱀들을 모두 붙잡았다.

잠시 후 천둥도마뱀들은 모두 잠들어 있었다. 제이나는 쓰러지기 직전에 정신 연결을 끊는 데 성공했다. 마법으로 잠에 빠진 천둥도마뱀들과 달리, 그녀는 너무 힘이 들어 실신해버릴 것 같았다.

팔다리가 쑤시고 눈꺼풀은 견딜 수 없을 만큼 무거웠다. 최선의 상황에서도 순간이동 주문은 시전자의 힘을 상당히 많이 소진시켰다. 게다가 지금은 이동시키려 하는 대상의 규모가 워낙 크고 시전하던 주문이 거칠게 끊어졌기 때문에 상당히 좋지 않은 상황이었다. 제이나는 당장이라도 자리에 누워 천둥도마뱀들과 함께 잠에 빠져들고 싶었지만 지금은 그럴 수가 없었다. 앞선 주문은 천둥도마뱀을 여섯 시간 동안만 잠재울 수 있었다. 주문이 넓게 분산된 만큼 더 짧을 수도 있었다. 대체 무엇 때문에 주문을 완료할 수 없는 것인지 알아내야 했다.

그녀는 가부좌를 틀고 앉아 두 손을 옆으로 편히 늘어뜨린 후 호흡을 조절했다. 그리고 다시 한 번 감각을 밖으로 내뻗었다. 이번에는 칼날흉터쪽이었다. 특히 그 산악 지역의 중앙에 있는 작은 범위에 집중했다.

제이나에게 필요한 걸 찾아내는 데는 그리 긴 시간이 걸리지 않았다.

누군가 고원 전체에 수호장벽을 세워두었다. 제이나는 그곳에 사용된 마법의 유형을 정확히 파악할 수 없었다. 하지만 그 장벽은 분명 순간이동을 비롯한 여러 주문을 차단하여 수호장벽 안의 대상을 보호하려는 목적으로 만들어진 것이었다.

제이나는 자리에서 일어나 몸을 추스른 후, 칼날흉터 고원으로 이동할 순간이동 주문을 시전하려다가 그만두었다. 그녀는 허리띠에 부착된 작은 주머니에서 육포를 꺼냈다. 안토니다스가 수습 생활 초기에 가르쳐준 것 중 하나였다. 마법은 육체를 이용하는 것이며, 육체에 힘을 보충하는 방법은 음식을 섭취하는 것뿐이었다. 안토니다스는 이렇게 말했었다.

"많은 마법사들이 마법의 경이를 탐험하느라 음식 섭취를 망각하는 바람에 목숨을 잃었다."

딱딱하게 말린 고기를 씹느라 턱이 조금 아파왔지만, 영양소를 보충한 제이나는 칼날흉터 고원의 수호장벽 바로 옆, 바깥쪽 지점으로 이동하는 주문을 외웠다.

순간이동 전에 식사를 했을 경우 발생하는 유일한 부작용은 주문을 시전할 때 배 속이 불편해지고, 소화되지 않은 음식이 위장에 들어 있는 상태에서 매우 큰 소리로 꾸르륵거린다는 점이었다. 하지만 제이나는 부작용을 애써 외면했다. 그녀는 지금 고원의 시작점을 알리는 가파른 경사면 위에 서 있었다. 뒤편 아래로는 깎아지른 듯한 벼랑이 있었고, 앞쪽에는 경사진 초원이 펼쳐졌다. 서 있을 공간조차 넉넉하지 않았다.

수호장벽은 육안으로는 보이지 않았지만, 제이나는 충분히 감지할 수 있었다. 특별히 막강한 장벽은 아니었고 또한 그럴 필요도 없었다. 제이나가 생각한 것처럼 그 수호장벽의 목적이 누군가를 또는 무언가를 감추기 위해서라면, 장벽의 위력을 낮은 수준으로 유지하는 것이 최선이었다. 너무 강력하면 다른 마법사에게는 봉화와 마찬가지일 것이다.

이렇게 가까이 와서 보니 수호장벽을 설치한 마법의 특성도 알 수 있었다. 그런 마법을 마지막으로 경험했던 건 전쟁 중 메디브와 함께 싸울 때였다. 이건 티리스팔의 마법이었다. 하지만 수호자는 모두 죽은 것이 아니었던가? 최후의 수호자 메디브를 포함해서 말이다.

수호장벽이 존재한다는 걸 인지한 이상, 제거하는 건 손짓 한 번으로 가능했다. 그런 후에 제이나는 앞으로 걸음을 옮겨 고원을 살펴보기 시작했다. 잠시 멈춰 서서 눈에 띄지 않게 은신 주문을 자신에게 거는 것도 잊지 않았다.

언뜻 보기엔 예상했던 그대로였다. 넓은 초원이 펼쳐진 고원에는 군데군데 열매가 열리는 덤불과 나무가 있었다. 대해 쪽에서 바람이 불어왔다. 우뚝 솟은 산들 사이로 몰아치는 바람이 제이나의 하얀색 망토를 등 뒤로 휘날렸다. 천둥 마루는 구름 낀 날씨였지만, 이 고원은 구름 위로 솟아 있었기 때문에 화창하고 햇살이 따스했다. 제이나는 망토의 두건을 벗었다. 내리쬐는 햇살을 만끽하고 싶었다.

오래지 않아 제이나는 이곳에 누군가 숨어 있다는 첫 번째 흔적을 발견했다. 덤불 사이로 최근에 누군가 열매 몇 개를 딴 흔적이 있었다. 언덕 위쪽으로 올라가다 보니 누군가 만들어놓은 우물 옆에 장작더미가 가지런히 쌓여 있는 것이 눈에 띄었다. 그리고 커다란 나무 맞은편으로 오두막이 하나 보였다. 오두막 뒤쪽으로는 평평한 땅 위에 식용 작물이 줄지어 심어져 있었다. 대부분은 채소이고 향초도 일부 있었다.

잠시 후 한 여성이 제이나의 시야에 들어왔다. 올이 다 드러날 만큼 낡은 하늘색 리넨 드레스를 입은 여성의 발은 맨발이었다. 차분한 걸음으로 우물을 향해 다가가는 여자를 보며, 제이나는 상대방이 여자치고는 키가 굉장히 크다는 사실을 깨달았다. 제이나보다 훨씬 큰 건 분명했다. 또한 눈에 띄게 나이가 많았다. 얼굴 가득 주름살이 뒤덮고 있었다. 한때는 분명 아름다웠을 얼굴이었다. 하얗게 센 머리카락을 빛바랜 은 머리띠로 정돈한 여성의 두 눈은 제이나가 지금껏 봐온 그 누구의 눈보다도 짙은 초록색

이었다. 그녀가 목에 걸고 있는 깨진 비취 펜던트 색상과 동일했다.

제이나는 갑자기 모골이 송연해지는 것을 느꼈다. 지금 앞에 있는 저 여성이 누구인지 깨달았기 때문이다. 물론 실제로 만나본 적은 단 한 번도 없었다. 하지만 수습 마법사 생활을 하면서 이 여성에 관한 글을 수도 없이 읽었었다. 그 글에서는 대부분 큰 키와 금발 머리를 은빛 머리띠로 정돈한 모습, 그리고 두 눈을 묘사하고 있었다. 정말이지 그 비취색 눈을 언급하지 않은 글은 단 하나도 없었다.

저 여성이 정말 그 사람이라면, 이런 수호장벽을 설치한 것도 충분히 이해할 수 있었다. 하지만 아주 오래전에 사망한 것으로 알려졌는데…….

여성은 두 손을 허리에 얹었다.

"거기 있는 거 다 알고 있으니 굳이 은신 주문을 낭비할 필요는 없어요."

여자는 고개를 절레절레 저으며 우물로 다가가 밧줄이 묶여 있는 양동이를 천천히 아래로 내렸다.

"요즘 당신 같은 젊은 마법사들에게는 아무것도 가르쳐주지 않는 모양이군요. 아무래도 보랏빛 성채가 진짜로 엉망진창이 된 모양이네."

제이나는 은신을 해제했다. 여자는 밧줄을 계속 내리면서 쯧 하고 혀를 찬 것 외에는 아무 반응도 보이지 않았다.

"제이나 프라우드무어라고 해요. 이 대륙의 인간 도시인 테라모어를 이끌고 있어요."

"잘됐네요. 그 테라모어라는 곳으로 돌아가거든 은신 주문을 조금 더 다듬는 게 좋겠어요. 그런 주문으로는 감기에 걸린 핏빛사냥개한테도 들킬 것 같으니까요."

당황스러운 건 사실이었지만 제이나는 상대 여성이 '그 사람'인 게 분명하다는 걸 깨달았다. 도무지 불가능한 일이지만 다른 가능성은 생각할 수 없었다.

"마그나 님, 만나 뵙게 되어 영광입니다. 저는 지금까지 당신이—"

"죽었다고 생각했겠죠?"

밧줄을 끌어올리면서 여인은 콧방귀를 뀌었다. 물이 가득 찬 양동이를 들어 올리느라 힘든 기색이 역력했다.

"그래요. 난 죽었어요, 테라모어의 여군주 제이나 프라우드무어. 죽은 것과 다를 바 없죠. 그리고 '마그나'라고 부르지 말아요. 그건 다른 시대, 다른 곳에서 존재했던 자였으니까요. 난 이제 그 여자가 아니에요."

"그 칭호는 없어지는 것이 아니에요, 마그나. 당신을 다른 이름으로 부를 수도 없고요."

"발더대쉬. 차라리 내 이름을 불러줘요. 에이그윈이라고."

제 9 장

　모크나탈 부족의 마지막 구성원인 렉사르는 아주 오랫동안 홀로 칼림도어 대륙을 거닐었다. 커다란 불곰 미샤만이 그의 곁을 지켰다. 이제는 사라져버린 부족의 다른 구성원들과 마찬가지로 오크와 오우거의 혼혈로 태어난 렉사르는 우스꽝스럽게도 '문명'이라는 이름으로 불리는 끝없는 싸움과 잔혹성, 그리고 끝나지 않는 전쟁에 환멸을 느꼈다. 솔직히 렉사르는 이 대지를 더럽히는 인간, 드워프, 엘프 혹은 트롤 도시보다 미샤 같은 곰이나 여명의 설원 늑대 무리에게서 더 뛰어난 문명을 볼 수 있었다.

　그래서 렉사르는 방랑하는 쪽을 선택했다. 멀리 떨어진 대지로 떠나, 그 누구도 섬기지 않는 삶을 택한 것이다. 그럼에도 집이라고 부를 만한 곳이 필요할 때도 있는데, 듀로타에 그런 곳이 있었다. 오크 국가가 건설되던 그때, 렉사르는 스랄에게 전갈을 전하라는 임무를 완수하지 못하고 죽어가는 오크 전사를 도운 일이 있었다. 그 전사의 마지막 임무를 완수해주고자, 렉사르는 그 오크가 전하려던 전갈을 스랄에게 가지고 갔다. 그때 렉사르는 굴단과 어둠의 의회에 의해 파괴되기 전 존재했던 오크, 곧 위대한 종족으로 돌아간 오크들을 만났다.

렉사르는 스랄을 동료라 부르고 그에게 충성 서약한 것을 영광이라 생각했다. 그는 프라우드무어 제독의 배신행위에 맞서 오크를 도우며 그때의 맹세를 실천으로 옮겼다. 하지만 결국에는 다시 방랑길에 오를 수밖에 없었다. 듀로타라는 이름의 거대한 국가가 세워진 이 땅에는 마을과 거주지, 그리고 질서가 만들어졌다. 하지만 렉사르는 대자연의 혼돈과 어울리는 존재였다.

아무 경고도 없이 갑자기 미샤가 달리기 시작했다.

잠시 주저하던 렉사르가 곰을 따라 달렸지만, 네발짐승이 성큼성큼 내달리는 걸음을 따라잡을 수는 없었다. 하지만 오우거와 오크 혼혈의 튼튼한 두 다리 덕분에 미샤가 시야에서 벗어나는 일은 없었다. 그 곰은 합당한 이유 없이 렉사르의 곁을 떠나지 않았다.

그들은 크고 무성한 풀밭이 펼쳐진 해안 근처에 도달했다. 약한 종족이라면 쉽게 통과하기 힘든 곳이었지만, 렉사르와 미샤의 힘이라면 아무리 거친 초목이라 해도 충분히 헤쳐 나갈 수 있었다.

잠시 뒤 불곰 미샤는 제자리에 멈춰 서서 어깨 높이의 풀숲에 코를 박고 냄새를 맡았다. 렉사르도 속도를 늦추고는 어깨에 둘러멘 도낏자루를 움켜잡았다.

미샤가 냄새를 맡은 것은 피투성이가 된 오크의 사체였다. 주변에 엄청난 양의 피가 흩뿌려져 있었다.

렉사르는 도낏자루를 움켜쥔 손을 내리며 고개를 절레절레 저었다.

"쓰러진 전사로군. 함께 싸워줄 동료도 없이 혼자 죽어야 했다니 정말 마음이 아프구나."

혼혈 방랑자 렉사르가 용맹했던 오크에게 안식을 찾아줄 만한 방법을 생각하려던 순간, 속삭이는 듯한 작은 목소리가 들렸다.

"아직…… 안…… 죽었다……."

미샤가 끼깅 하는 소리를 냈다. 그 오크가 아직 말을 할 수 있다는 사실에 깜짝 놀란 듯했다. 사체라고 생각했던 상대를 가만히 내려다보던 렉사르는 그 오크가 한쪽 눈을 잃었다는 것을 알아챘다. 망가진 눈두덩이가 아문 것을 보니 오크를 이 지경으로 만든 상대가 입힌 상처는 아닌 듯했다.

"불타는…… 칼날단이…… 오그리마에…… 가야 한다…… 스랄에게…… 경고해야…… 불타는…… 칼날……."

렉사르는 칼이 불타는 것이 왜 그렇게 중요하다는 것인지 이해할 수 없었지만, 지금 이 전사는 그 정보를 스랄에게 전해야 한다는 일념으로 꺼져가는 생명을 붙들고 있었다. 대족장에게 했던 맹세를 떠올리며 렉사르가 물었다.

"자네 이름은?"

"바이…… 바이로크."

"두려워하지 말게, 고결한 바이로크여. 나는 모크나탈의 렉사르라고 하네. 미샤와 내가 자네를 오그리마로 데리고 가서 대족장에게 경고의 뜻을 전해주겠네. 맹세하지."

"렉사르…… 당신을…… 알고 있소…… 어서…… 서둘러야…… 하오……."

렉사르는 바이로크를 알지 못했지만 그래도 상관없었다. 평소에는 내보이지 않는 부드러운 손길로 렉사르는 피 흘리는 바이로크를 조심스럽게 들어 올려 미샤의 넓은 등 위에 올렸다. 곰은 아무런 불평 없이 그를 짊어졌다. 미샤와 렉사르는 서로 맹약 같은 걸 맺은 사이는 아니었지만, 둘의 결속은 절대 깨지지 않았다. 렉사르가 원하는 일이라면 미샤는 조건 없이 행했다.

그들은 아무 말 없이 서쪽, 오그리마로 향했다.

렉사르가 처음 오그리마를 찾았을 때, 그 도시는 아직 건설 중이었다. 렉사르의 시야가 닿는 곳에서도 수십 명의 오크가 건물을 짓고, 길을 닦고, 칼림도어의 거친 황야를 새로운 고향으로 개척하고 있었다.

이제 돌아와 보니 부산하던 당시의 작업들은 모두 끝나 있었지만, 여전히 수십 명의 오크가 관문을 드나들며 매일의 일상에 열중하고 있었다. 그에게 문명 같은 건 별 쓸모가 없었지만, 그래도 지금의 모습을 보니 자부심과 기쁨이 느껴졌다. 이 세계에 온 이후로 어머니의 동족은 굴단의 악마 지배자들의 저주받은 도구이거나, 숙적 인간의 망가진 노예였을 뿐이었다. 오크들이 계속 이 세계에서 살아가야 한다면 어떻게든 자리를 잡는 편이 나았다.

오그리마는 삼면이 언덕으로 둘러싸이고, 거대한 석벽을 세워 네 번째 면을 막은 구조였다. 강화 석벽 중 뚫린 곳은 지금 열려 있는 거대한 목재 출입구와 두 개의 나무 감시탑뿐이었다. 그 석벽 꼭대기에는 끝을 뾰족하게 연마한 통나무가 세워져 있어 관문을 공격하려는 적의 기를 꺾을 만했고, 그와 함께 뾰족한 창이 줄지어 서 있었다. 호드의 진홍색 깃발이 두 탑과 창대에서 휘날렸다.

렉사르는 그 모습이 무시무시하다고 생각했다. 세계에서 가장 강대한 전사들의 고향에 어울리는 곳이었다.

관문에서 창을 든 경비병이 렉사르에게 다가왔다.

"거기 누구냐?"

"나는 모크나탈의 마지막 아들 렉사르라고 하네. 지금은 부상당한 바이로크와 함께 왔지. 스랄 대족장에게 전할 전갈이 있네."

경비병은 위압적인 시선으로 그를 쏘아보다가 고개를 들어 감시탑을 바라봤다. 감시탑에서 경비를 서고 있던 전사가 아래쪽을 향해 소리쳤다.

"괜찮아! 저 오크와 곰이 기억난다. 저 늑대 머리보호구는 어디서든 알아볼 수 있지. 대족장님의 친구다. 안으로 들여보내라!"

렉사르는 자기 손으로 처치한 늑대의 머리를 머리보호구로 만들어 쓰고 있었다. 머리를 보호하는 동시에 적에게 공포심을 심어주려는 의도였다.

감시탑에서 들린 대답에 만족한 경비병은 옆으로 비켜서서 렉사르와 미샤, 그리고 곰의 등에 실린 바이로크를 오그리마로 들여보냈다.

오크의 대도시는 거대한 산골짜기에 세워졌고, 전통적인 육각형 건물들이 골짜기 양 측면과 구석에 줄지어 서 있었다. 오그리마의 관문과 연결된 명예의 골짜기를 지나 스랄의 알현실이 있는 지혜의 골짜기로 향하는 동안, 렉사르는 놀라움과 두려움을 동시에 느꼈다. 놀라움을 느낀 이유는 오크가 단 세 번의 여름을 지나는 동안 이 거대한 도시를 완성했기 때문이었다. 그리고 두려움을 느낀 이유는 도시라는 것이 이미 너무 많은 이 세계에 또 하나의 도시가 추가되었기 때문이었다.

지혜의 골짜기를 절반쯤 남겨둔 곳에서 렉사르는 보통 키의 낯익은 오크를 만났다. 스랄의 호위대 수장인 나즈그렐이 호위병 네 명과 함께 서 있었다.

"반갑습니다, 모크나탈의 마지막 아들이여. 다시 뵙기까지 너무 오래 걸렸군요."

예의를 표하고자 렉사르는 머리보호구를 벗었다.

"그렇군, 자네를 만난 지도 너무 오래되었어. 하지만 도시를 찾아온 것은 그리 달갑지 않네. 하지만 스랄에게 맹세를 했고, 여기 이 고귀한 전사를 풀밭에서 홀로 죽어가게 내버려둘 수도 없었네."

나즈그렐은 고개를 끄덕였다.

"당신을 호위하여 스랄 님께 모셔다드리겠습니다. 바이로크를 치료할 수 있도록 주술사도 이미 불러두었습니다. 이제 미샤의 짐을 덜어주고 싶습니다."

나즈그렐이 손짓을 하자 호위병 두 명이 피 흘리는 바이로크를 미샤의 등에서 들어 올렸다. 불곰 미샤는 처음엔 으르렁거렸지만, 렉사르의 표정을 보고는 화를 누그러뜨렸다.

그들은 오그리마의 구불거리는 길을 한참 걷다가 지혜의 골짜기 맞은편에 있는 커다란 육각형 건물에 도달했다. 스랄은 알현실에서 그들을 기다리고 있었다. 렉사르는 그 방이 왠지 눈호랑이 바위만큼이나 추운 것 같았다. 스랄은 왕좌에 앉아 있었다. 한쪽에는 지혜로운 주술사 칼타르가, 맞은편에는 렉사르가 알지 못하는 오크 한 명이 서 있었다. 호위병들이 왕좌 앞에 바이로크를 내려놓자, 칼타르는 바이로크 옆에 무릎을 꿇고 앉았다.

희미한 떨림을 느끼며 렉사르는 대족장에게 경례했다.

"오랜만이군, 호드의 대족장."

렉사르의 인사에 스랄이 웃음을 지었다.

"다시 만나 반갑네, 친구. 우리 백성 중 한 명이 위험을 당해 초주검이 되는 일이 없더라도 자네가 오그리마에 찾아와 준다면 더 좋겠지만 말이야."

"도시에서 살아가는 건 내 방식이 아니네, 대족장. 이미 잘 알고 있겠지만."

"그래, 잘 알고 있지. 어쨌거나 또 한 번 우리에게 큰일을 해주었네."

그 말과 함께 스랄은 주술사 칼타르를 향해 돌아섰다.

"상태는 좀 어떤가?"

"목숨엔 지장이 없을 걸세. 아주 강한 친구군. 게다가 지금 하고 싶은 말이 있는 것 같네."

"말을 할 수는 있겠나?"

스랄의 물음에 칼타르는 숨을 들이쉬었다.

"상태가 좋진 않지만, 아무래도 치료에 집중하려면 먼저 얘기를 끝내야할 것 같군."

"난…… 일어나야 합니다…… 도와주십시오, 주술사님."

바이로크는 힘겹게 입을 뗐다. 풀숲에 쓰러져 있을 때 비하면 조금이나마 기운을 되찾은 듯했지만, 그렇다고 상태가 좋아진 건 아니었다.

칼타르는 크게 한숨을 내쉬며 나즈그렐의 호위병들에게 손짓을 했다. 그리고 바이로크가 일어나 앉을 수 있도록 도왔다.

여러 차례 말을 멈추고 가까스로 숨을 고르면서 바이로크는 자신에게 일어난 일을 설명했다. 렉사르는 불타는 칼날단에 대해 아는 게 전혀 없었지만, 다른 오크들은 뭔가 알고 있는 것 같았다. 아주 오래전부터 존재해 온 오크 부족인 모양이었다.

"같은 부족일 리 없소."

렉사르가 이름을 알지 못하는 낯선 오크가 단언하듯 말하자 스랄이 답했다.

"가능성은 희박해 보이지만 아무래도 사실인 듯싶네, 벅스. 그들의 문장이 동일하다면-"

벅스는 고개를 가로저었다.

"우연일 수도 있겠지만 그렇게 생각하진 않소. 게다가 테라모어에서 세력을 키우고 있다는 인간 이교도에 관한 소문도 들려오고 있소. 그쪽은

'타오르는 검'이라 부른다고 하오. 놈들 중 하나가 우리 동족을 노예로 지배했고, 그 과정에서 이 문장에 관해 알게 된 후 필요에 의해 이용한 것인지도 모르오."

옆에서 대화를 듣고 있던 나즈그렐이 고개를 끄덕였다.

"저도 그런 소문을 들은 적이 있습니다, 대족장님."

그때 칼타르가 끼어들었다.

"미안하지만 난 치료를 시작해야겠네. 이 친구도 이제 할 일을 다한 셈이겠지. 지금은 일단 말도 안 되게 추운 이 알현실 밖으로 데리고 나가서 회복시켜야 하네."

"그래야지."

스랄은 고개를 끄덕였다. 그리고 연로한 주술사의 지시에 따라 호위병들은 바이로크를 알현실에서 데리고 나갔다.

스랄은 동물 가죽을 씌운 왕좌에서 일어나 이리저리 거닐기 시작했다.

"이 타오르는 검에 관해 뭘 알고 있나, 나즈그렐?"

호위대 수장 나즈그렐이 어깨를 으쓱했다.

"알고 있는 건 없습니다. 인간들은 비밀스러운 이야기를 할 때 자기네 집 안에서 하니까요."

그러자 벅스는 냉소적인 투로 비아냥거렸다.

"인간들이 할 줄 아는 거라곤 퍼져 앉아 떠드는 것뿐이지."

"하지만 그자들이 듀로타 국경 안에서 오크를 공격할 만큼 대담하다면, 우리가 생각하는 것보다 훨씬 더 강한 세력을 규합했는지도 모릅니다."

나즈그렐이 덧붙였다.

"복수해야 하오. 인간들이 우리를 공격하는 것도 이제 시간문제일 거요."

벅스는 확신하듯 말했지만, 렉사르가 보기에는 너무 극단적인 생각이었다.

"겨우 여섯 명의 행동 때문에 인간 전체를 비난하려는 건가?"

"놈들은 우리에게도 거리낌 없이 같은 짓을 할 거요. 그리고 그 여섯 명이 만약 우리 나무를 훔치고, 오크 상선이 공격받을 때 아무 조치도 없이 방관하기만 한 자들과 동일인이 아니라면, 이젠 여섯 명뿐이라고 말할 수도 없소."

스랄은 고개를 돌려 벅스를 바라봤다.

"테라모어는 우리 동맹이네, 벅스. 제이나라면 그런 조직이 권력을 잡도록 허락하진 않았을 거야."

그러자 나즈그렐이 신중한 목소리로 말했다.

"이번 일은 여군주가 좌지우지할 수 없는 사안일 수도 있습니다. 아무리 막강한 힘을 가지고 있고, 우리 모두의 존경을 받고 있다 해도, 프라우드무어 여군주는 그저 한 명의 인간 여성일 뿐이니까요."

렉사르는 지금까지 그가 만나본 인간 중 유일하게 명예를 아는 인간, 제이나 프라우드무어를 떠올렸다. 그녀는 자신의 혈육인 아버지에게 협력할 것인지, 아니면 오크와의 약속을 지킬 것인지 선택의 기로에 섰을 때, 약속을 지키는 쪽을 택했었다. 그 선택 덕분에 듀로타는 태어나지도 못하고 파괴될 뻔한 위기에서 벗어났다.

"프라우드무어 여군주라면 옳은 일을 할 걸세."

렉사르의 말에 벅스는 고개를 절레절레 저으며 반박했다.

"당신의 믿음은 감동적이지만 그 대상이 잘못됐소, 모크나탈의 마지막 아들이여. 정말로 한 인간 여자가 수십 년 동안 이어져온 인간의 악한 행실을 바꿀 수 있을 것 같소? 그자들은 우리와 싸우고, 우리를 학살하며 노예로 부렸소! 정말 한 사람의 말 때문에 그런 본성이 변할 수 있으리라 생각하오?"

잠자코 이야기를 듣고 있던 렉사르가 나지막한 목소리로 대답했다.

"우리는 오크 단 한 명의 말 때문에 모든 것이 변했네. 그 오크가 지금 대족장으로서 자네 앞에 서 있고. 그 사람의 말을 의심할 텐가?"

그 말에는 벅스도 물러나야 했다.

"그럴 생각은 없소. 하지만-"

그러나 스랄은 이미 마음의 결정을 내린 게 분명했다. 그는 왕좌에 등을 기대고 앉아 벅스의 말을 잘랐다.

"제이나의 능력은 잘 알고 있네. 그녀의 생각도 알고 있고. 제이나는 우리를 배신하지 않아. 그녀의 주위에 배신자가 있다면, 호드와 이 대륙 최강의 마법사가 힘을 합쳐 그자를 벌할 걸세. 천둥도마뱀과 관련된 일이 마무리되면, 내 직접 제이나와 타오르는 검에 대해 이야기하겠네."

스랄은 벅스를 똑바로 바라봤다.

"우리의 약속을 깨면서까지 인간을 공격하는 행위는 절대로 하지 않겠네. 알아듣겠는가?"

"알겠소, 대족장."

제 10 장

    스트로프는 악마파멸 선술집의 어두컴컴한 구석에 가만히 앉아 한 시간째 기다리고 있었다. 그때 형 마누엘이 부두에서 같이 일하는 동료 네 명과 함께 가게 안으로 들어왔다.

    로레나 대령의 지시에 따라 스트로프는 불타는 칼날단에 관해 형과 먼저 이야기를 했었다. 마누엘은 자신을 영입하려 했던 사람을 그날 외에는 한 번도 보지 못했다고 말했다. 하지만 얼마 전 악마파멸 선술집에 갔을 때, 마르고즈라는 이름의 족제비처럼 생긴 왜소한 어부가 옥수수 위스키를 몇 잔 들이켜고는 불타는 칼날단에 관한 이야기를 수군거리는 것을 들었다고 했다. 스트로프는 몇 주 전에 형 마누엘을 영입하려 했던 자를 노리고 있었지만, 형은 그 남자가 그날 이후로 악마파멸 선술집에 나타난 적이 없다고 말해주었다.

    마누엘은 사람 얼굴을 묘사하는 솜씨가 영 좋지 않았다. 마르고즈에 관해 설명할 때도 기껏해야 '족제비 같다'고 말했을 뿐이다. 그건 악마파멸 선술집의 손님 중 절반에게 해당되는 표현이었다. 하지만 마누엘은 다시 보기만 하면 그 남자를 알아볼 수 있다고 고집을 부렸다. 그는 부두에서의 교대 근무가 끝나면 악마파멸 선술집에 들르겠다고 약속했다.

스트로프는 일찍 도착해서 구석 자리를 잡았다. 선술집 한구석에 조용히 녹아들어 사람들을 감시하고 싶었기 때문이었다. 몇 시간이 지나자 스트로프는 다신 이 선술집에 손님으로 오는 일은 없을 거라고 투덜거렸다. 탁자는 더럽고 의자는 삐딱한데다 닦지 않아 더러운 바닥에서 이리저리 삐걱거렸다. 그는 카운터에서 첫 잔으로 싱거운 에일 맥주를 받은 후 잔을 다시 채울 생각도 하지 않았다. 스트로프는 이 선술집이 망하지 않고 여태 장사를 하고 있다는 사실이 정말 놀라웠다.

게다가 카운터 뒤쪽에 있는 악마의 두개골을 보니 점점 더 언짢은 기분이 들었다. 스트로프는 이곳에 들어온 이후로 내내 그 두개골이 자신을 쳐다보고 있다는 기분을 느꼈다. 곰곰이 생각해보니 저 두개골이 선술집의 모든 사람을 음산하게 바라보고 있다는 생각에 왠지 모든 사람들이 술을 더 많이 마실 것 같았다. 그렇게 생각해보면 꽤나 훌륭한 사업 수완이었다.

마누엘은 자신처럼 덩치가 크고 시끄럽고 소매 없는 셔츠와 헐렁한 면바지를 입은 한 무리의 사내들과 함께 선술집으로 들어섰다. 스트로프의 형은 일찍부터 테라모어의 부두에 정박하는 배에서 화물을 싣고 내리는 일로 생계를 유지해왔다. 물론 그 돈은 주사위 노름이나 이 술집에서 대부분 탕진했다. 그 일은 정신이 아닌 육체를 힘들게 하는 노동이었다. 그래서 스트로프는 아무런 흥미도 느끼지 못했다. 하지만 상상력이 떨어지는 마누엘에겐 충분히 괜찮은 일자리였다. 마누엘은 생각이 많은 편이 아니었다. 처음 입대했을 때 스트로프가 받았던 군사 기본 훈련만 해도 마누엘에게는 충분히 버거웠을 것이다. 그는 한곳에서 다른 곳으로 상자를 옮기는 단순한 일을 선호했다. 검술과 같은 복잡한 행위는 말할 것도 없고, 짐을 부리는 것보다 조금이라도 복잡한 일을 해야 할 때면 머리가 지끈거렸다.

부두 노동자들이 선술집 안으로 들어서자 마누엘이 말했다.

"다들 자리 좀 잡아봐. 술은 내가 주문할 테니."

"첫 잔은 네가 낸다고?"

마누엘의 동료 중 한 명이 싱긋 웃으며 물었다.

"꿈 깨시지. 나중에 각출할 거야."

마누엘은 호탕하게 웃으며 카운터로 향했다. 스트로프는 형 마누엘이 카운터로 곧장 가지 않고 이상한 경로로 에둘러 가는 모습을 의아하게 바라봤다. 심지어 옆에 서 있던 두 사람 사이를 비집고 들어가기까지 했다.

"잘 있었어, 에릭?"

마누엘은 바텐더에게 살갑게 인사했지만 상대는 그저 고개만 끄덕였다.

"에일 맥주 두 잔, 옥수수 위스키 한 잔, 포도주 한 잔에 멧돼지 그로그주도 한 잔 부탁해."

스트로프는 미소를 지었다. 마누엘은 멧돼지 그로그주를 좋아했다. 물론 그 술은 이 선술집에서 가장 비싼 술이었다. 바로 그런 이유 때문에 동생인 스트로프는 자기 집을 장만한 반면, 형 마누엘은 여전히 부모님과 함께 생활하는 것이기도 했다.

"늘 마시던 대로 준비해드리지."

에릭이 주문받은 술을 준비하는 사이, 마누엘은 옆에 앉은 남자를 바라봤다. 그 남자는 스트로프가 도착한 직후, 선술집에 들어와 아무 말 없이 옥수수 위스키만 벌써 세 잔째 마시고 있었다.

"안녕하신가. 당신, 마르고즈라고 했던가?"

상대방은 고개를 들어 마누엘을 멍하니 바라봤다.

"그 불타는 칼날단인가 하는 친구들, 알고 있지? 얼마 전에 그쪽 사람이 여기 와서 신병을 모집하고 있다고 했었거든. 당신, 그 사람들과 동료지?"

"무슨 말씀이신지 잘 모르겠네요. 이만 실례하죠."

마르고즈라는 사내는 어눌한 말투로 무슨 말인지 알아듣기 힘들 정도로 웅얼거리더니 의자에서 비틀거리며 일어났다. 그리고 도와주겠다는 마누엘의 손길을 뿌리치고는 느리고 불안정한 걸음으로 선술집 문을 향해 걸었다.

잠시 후, 마누엘은 동생 스트로프를 바라보며 고개를 끄덕였고, 스트로프는 오래전에 비어버린 술잔을 그대로 놔둔 채 테라모어의 거리로 나섰다.

테라모어의 건물들 사이로 격자무늬를 이루며 뻗은 자갈길은 주민과 탈 것들, 바퀴 달린 마차가 지나다닐 수 있도록 단단한 지면을 제공했다. 애초에 늪지 위에 세워진 이 도시는 언제 어디서 수렁에 빠질지 예측이 불가능한 곳이기 때문이었다. 따라서 사람들 대부분이 도로 양옆으로 배설물이 쌓인 풀밭 위를 걷는 것보다는 도로 위를 선호했다. 그러다 보니 테라모어의 도로는 늘 붐벼서 스트로프는 눈에 띌 걱정 없이 마르고즈의 뒤를 따라갈 수 있었다.

마르고즈가 애써 자신을 피하려던 두 사람을 포함해 총 네 명의 행인과 비틀비틀 부딪히는 모습을 보니, 설령 지금 도로 위에 그 두 사람만 있다 해도 미행에 큰 지장은 없겠구나 하고 스트로프는 생각했다. 마르고즈는 술에 잔뜩 취해서 용이 쫓아온다고 해도 알아채지 못할 지경이었다.

하지만 스트로프는 훈련받은 솜씨를 썩히고 싶지 않았다. 그는 멀찍이

거리를 둔 채 뒤를 밟으면서, 결코 상대를 똑바로 보지 않고 조심스럽게 시야의 주변부에 두었다.

그들은 머지않아 부두 근처의 작은 벽돌집에 도착했다. 그 집은 나무나 질 좋은 돌이 아닌 값싼 재료로 만든 집이었고, 매우 가난한 사람이 거주하는 곳이 분명했다. 마르고즈라는 자가 마누엘이 생각하는 것처럼 어부라면 솜씨가 그리 좋지 않은 모양이었다. 대해를 접하고 있는 섬에서 어부로 성공하지 못했다는 건 솜씨가 형편없다는 뜻이었다. 가장 가까운 곳에 있는 시궁창이 제대로 덮여 있지 않아서인지 공기 중에 떠도는 악취에 스트로프는 숨이 막힐 지경이었다.

마르고즈는 허름한 벽돌집으로 들어갔다. 처음에는 방 네 개짜리 단독 가옥으로 지었겠지만, 지금은 각각의 방을 각기 다른 세입자들에게 임대하고 있었다. 스트로프는 그 집 맞은편에 있는 나무 뒤에 숨었다.

방 세 개에는 이미 등불이 켜져 있었다. 마르고즈가 들어가고 잠시 뒤 네 번째 방에도 불이 들어왔다. 스트로프는 태연하게 길을 건너 마르고즈의 창문 근처에 서서 벽에 소변을 보는 시늉을 했다. 비틀거리며 벽 쪽으로 다가간 터라 혹여 지나가는 행인이 그의 모습을 봤더라도 술에 잔뜩 취한 취객이라고 생각했을 것이다. 이렇게 늦은 시간에는 술에 거나하게 취한 사람들이 아무 곳에서나 볼일을 보는 모습은 흔하디흔했으니까.

그때 마르고즈의 방에서 말소리가 들렸다.

"갈탁 에레드나쉬. 에레드나쉬 반 갈라르. 에레드나쉬 하빅 이르토그. 갈탁 에레드나쉬."

스트로프는 깜짝 놀랐다. 다른 말들은 알아들을 수 없었지만, 처음과 마지막 문장은 북부감시 요새에서 그들을 공격한 오크들이 내뱉은 말이었다. 그 말을 알아들었다는 사실에 만족해하며, 스트로프는 계속해서 귀를 기울였다.

그 순간 갑작스럽게 유황 냄새가 풍겨왔고 스트로프는 잔뜩 인상을 썼다. 사실 유황 냄새는 시궁창의 지독한 악취에 비하면 오히려 참을 만하고 덜 역겨워야 했다. 하지만 이 냄새에는 뭔가 잘못된 것이, 어딘가 사악한 기운이 있었다. 마르고즈의 말은 마치 주문 같기도 했는데, 그 끝에 유황 냄새라니. 그 모든 것에 마법이 관여하고 있다는 건 말할 것도 없지만, 스트로프는 자신의 칼을 걸고 그 마법이 악마의 마법이라고 단언할 수 있었다.

"정말 죄송합니다. 그럴 생각은―"

마르고즈가 잠시 말을 멈췄다.

"네, 특별히 중요한 일이 아니면 귀찮게 굴지 말라고 하셨지만, 벌써 몇 달이 지났습니다. 전 아직도 이 쓰레기통에서 살고 있고요. 그냥 알고 싶습니―"

마르고즈의 말이 다시 한 번 끊어졌다.

"제겐 중요한 일입니다! 게다가 많은 사람들이 제게 도와달라는 얘기를 하고 있습니다."

스트로프는 대화의 절반을 제대로 알아들을 수가 없었다. 그건 마르고즈가 정신이 나가서 혼잣말을 하고 있거나, 그 절반이 마르고즈의 귀에만 들린다는 뜻이었다. 마르고즈가 지금 얼마나 취했는지를 고려해보면, 모든 게 그의 헛소리일 가능성도 충분하다고 스트로프는 생각했다.

"무슨 말씀이신지 모르겠습니다. 아무도 그런―"

다시 그가 말을 멈췄다.

"아니, 제가 어떻게 알겠습니까, 네? 뒤통수에 눈이 달린 것도 아니잖아요!"

스트로프가 악마에 대해 아는 건 놈들을 처치하는 방법뿐이었지만, 이

기이하고 일방적인 대화를 듣고 있으려니 악마의 악취가 짙게 느껴졌다. 유황 냄새 때문만은 아니었다.

스트로프는 바지를 추슬렀다. 지금까지의 상황만으로도 로레나 대령에게 보고할 내용이 꽤 많았다. 게다가 악마와 이렇게 가까이 있는 것 자체가 마음에 들지 않았다.

그런데 주저 없이 돌아선 스트로프 앞에 갑작스럽고 절대적인 암흑이 펼쳐져 있었다.

"이게 무슨……?"

다시 고개를 돌렸지만 뒤쪽 역시 오직 암흑뿐이었다. 테라모어가 완전히 사라져버렸다.

난 첩자를 좋아하지 않는다.

그 목소리는 귀를 통해 들려오는 것이 아니라 스트로프의 **뼛속**을 울렸다. 누군가 그의 두 눈을 꿰매버린 것만 같았다. 분명 눈을 뜬 상태였지만 보이는 건 아무것도 없었다.

아니, 시야만 사라진 게 아니었다. 암흑이 다른 감각으로 번졌다. 테라모어의 북적거리는 소리가 들리지 않았다. 짭짤한 공기의 맛도, 대해에서 불어오는 바닷바람도 느껴지지 않았다.

남아 있는 감각은 후각뿐이었고 코를 찌르는 유황 냄새만 느껴졌다.

어찌하여 내 하수인을 염탐하는 것이냐?

스트로프는 아무 말도 하지 않았다. 말을 할 수 있을지, 없을지조차 확신할 수 없었다. 설령 말을 할 수 있다 해도 이런 존재에게 중요한 정보를 넘길 수는 없었다.

이렇게 장난칠 시간이 없다. 아무래도 네놈은 죽어야겠다.

어둠이 스트로프를 덮쳤다. 그의 몸이 차갑게 식었다. 혈관을 타고 흐르

는 피가 얼어붙기 시작했다. 느닷없고도 끔찍한 고통에 스트로프의 정신
은 비명을 질러댔다.

스트로프는 마지막 순간에 형 마누엘이 자신의 연금을 멧돼지 그로그주
에 탕진하지 않기만을 바랐다…….

제 11 장

머즐크랭크는 고블린 투사로 사는 걸 좋아했다. 정말이지 처음 이 업계에 들어섰을 때만 해도 일이 어렵진 않았다. 고블린 투사는 톱니항의 평화를 유지하는 역할을 했고, 봉급도 나쁘지 않았다. 머즐크랭크의 하루 일과는 톱니항의 자기 구역을 이리저리 오가며 가끔씩 눈에 띄는 주정뱅이나 뜨내기를 두들겨 패고, 밀수품을 운반하는 선장들에게 뇌물을 받고, 너무 멍청하거나 돈이 없어서 뇌물을 주지 못하는 자들을 체포하고, 그렇게 온갖 종류의 종족들을 만나는 것으로 이루어졌다.

머즐크랭크는 늘 자기가 외형적인 고블린이라고 생각했다. 톱니항은 중립 항구였다. 고블린은 이 땅에 상처를 입힌 여러 차례의 전쟁에서 어느 한쪽 진영을 택하지 않았고, 고블린이 운영하는 톱니항 역시 마찬가지였다. 그래서 이 항구에 머물다 보면 모든 종류의 종족들을 만날 수 있었다. 엘프와 드워프, 인간, 오크, 트롤, 오우거, 가끔은 노움까지. 그야말로 칼림도어의 교차로라 부를 만했다. 머즐크랭크는 다양한 종족들의 교류를 지켜보는 게 좋았다. 드워프가 건설 자재를 엘프에게 보내는 것이나, 엘프가 보석을 인간에게 보내는 것, 오크가 작물을 엘프에게 보내는 것, 인간이 물고기를 오우거에게 보내는 것, 트롤이 무기를 다른 모든 종족에게 보내는 것 등등 모두 흥미로웠다.

하지만 최근에는 종족들 사이의 관계가 조금씩 삐걱거리기 시작했다. 특히 인간과 오크들 사이에서 문제가 커졌다. 중요한 건 톱니항을 가장 많이 이용하는 종족이 바로 인간과 오크였기 때문에 그건 상당히 큰 문제였다. 톱니항은 듀로타의 가장 남쪽 경계에 위치하고 있었으며, 테라모어와 가장 가까운 항구이기도 했다.

지난주에만 해도 오크 선원과 인간 상인의 싸움을 말려야 했다. 오크가 인간의 발가락을 밟는 바람에 인간은 펄펄 뛰며 성을 냈다. 머즐크랭크는 오크가 인간을 넝마가 될 때까지 두들겨 패기 전에 떼어놓아야 했다. 그런 일이 벌어졌다면 정말 끔찍한 결과를 낳았을 것이다. 머즐크랭크는 저항하지 않는 떠돌이나 주정뱅이들과 싸우는 쪽을 좋아했다. 전투에 미친 오크들은 화약통이나 마찬가지였다. 머즐크랭크는 가능한 그런 오크들을 피하려고 애를 썼다.

거친 싸움이 벌어지면 보통 그물총을 꺼내야 했다. 다만 그런 일이 벌어지면 머즐크랭크의 그물총 솜씨가 무척 서툴다는 사실을 누군가 알아챌 위험성이 컸다. 발사하는 것 자체는 어렵지 않았다. 아무리 바보라도 그물총을 쏘는 것 정도는 할 수 있었다. 겨냥하고 방아쇠를 당기기만 하면 압축 공기가 그물을 밀어내 조준한 대상을 포박해버렸다. 하지만 그는 항상 조준이 엉망이었고, 그물이 목표물을 벗어나는 바람에 더 큰 난리가 벌어지는 일이 많았다. 그나마 다행인 것은 고블린 투사가 거대한 총구를 겨누면 대부분 싸움을 중단했다. 적어도 난폭한 다툼을 지연시키면서 지원군이 도착하기를 기다리는 건 가능했다.

그때 이후로 큰 싸움이 일어난 경우는 없었다. 하지만 거친 말과 뜨거운 논쟁이 벌어지는 일이 많았다. 이제는 톱니항으로 들어오는 상선 대부분이 무장 경호원을 대동하는 지경에 이르렀다. 오크 상선은 오그리마의 전사들을, 인간 상선은 북부감시 요새의 병사들과 함께였다.

머즐크랭크의 활동 범위는 항구의 북쪽 구역으로, 그곳에는 정박지 스무 곳이 있었다. 머즐크랭크는 나무판자로 된 부두를 걷다가 스무 개의 정박지 중 열다섯 곳에 배가 들어와 있는 것을 확인했다. 다행히 부두는 조용한 편이라서 마음이 놓였다. 햇볕이 그의 얼굴에 내리쬐자 사슬 갑옷 속 굳어 있던 몸을 따뜻하게 데워주었다. 오늘은 괜찮은 하루가 될 것 같았다.

몇 분이 지나자 태양이 사라졌다. 고개를 들어보니 어느새 몰려든 구름이 보였다. 곧 비가 내릴 것 같은 날씨였다. 머즐크랭크는 한숨을 쉬었다. 그는 비가 싫었다.

부두 끝에 가까워질 때쯤 머즐크랭크는 인간과 오크가 열띤 대화를 하고 있는 모습을 보았다. 머즐크랭크는 왠지 그 상황이 마음에 들지 않았다. 요즘 들어 인간과 오크가 열띤 대화를 하게 되면 폭력 사태로 이어지는 경우가 많았다.

그는 인간과 오크에게 다가갔다. 가장 북쪽에 있는 정박지에서 인간의 배는 오크의 배 바로 옆에 정박해 있었다. 머즐크랭크는 대화가 한창인 오크가 라크노르라는 배의 클라트 선장임을 알아봤다. 칼바위 언덕 지역의 농부들이 재배한 농작물을 거래하는 상인이었다. 인간의 이름은 기억나지 않았지만 '열정의 보상호'라고 부르는 저인망 어선의 선장이라는 건 생각났다. 머즐크랭크는 인간이 짓는 배 이름을 도무지 이해하지 못했다. 클라트는 불타는 군단과 싸우던 도중 사망한 형의 이름을 따서 배에 라크노르라는 이름을 붙였다. 하지만 열정의 보상호라는 이름이 어업과 무슨 관련이 있는지, 아니 그 무엇과 관련이 있는지 짐작조차 할 수 없었다.

두 선박은 일상적으로 오가는 거래를 하고 있었다. 칼림도어에 정착한 인간의 본거지인 먼지진흙 습지대에서는 농사를 짓기가 상당히 어려웠지만, 어획량은 풍부했다. 반면 칼바위 언덕은 내륙 지방이라 어업이 활성화되기는 불가능했다. 그래서 인간의 해산물과 오크의 농작물이 오고 가는 물물교환은 빈번하게 이뤄졌다.

"내 최상급 연어를 이런 쓰레기와 교환할 수는 없어!"

머슬크랭크는 한숨을 쉬었다. 거래가 수월하게 이루어지지 않는 모양이었다.

클라트 선장이 발을 쿵 하고 굴렀다.

"쓰레기라고? 이 멍텅구리 거짓말쟁이 같으니. 이건 최고의 작물이야!"

그러자 인간 선장이 냉랭한 목소리로 말했다.

"너희들의 농사 기술이 얼마나 엉망인지 잘 알겠다. 그 과일은 오우거에게 밟힌 것처럼 생겼잖아! 냄새도 그렇고!"

"여기 멍청하게 서서 인간 따위에게 모욕이나 당하고 있지는 않겠어!"

오크 선장의 말에 인간 선장이 몸을 꼿꼿이 세웠다. 그러자 인간의 키가 오크의 어깨 정도에 닿았다.

"여기서 모욕을 당하고 있는 건 네가 아니야. 난 최고의 연어를 갖고 왔는데. 넌 저렇게 쓰레기통 바닥에 깔린 작물을 갖고 왔잖아!"

"네 연어는 비료로도 못 쓸 물건이야!"

머슬크랭크는 인간이 장검처럼 보이는 물건으로 무장하고 있다는 사실을 너무 늦게 눈치챘다. 반면에 클라트 선장은 아무 무기도 없었다. 만약 인간의 칼 솜씨가 뛰어나다면, 클라트의 체격이 훨씬 크다는 장점도 쓸모가 없을 터였다.

"네놈의 과일은 개 먹이로 쓰기도 아까워!"

"이 겁쟁이 녀석!"

머즐크랭크는 움찔했다. '겁쟁이'라는 단어는 오크가 할 수 있는 욕 중 가장 심한 욕이었다.

"이 더러운 초록 피부가! 지금 당장이라도 널−!"

저 인간 선장이 지금 당장 뭘 어쩌겠다는 것인지 알 길이 없었다. 클라트가 인간을 향해 돌진했기 때문이었다. 인간은 제때 장검을 뽑지 못했고, 둘은 한데 엉켜 뒹굴었다. 클라트는 주먹으로 인간을 사정없이 때렸다.

머즐크랭크는 이 싸움을 어떻게 말려야 할지 고민하기 시작했지만, 어느새 인간 측 경호원이 싸움에 끼어들었다. 프라우드무어 여군주의 병사임을 나타내는 판금 갑옷을 입은 경호원 세 명이 열정의 보상호에서 뛰쳐나와 인간 선장에게 들러붙었던 클라트를 떼어냈다.

하지만 고작 인간 세 명이 클라트를 제압할 수는 없었다. 클라트는 첫 번째 경호원의 배에 주먹을 날리고, 두 번째 경호원을 붙잡아 그대로 세 번째 경호원을 향해 집어던졌다.

곧이어 라크로르에서 오크들이 뛰쳐나와 난전에 합류했다. 머즐크랭크는 이 싸움이 통제할 수 없는 수준으로 확대되기 전에 무슨 수든 써야만 했다.

그는 묵직한 그물총을 꺼내 들었지만, 그 총을 써야 하는 일이 없기만을 바라며 소리쳤다.

"다들 그만둬! 이제 진정하라고! 지금 당장 말이야. 계속 그렇게 날뛰면 다들 끔찍한 꼴을 보게 될 거야. 알겠어?"

인간 선장에게 달려들려던 찰나 클라트가 우뚝 멈춰 섰다. 코와 입에서

피 줄줄 흘리며 인간 선장이 외쳤다.

녀석이 먼저 공격했다고!"

를 다쳤기 때문인지 묘하게 콧소리가 섞인 목소리였다.

래, 그럴 만했지. 약속을 그렇게 헌신짝처럼 저버렸으니 말이야."

라트가 비아냥거리며 말했다.

렇다고 사람을 때리면 안 되지!"

슬크랭크는 클라트가 대꾸하기 전에 외쳤다.

장 그만두라고 했잖아! 두 사람 다 체포한다. 순순히 따라오든가 넘

되든가, 난 상관없으니까 마음대로 해!"

슬크랭크는 오크 전사들과 인간 병사들을 둘러봤다.

긴 고블린 땅이야. 내가 대장이라고. 알겠어? 그러니까 선택지는 두

야. 중재자가 이 사건을 맡기 전까지 여기 오크와 인간을 구치소에 넣

일을 돕거나, 아니면 지금 당장 톱니항에서 꺼져. 너희가 선택해."

직적으로는 머즐크랭크의 말이 사실이었다. 그는 의도적으로 목소리

최대한 낮추고 권위 있는 모습을 보여주려 했다. 하지만 지금 눈앞에

는 자들이 그의 말을 무시하고 계속 싸우는 쪽을 선택한다면, 솔직히 아

도 할 수 없으리라는 사실을 잘 알고 있었다. 그가 그물총을 쏴봐야

있는 말뚝이 그물에 덮이는 것 외에는 달라질 게 없을 것이다.

행히 인간들 중 한 명이 이렇게 말했다.

신이 원하는 대로 하지."

크들도 톱니항에서 고블린의 관할권을 훼손하고 싶지는 않았는지,

이 말을 마치자마자 오크들 중 한 명이 말했다.

리도 그렇게 하겠다."

라트와 피를 흘리는 인간을 톱니항 안쪽으로 끌고 가면서, 머즐크랭

크는 과호흡이 일어나지 않도록 애써 호흡을 가라앉혔다. 이렇게 스트레스를 받으며 살고 싶지는 않았다. 그는 자신이 잘할 수 있는 일이 또 뭐가 있을까 고민하기 시작했다. 고블린 투사로 산다는 건 이제 그다지 매력적이지 않았다.

다빈 소령은 어찌나 화가 나는지 자기도 모르게 수염을 잡아 뽑기 시작했고, 의식적으로 애써 손을 멈춰야 했다. 지난번에 단단히 화가 났을 때도 수염을 몽땅 잡아 뜯었는데, 아프기도 했지만 그건 복장 규정 위반이기도 했다.

다빈 소령이 화가 난 이유는 리치 상등병이 톱니항에서 북부감시 요새로 돌아와 제출한 보고서 내용 때문이었다.

"놈들이 조크 선장을 체포했다고?"

다빈 소령의 물음에 리치 상등병이 대답했다.

"정확히 말하면 상대 오크도 체포되었습니다. 언쟁이 거칠어지는 순간 고블린 투사들 중 하나가 끼어들었습니다."

"그리고 자네는 조크가 체포되도록 내버려뒀고?"

리치는 두 눈을 끔뻑였다.

"선택의 여지가 없었습니다, 소령님. 톱니항은 고블린 관할입니다. 저희에겐 아무런—"

다빈은 고개를 가로저었다.

"권한이 없다는 건 나도 알고 있다."

그는 의자에서 일어나 초조한 걸음으로 집무실을 서성이기 시작했다. 문 쪽으로 향하던 다빈 소령이 중얼거렸다.

"말도 안 되는 일이야. 우리가 이런 멍청한 짓거리의 희생양이 되는 일은 이야 한다."

"령님, 그들이 뭘 하려는 것인지는 잘—"

" 놈들도 배짱 한번 두둑하군. 우리를 이런 식으로 속이려 하다니."

 소령은 돌아서서 창문 쪽으로 다가갔고, 리치 상등병은 고개를 끄덕며 말했다.

" 확실합니다. 놈들이 우리에게 전달한 과일은 상당수 썩어 있었습니. 우리를 모욕한 겁니다. 그러고는 그 오크가 조크 선장을 공격했습니다. 런 이유도 없이 말입니다."

은 창문 앞에서 걸음을 멈췄다. 그는 창밖으로 펼쳐진 대해를 바라봤. 한 파도가 모래사장으로 부드럽게 밀려들고 있었다. 평화로운 풍경이. 하지만 다빈은 그 모습이 실제와는 다르다는 걸 잘 알고 있었다.

"제가 우리 손을 벗어났다. 오크들이 계속 이렇게 나오면 머지않아 다시 쟁이 시작될 것이다."

"런 것 같지는 않습니다, 소령님."

는 회의적인 목소리였지만 다빈은 상황을 제대로 파악하고 있었다.

"쟁은 일어날 거다, 상등병. 그것만큼은 의심할 여지가 없어. 게다가 타ㄴ과 트롤까지 놈들과 힘을 합쳤으니, 충분히 우릴 압도할 수 있겠지. 우는 미리 준비해둬야 한다."

 소령은 문을 향해 돌아서며 소리쳤다.

"등병!"

일 일등병이 안으로 들어왔다. 다빈 소령은 오레일 일등병을 보고 짧 한숨을 쉬었다. 그를 보좌관으로 두고 있는 동안 늘 그랬던 것 같지 그 젊은 일등병은 아무리 몸을 키워도 항상 방어구가 너무 커 보였다.

"르셨습니까, 소령님?"

"지금 즉시 테라모어에 전갈을 보내라. 가능한 한 빨리 지원군이 필요하다."

"네, 소령님. 지금 바로 보내겠습니다."

오레일 일등병은 경례를 하고 감시소를 나와 북부감시 요새와 테라모어가 쉽게 연락을 취할 수 있도록 프라우드무어 여군주가 지급한 수정점 구슬을 찾으러 갔다. 구슬을 이용해서 상세한 논의를 하는 건 어려웠지만, 간단한 전갈이라면 어렵지 않게 보낼 수 있었다.

리치 상등병은 생각에 잠긴 채 볼을 긁적였다.

"소령님, 외람된 말씀입니다만, 이것이 정말 좋은 생각이라고 판단하십니까?"

"당연히 그렇다."

다빈 소령은 다시 책상에 앉았다. 필요한 대응을 하고 나니 수염을 잡아 뽑고 싶은 충동은 이제 누그러들었다.

"그 망할 초록 피부 놈들이 뒤통수를 치도록 내버려두진 않겠다."

제 12 장

에이그윈은 이 성가신 젊은 여자가 빨리 가버렸으면 싶었다.

물론 그렇게 될 것 같지는 않았다. 에이그윈은 현실적인 사람이라 확률 낮은 결과를 기대하진 않았다. 그럼에도 어서 가버렸으면 하는 심정이 사라지지는 않았다. 그녀는 이십 년 동안 홀로 살았고, 이제는 그렇게 혼자 있는 시간이 소중했다. 지난 이십 년이 칼림도어로 추방되기 전, 수백 년보다 훨씬 더 행복했기 때문이었다.

에이그윈은 쉽게 드나들 수 없는 산으로 둘러싸인 이 고원이 상당히 외딴 곳이고, 그녀가 만들어둔 수호장벽이 은은한 위력을 발휘해서 그 누구도 자신을 찾아내지 못하기를 바랐다. 이제와 돌이켜 생각해보면 모두 헛바람이었던 모양이다.

"아직 살아 계시다니 믿을 수가 없군요."

프라우드무어라는 이 여자는 꼭 십 대 소녀 같았다. 물론 그런 태도는 에이그윈의 정체를 알아낸 순간 크게 바뀌었으므로, 에이그윈은 저 모습이 상대방의 평상시 모습이 아니라는 사실을 알 수 있었다.

프라우드무어는 말을 멈추지 않았다.

"당신은 늘 제 영웅이셨어요. 제가 수습 마법사였던 시절, 당신의 위업에 관한 기록을 연구했어요. 당신은 정말이지 가장 위대한 수호자셨어요."

보랏빛 성채의 늙고 굼뜬 멍청이들이 자신에 대해 뭐라고 썼을까 생각해보니 온몸이 부들부들 떨렸다. 에이그윈은 짧게 대꾸했다.

"천만에."

더는 견딜 수 없었던 에이그윈은 물이 담긴 양동이를 들고 오두막으로 향했다. 운이 좋다면 프라우드무어라는 여자가 자신을 가만히 내버려두지 않을까 싶었다.

하지만 에이그윈은 오늘 운이 별로 좋지 않았다.

프라우드무어는 에이그윈의 뒤를 따라왔다.

"제가 마법사가 될 수 있었던 것도 모두 당신 덕분입니다."

"그 정도면 내가 마법사가 된 것을 후회할 만한 이유가 되겠군."

에이그윈은 나직이 투덜거렸다.

"이해가 가지 않아요. 왜 여기 계신 거죠? 어째서 살아 계시다는 사실을 아무에게도 알리지 않으신 거죠? 사실 불타는 군단과 맞서야 할 때 당신이 도와주셨다면 정말 큰 도움이—"

에이그윈은 양동이를 땅에 내려놓고는 휙 돌아서서 프라우드무어를 바라봤다.

"내가 이곳에 머무는 데는 다 이유가 있어요. 당신이 알 필요도 없고. 날 그냥 내버려둬요!"

안타깝지만 에이그윈이 자신의 속마음을 일부 드러낸 덕분에 프라우드무어가 십 대 소녀 같은 태도를 버리고 다시 지도자의 모습으로 돌아갈 수

게 되었다.

유감이지만 그럴 수는 없겠어요, 마그나 님. 당신은 너무 중요한 분이—"

난 누구에게도 중요하지 않아요! 어리석은 꼬마 아가씨…… 정말 모르겠어요? 난 인간과 공존할 수 없어요. 아니, 오크든, 트롤이든, 드워프든, 누구와도 함께 살아갈 수 없다고요."

그 말에 꼬마 아가씨는 등을 꼿꼿이 폈다. 에이그윈은 꼬마 아가씨 안에 마법이 소용돌이치는 것을 볼 수 있었다. 아직 어린 건 사실이었지만 그래도 상당한 힘을 지니고 있는 것으로 보였다. 그녀는 에이그윈이 눈치 채지 못하게 수호장벽을 통과했고, 사실 그것만으로도 충분히 실력 있는 마법사라는 걸 알 수 있었다.

전 '꼬마 아가씨'가 아니에요. 키린 토의 마법사입니다."

난 일천 년도 더 살았어요. 당신을 꼬마 아가씨가 아닌 다른 이름으로 부르려면 앞으로 몇 세기는 더 지나야 할 것 같군요, 꼬마 아가씨. 이제 그만 가줘요. 난 혼자 있고 싶으니까."

왜죠?"

프라우드무어가 영문을 모르겠다는 듯 당황한 목소리로 되묻자 에이그윈은 이 어린 마법사가 자신의 이야기를 제대로 알지 못하거나, 자신의 이야기가 상당 부분 소실된 모양이라고 생각했다. 프라우드무어는 말을 이었다.

당신은 여성도 마법사가 될 수 있도록 길을 닦아주신 선구자이십니다. 제로스의 숨은 진짜 영웅이시죠. 어떻게 모든 것을 등질 수 있다는—"

이렇게요."

에이그윈은 양동이를 그대로 버려둔 채 돌아서서 집 안으로 들어가 버렸다. 양동이 따위 나중에 챙기면 그만이었다.

프라우드무어는 포기하지 않았고, 삐걱거리는 나무 문을 지나 집 안까지 따라 들어왔다.

"마그나, 당신은—"

오두막은 침실과 주방, 식당과 거실이 모두 한 공간에 있었고, 에이그윈은 그곳에 서서 소리쳤다.

"그렇게 부르지 말아요! 난 이제 마법사가 아니에요. 영웅은 더더욱 아니고. 당신이 내 집에 있는 걸 원치 않아요. 당신은 나더러 여성도 마법사가 될 수 있는 길을 닦았다고 하지만, 솔직히 말해서 날 보면 여성이 마법사가 되지 말아야 할 이유를 알 수 있어요."

"그렇지 않아요. 당신 덕분에—"

에이그윈은 양손으로 귀를 막으며 말했다.

"맙소사, 제발 그만할 수 없겠어요?"

그러자 프라우드무어가 나지막한 목소리로 말했다.

"전 당신이 모르는 내용을 이야기하는 게 아니에요. 당신이 아니었다면 악마들이 더 빨리 이 세계로 쳐들어왔을 거예요. 그리고 우리도—"

"그렇다고 뭐가 달라졌나요?"

어린 마법사를 바라보는 에이그윈의 얼굴에 냉소가 번졌다.

"어차피 악마들은 들이닥쳤고, 로데론은 파괴됐고, 리치 왕이 왕좌에 앉았고, 결국 살게라스가 이겼잖아요."

리치 왕 얘기가 나오자 프라우드무어는 알 수 없는 이유로 움찔했다. 하지만 에이그윈은 굳이 이유 같은 건 묻고 싶지 않았다. 어린 마법사는 다시 입을 열었다.

"원한다면 당신의 위업을 부정하셔도 상관없어요. 그런다고 달라지는 건 없으니까요. 당신은 모두에게 영감을 주셨어요."

프라우드무어는 미소 지은 채 말을 이었다.

"빨리 자라서 마법사가 되고 싶었던 모든 소녀들에게요. 성채에서 제가 가장 좋아하던 이야기는 언제나 스카벨 님이 당신을 첫 번째 여성 수호자로 지명하던 때의 이야기였어요. 스카벨 님이야말로 여성 수습 마법사의 진정한 실력을 눈여겨보실 줄 알았던 분이시죠. 그리고 그런 결정에 티리스팔의 수호자들이 환호하던 모습은―"

에이그윈은 도저히 참을 수가 없었다. 그래서 웃어버렸다. 요란한 웃음을 터뜨리고는 오랫동안 멈추지 않았다. 어찌나 크게 웃었는지 숨 쉬기도 힘들었다. 그러다가 기침이 터져 나오고, 한참 동안 애를 쓴 후에야 진정할 수 있었다. 일천 년이 지나고 나서야 에이그윈의 육신도 나이를 먹어 무너져 내리기 시작했다. 하지만 아직까지는 생명력이 남아 있던 터라 발작적인 웃음 정도에 쓰러지고 싶지는 않았다.

어쨌거나 수백 년 만에 가장 크게 웃은 것 같았다.

프라우드무어는 누군가 건넨 레몬을 무심코 먹은 사람처럼 씁쓸한 표정이었다.

"뭐가 그렇게 재미있으신지 모르겠군요."

에이그윈은 여전히 쿡쿡 웃으며 몇 차례 심호흡을 했다.

"물론 그렇겠죠. 그런 말도 안 되는 이야기를 믿는다면 알 수 없을 거예요."

그리고는 길게 한숨을 내쉬었다.

"고귀한 테라모어의 제이나 프라우드무어 여군주님, 꼭 그렇게 내 사생활을 침해하고 싶다면 저기, 자리에 앉으세요."

에이그윈이 가리킨 곳에는 몸을 숨긴 지 삼 년째 되던 해에 만들었지만 단 한 번도 앉지 않은 밀짚 의자 하나가 놓여 있었다.

"내가 어떻게 티리스팔의 수호자가 되었는지, 진짜 이야기를 들려주죠.

나를 결코 영웅이라 부를 수 없는 이유도…….”

　팔백사십칠 년 전……

　몇 년 만에 처음으로, 티리스팔 숲이 에이그윈을 두렵게 했다. 로데론의 수도 북쪽에 있는 숲은 도시의 북적거림을 벗어나 늘 고즈넉하고 아름다운 곳이었다. 에이그윈의 어머니가 딸을 이곳에 처음 데려왔던 건 어린 시절의 여행 때였다. 어린 에이그윈은 그 숲이 두려운 동시에 매혹적이라고 생각했다. 동물들이 마음 놓고 거니는 모습을 보고 깜짝 놀랐고, 놀랍도록 다채로운 초목들의 색채에 매혹되었으며, 도시의 횃불과 등불에서 벗어나 밤하늘에 박힌 수많은 별을 보며 경외감을 느꼈다.

　시간이 지나자 두려움은 사라졌고, 그 자리에 기쁨과 경탄, 때때로는 안도감이 느껴졌다.

　하지만 오늘은 달랐다. 어느새 처음에 느꼈던 공포가 온전히 돌아와 있었다.

　그녀는 사춘기 이전부터 마법사 스카벨 아래서 수습 생활을 했다. 함께 수습 과정을 거치고 있는 네 명은 모두 남자였다. 에이그윈은 늘 마법사고 되고 싶었지만, 부모는 항상 그녀에게 자라서 누군가의 부인이 될 것이고, 그것 말고는 달리 고민할 것이 없다고 말했다. 약초 같은 것들을 갖고 노는 것도 지금은 괜찮지만, 조금 더 크면 바느질과 요리처럼 정말 중요한 기술을 배우게 될 거라고 말했다.

　하지만 에이그윈이 스카벨을 만나면서 모든 것이 달라졌다. 스카벨은 에이그윈에게 수습 마법사의 길을 명했고, 거절은 용납하지 않으리라는 뜻을 분명히 했다. 부모는 딸을 잃어버리게 생겼다며 소리 내어 울음을 터뜨렸지만, 에이그윈의 가슴은 세차게 뛰었다. 마법사가 되기 위한 공부를 다니!

당시에는 다른 수습 마법사가 세 명 있었다. 팔릭, 조나스, 맨프레드 세 명은 에이그윈이 알고 있던 다른 소년들처럼 짜증나는 녀석들이었지만, 그나마 조금은 참아줄 만했다. 네 번째 수습 마법사 나탈레는 일 년 후에 수습 생활을 시작했다.

어느 날 스카벨은 자신이 티리스팔의 수호자라는 비밀 결사단의 일원이라는 사실을 밝혔다. 에이그윈이 가장 먼저 한 생각은 그녀가 사랑하던 개의 이름이 그 결사단의 명칭을 따서 지어진 게 아닐까 하는 생각이었다. 하지만 사실은 그 반대였다. 그 결사단은 수백 년 동안 티리스팔 숲에서 모임을 가졌고 그 덕분에 티리스팔의 수호자라는 이름으로 불리게 된 것이었다. 그 사실에 에이그윈은 깜짝 놀랐다. 아주 오랫동안 그 숲을 찾아왔지만 그런 만남은 단 한 번도 보지 못했기 때문이었다.

그리고 스카벨은 티리스팔렌을 만나러 그 숲으로 가자고 이야기했다.

소년들은 비밀 조직이라는 것이 얼마나 멋진지, 이 여정이 어떤 모험이 될지 쉬지 않고 떠들어댔지만 에이그윈은 대화에 끼지 않았다. 그저 티리스팔렌이 무엇인지 정확히 알고 싶었을 뿐이다. 스카벨은 그 문제에 대해 명확한 답을 하지 않았다. 소년들은 스카벨의 애매한 말에도 충분히 만족했지만, 에이그윈은 더 자세한 이야기가 듣고 싶었다.

"얘야, 곧 자세히 알게 될 것이다."

스카벨은 그녀가 묻는 말에 이렇게만 대답했다. 그는 에이그윈을 부를 때면 늘 '얘야'라는 말로 시작했다.

스카벨이 수습 마법사들을 숲으로 데려갔을 때, 에이그윈은 적잖이 당황했다. 숲의 빈터에는 그들 외에 아무도 없었기 때문이었다.

잠시 후 에이그윈이 스카벨에게 어찌된 일인지 물으려는 찰나, 갑자기

섬광이 번쩍이더니 그녀와 스카벨, 동료 수습 마법사들 주위로 일곱 명의 사람들이 완벽한 원을 그리며 나타났다. 그중 세 명은 인간, 세 명은 엘프, 한 명은 노움이었다. 그들 모두 남자였다.

"선택했습니다."

엘프 중 한 명이 이렇게 말하자 팔릭이 대뜸 물었다.

"뭘 선택했다는 거죠?"

그러자 노움이 말했다.

"조용히 해, 꼬마야. 곧 알게 될 거야."

스카벨을 바라보며 엘프 중 하나가 말했다.

"다섯 학생 모두 아주 잘 가르쳤군요, 마그나 스카벨."

에이그윈은 눈살을 찌푸렸다. 지금까지 그런 호칭은 들어본 적이 없었다.

"하지만 유독 눈에 띄는 한 명이 있습니다. 학생 중 한 명은 평범한 호기심을 넘어서서 마법의 길을 탐구했고, 타의 추종을 불허할 정도로 주문 사용에 소질이 있음을 보여주었으며, 이미 메트르 두루마리를 모두 익혔습니다."

그 말에 에이그윈의 심장이 바삐 뛰었다. 나이트 엘프 메트르는 수천 년 전에 살았던 위대한 마법사였다. 엘프 마법사들도 수습 생활의 마지막 해가 되기 전까지는 메트르의 두루마리에 기록된 마법을 시전하려 하지 않았다. 인간 마법사는 수습 생활을 온전히 마친 후에야 감히 그 마법에 도전할 수 있었다. 하지만 에이그윈은 수습 생활 첫 해가 지나갈 때쯤 이미 메트르의 주문을 자유자재로 사용하고 있었다.

다만 비밀리에 훈련해야 했다. '소년들이 언짢게 느낄 수 있다'며 스카벨이 언질을 주었기 때문이었다.

팔릭은 다른 수습 마법사들을 번갈아 바라보며 물었다.

"누가 메트르의 주문을 시전할 수 있다는 거야?"

에이그윈은 싱긋 웃으며 당당히 말했다.

"나야."

"그런 걸 할 수 있다고 누가 그러는데?"

맨프레드가 성난 목소리로 따져 묻자, 여느 때와 같은 차분한 목소리로 카벨이 말했다.

"내가 그랬다, 맨프레드. 너와 팔릭 두 사람 모두 아무 때나 대화에 끼어지 않는 게 좋겠구나."

스승의 말에 팔릭과 맨프레드는 고개를 숙이며 말했다.

"네. 알겠습니다."

엘프가 말을 이었다.

"이제부터 너희 모두가 알아야 할 것은 현재 전쟁이 벌어지고 있다는 사실이다. 일반 대중에게는 아직 알려지지 않았고, 마법사 사회에서만 암암리에 알고 있는 이야기지만, 너희도 곧 그 사회의 일원이 될 수 있을 테지. 마족이 우리 세계에 침투했다. 놈들을 막고자 최선을 다하고 있지만, 시간이 지날수록 놈들의 공격이 점점 더 증가하는 것 같구나."

"정말 그렇다니까. 그렇게 최선을 다하는 게 그 녀석들을 화나게 만들고 는지도 모르지."

노움이 끼어들자 엘프가 서늘한 눈빛으로 그 노움을 쏘아보았다.

"악마들이요?"

니벨레는 잔뜩 겁에 질린 목소리였다. 그는 늘 악마를 두려워했다.

인간 중 한 명이 대답했다.

"그래. 놈들은 기회가 있을 때마다 우리를 해치려 한다. 오직 마법사만이 놈들을 막을 수 있지."

그렇게 끼어든 인간에게도 곱지 않은 시선을 던지며 엘프가 덧붙였다.

"티리스팔렌은 악마로부터 이 세계를 지키는 임무를 맡았다. 그래서 수호자를 세웠지. 이 땅에서 가장 뛰어난 젊은 마법사들을 현재의 수호자가 거두어서 훈련을 시키는 것이다. 너희들의 스승인 스카벨이 바로 그 수호자이고. 이후에 새로운 수호자가 될 자격이 누구에게 있는지 우리가 판단하는 것이다."

"선택하는 게 쉽지는 않았어."

노움의 말에 잠자코 있던 조나스가 투덜거렸다.

"멍청한 선택이겠죠."

"뭐라고 했나, 젊은이?" 다른 엘프가 물었다.

"멍청한 선택이라고 했어요. 에이그윈은 여자잖아요. 점쟁이 정도는 어울릴 수 있겠죠. 마을 사람들에게 약초로 치료제를 만들어주는 일은 할 수 있겠지만, 그 이상이 될 수는 없어요! 우리가 진짜 마법사라고요!"

에이그윈은 충격에 휩싸인 채 역겨운 속내를 감추지 않고 조나스를 노려봤다. 그녀는 조나스를 마음에 들어 했고 두 사람은 몇 차례, 함께 밤을 보내기도 했다. 물론 그런 관계를 다른 수습생들에게 드러내진 않았지만, 스카벨은 알고 있을 터였다. 늙은 마법사의 눈길은 무엇 하나 놓치지 않았으니까. 여하튼 조나스의 입에서 그런 말을 듣게 될 거라고는 꿈에도 생각지 않았다. 거만한 팔릭이라면 그럴 수도 있겠지만, 조나스는 아니었다. 에이그윈은 다짐했다. 다시는 조나스와 함께 잠자리에 드는 일이 없을 거라고…….

연로한 인간 마법사가 한숨을 쉬며 말했다.

"그건 사실이다. 여자는 감정적이고 허영심이 있어서 대부분의 여자들은 마법사에 어울리지 않아. 하지만 에이그윈은 스카벨이 찾아낸 어떤 젊

이보다 뛰어난 잠재력을 보여주었고, 수호자 자리에 오를 수 있는 마법
사는 최고의 마법사뿐이다. 설령 여자라고 해도 말이야."

그 말에 에이그윈이 발끈했다.

"죄송한 말씀이지만, 여러분, 전 이 녀석들 못지않게 훌륭한 마법사가
될 수 있어요. 아니, 솔직히 말하면 더 뛰어난 마법사가 될 수 있을 것 같네
요. 누구보다도 큰 장애물을 극복하고 여기까지 왔으니까요."

엘프가 쿡쿡 웃었다.

"충분히 일리 있는 말이군."

"저기, 잠깐만요. 저 여자애는 수호자인지 뭔지가 된다는데, 우리는 뭐
다른 할 일이 없다는 건가요?"

나탈레가 끼어들자 엘프가 대답했다.

"그렇지 않다. 너희 모두는 각자 아주 중요한 역할을 수행해야 한다. 우
리 길드 사단의 모든 마법사가 이 전투를 수행하고 있다. 그저 수호자의 역할
이 조금 더 중요할 뿐이다."

스승을 향해 돌아서며 에이그윈이 물었다.

"스커벨 님, 당신은 어떻게 되는 거죠? 왜 수호자 역할을 그만두시는 거
요?"

스커벨은 미소를 지었다.

"나는 늙었단다, 애야. 그리고 많이 지쳤다. 헤아릴 수 없이 많은 악마
단과 싸우는 건 젊은이들의 일이다. 나는 이제 얼마 남지 않은 시간 동
안 다음 세대를 위한 준비를 하며 살아가고 싶구나."

스커벨은 소년들을 향해 돌아서서 말을 이었다.

"안심해라. 나는 계속 너희들의 스승으로 남을 테니."

"기대해주네요."

팔릭이 중얼거렸다. 소년 넷은 모두 부루퉁한 표정이었다.

노움이 퉁명스럽게 말했다.

"이 문제에 대해 너희가 그렇게 치기 어린 반응을 보이니까 하는 말인데, 다른 건 몰라도 에이그윈이 선택받은 이유를 잘 알겠는걸."

나이가 지긋한 인간도 덧붙였다.

"게다가 수호자는 의회의 구심점이 되어야 한다. 아무래도 저 소녀가 너희보다는 더 차분하게 지휘 계통을 이해할 수 있을 것 같구나."

"이건 군사 활동이 아닙니다."

세 명의 인간 마법사 중 하나가 못마땅한 듯 말하자 에이그윈은 자기도 모르게 불쑥 끼어들었다.

"아까 전쟁이라고 하셨잖아요."

"맞는 말이다."

엘프가 희미하게 웃으며 대꾸했다. 그러고는 오른쪽으로 고개를 돌려 영혼까지 꿰뚫어 보는 듯한 눈빛으로 에이그윈을 바라봤다.

"힘의 이전을 시작하기에 앞서 준비할 게 많을 것이다, 소녀. 티리스팔렌의 모든 마법이 네게 부여될 것이다. 명심하거라, 에이그윈. 너는 그 어떤 마법사보다 막대한 책무를 감당해야 한다."

"알겠습니다."

상대방의 말을 제대로 이해한다고 확신할 수는 없었지만, 에이그윈은 그렇게 대답했다. 하지만 그녀는 그 무엇보다 마법사가 되기를 원했고, 또한 모든 마법사의 가장 중요한 책무는 이 세계를 안전하게 지키는 것이라는 사실 또한 잘 알고 있었다. 마법이란 혼돈으로 얼룩진 이 세계에 질서를 세우고자 사용하는 것이며, 그러한 목표를 이루기 위해서는 적지 않은 노력이 필요할 터였다.

어린 에이그윈은 그것이 얼마나 큰 노력이 필요한지 아직 모르고 있었
다. 그리고 메트르의 두루마리를 그녀에게 보여준 스카벨의 진짜 의도가
무엇인지도 아직 모르고 있었다.

필릭이 한 걸음 앞으로 나섰다.

"빌어먹을, 저런 여자애가 시전할 수 있는 마법이라면 저도 문제없어요!
아니, 더 잘한다고요! 메트르의 주문도 시전할 수 있어요! 잘 보세요!"

필릭은 두 눈을 감았다가 다시 뜨고는 엘프가 서 있는 곳 앞에 솟아 있는
바위를 바라봤다. 그는 주문을 외운 후, 다시 한 번 동일한 주문을 읊었다.
메트르의 모든 주문은 반드시 두 번 외워야 했다. 스카벨이 말하길 안전을
보호하기 위해서라고 했다.

섬광이 번쩍이고 그 바위는 희미한 노란빛을 뿜었다. 팔릭은 비웃는 표
정으로 에이그윈을 바라봤다. 그러고는 빙 둘러선 마법사들을 보며 히죽
였다.

"바위를 황금으로 만들다니, 독창성이라고는 찾아볼 수가 없군."

노윰이 말했다.

"사실 이건 황철광이야."

싱긋 웃으며 중얼거리는 엘프의 말에 팔릭의 얼굴에서 웃음기가 사라
졌다.

"뭐라고요? 그럴 리가 없어요!"

팔릭은 재빨리 식별 주문을 외웠지만 표정은 더욱 어두워졌다.

"제장!"

필릭이 욕설을 하든 말든 관심 없다는 듯 엘프가 말했다.

"너희는 아직 배워야 할 게 많다. 그래도 모두들 뛰어난 잠재력이 있다
는 건 분명하다. 팔릭, 맨프레드, 조나스, 나탈레. 스카벨의 수습 마법사

로 학업에 매진하다 보면 그 잠재력을 발휘할 수 있게 될 것이다."

그러고는 다시 한 번 영혼을 꿰뚫어 보는 듯한 시선을 던졌다.

"에이그윈, 네 운명은 조금 더 빨리 찾아올 것이다. 한 달 뒤에 이 숲에서 다시 만나 네게 힘을 이전할 예정이니까. 많은 준비가 필요할 것이다."

그 말이 끝나자, 번쩍이는 섬광과 함께 모든 마법사들이 사라졌다.

한 달 후, 스카벨은 에이그윈에게 악마 군단과 놈들의 끔찍한 하수인들이 이 세계에 어떻게 침투하려 했고, 자신과 같은 수호자들 덕분에 그들의 시도가 어떻게 실패로 돌아갔는지 가르친 뒤, 수호자의 힘을 에이그윈에게 이전했다. 그건 에이그윈이 단 한 번도 경험하지 못한 느낌이었다. 정신을 집중해야 간신히 사용할 수 있던 주문을 이제 찰나의 생각만으로도 시전할 수 있었다. 지각 능력 역시 달라져서, 모든 것의 표면뿐 아니라 내면 깊은 곳까지 선명하게 보이는 것 같았다. 전에는 식물의 성질이나 동물의 감정 상태를 확인하려면 상당한 노력을 기울이거나 복잡한 주문을 이용해야 했지만, 이제는 힐끔 바라만 봐도 내면을 파악할 수 있었다.

일 년 후, 스카벨은 잠을 자던 중에 조용히 숨을 거뒀다. 스카벨은 자신이 죽어가고 있음을 깨달았을 때, 조나스와 나탈레, 맨프레드가 다른 스승을 찾을 수 있도록 도와주었다. 팔릭은 그때 이미 독립된 마법사로 살아갈 준비가 되어 있었다. 스카벨은 자신의 물건들과 하인들을 에이그윈에게 모두 물려주었다.

스카벨이 세상을 떠나고 한 달도 채 지나지 않아서 에이그윈은 조르타스의 작은 마을로 돌아갔다가 의회의 갑작스러운 부름을 받았다.

그녀가 티리스팔 숲에 도착하자마자, 나중에야 이름을 알게 된 에르백이라는 예의 그 노움이 말했다.

"조르타스에서 뭘 하고 있던 거지?"

"그 마을 주민들을 즈모들로에게서 구하려 했어요."

에이그윈은 자신의 행동이 자명한 일이라고 생각했다.

"즈모들로를 파괴해버리기 전에 그자에 대해 자세히 알아볼 생각은 안 하고? 조르타스의 주민들에게 내막이 발각되는 일 없이 그의 활동을 억제하면서 제거할 수 있는 전략은 준비해뒀어? 아니면 우연찮게 공격이 성공하길 바라면서 무작정 마법을 휘두르며 그 마을로 뛰어든 거야?"

피로와 언짢은 마음이 더해진 에이그윈은 평소 의회를 상대할 때보다 좀 더 솔직하게 말했다.

"이미 잘 알고 있겠지만, 에르백, 전부 다 아니에요. 그런 전략을 계획하니 자세한 정보를 알아낼 시간이 없었어요. 그런 식으로 시간을 끌었다는 즈모들로가 덮친 학교에 있던 아이들 모두 위험에 처했을지도 몰라요. 아이들이 있었다고요. 제가 자칫 머뭇거렸다면—"

에르백은 에이그윈의 말이 끝날 때까지 기다리지 않았다.

"하라는 대로만 했어야지. 스카벨이 티리스팔렌이 활동하는 방식을 가르치지 않았던가? 우리는 모든 걸 신중하게 처리해서—"

이번에는 에이그윈이 에르백의 말을 끊었다.

"당신의 방식은 너무 수동적이에요. 당신들 모두가 그래요. 그래서 지난 세기 동안 이 부정한 생물들을 상대하면서 앞서 나가지 못한 거예요. 즈모들로는 한 학교 전체를 점령하는 데 성공했고, 조르타스의 아이들을 소리 의식에 끌어들여 영혼을 오염시키려 하고 있었어요. 제가 악마 법의 악취를 감지했던 것이나 제때 그곳에 도착할 수 있었던 것도 순전히 우연이었다고요. 지금 당신이 요구하는 건 수동적으로 적의 움직임에 응하는 것뿐이잖아요."

에르백은 이제 팔을 앞뒤로 흔들며 잔뜩 흥분한 채 말했다.

"당연하지! 이 의회가 만들어진 목적부터가 적의 위협에 대응하여—"

"하지만 효과가 없었죠. 우리들의 고향에 침입하고 그곳을 파괴하려는 이 괴물들에게 정말로 공고히 맞서려 했다면, 애초에 놈들이 아이들을 붙잡을 수 있는 여지 자체를 주지 말았어야 해요. 적극적으로 놈들을 찾아내서 제거해야 한다고요. 그러지 못하면 결국 놈들의 세력에 압도되고 말 거예요."

하지만 에르백은 에이그윈의 의견을 받아들이지 않았다.

"그러다가 사람들이 자기네 목숨이 위험에 처했다는 사실을 깨닫고 통제할 수 없는 규모의 공황 사태가 발생하면?"

에이그윈은 그 질문에 직접 대답하지 않고 다른 의원들을 바라봤다.

"에르백이 여러분 모두의 의견을 대표하는 건가요? 아니면 단지 말이 제일 많은 건가요?"

의회에서 가장 연로한 엘프인 렐프스라가 에이그윈을 바라보며 희미한 미소를 지었다.

"둘 다라네, 마그나."

하지만 그 미소는 곧 사라졌다.

"자네가 너무 무모하다는 에르백의 말은 사실이네. 즈모들로는 살게라스를 섬기는 하급 악마야. 그자를 생포했다면 그자의 주인에 관해 유용한 정보를 얻어낼 수 있었을 걸세."

"네. 하지만 그런 정보를 얻어내기 전에 그 아이들이 살해당했을지도 모르죠."

"그럴지도 모르지. 하지만 이 전쟁을 치르기 위해서는 때때로 그런 위험까지도 감수해야 하네."

에이그윈은 경악했다.

"지금 아이들의 목숨 이야기를 하고 있잖아요. 게다가 지금 이건 전쟁이 아니에요. 기껏해야 지연 전술에 불과하죠. 우리가 경계 태세를 강화하지 않으면 아이와 어른 가릴 것 없이 우리 모두가 사멸되고 말 거라고요."

다른 마법사들이 앞다투어 비난하기 전에, 에이그윈은 재빨리 덧붙였다.

"존경하는 의회의 마법사 여러분, 외람된 말씀이지만 저는 지금 기진맥진한 상태라 서둘러 잠자리에 들고 싶군요. 다른 용건이 있나요?"

렐프스라의 표정이 어두워졌다.

"지금 자네의 위치를 생각하게, 마그나 에이그윈. 자네는 수호자이지만 리스팔 의회의 한 축으로서 활동하고 있다는 것을 절대 잊지 말게."

연로한 엘프 렐프스라의 말에 에이그윈이 투덜거렸다.

"계속 이래서야 잊어버릴 일은 없겠죠. 이제 하실 말씀은 다 하신 건가요?"

"지금은 다 한 것 같네만."

렐프스라가 차분한 목소리로 대답했다. 그의 말이 끝나기 무섭게 에이그윈은 보랏빛 성채로 순간이동했다. 그 어느 때보다 잠이 필요한 순간이었다.

제 13 장

크리스토프가 프라우드무어 여군주의 왕좌에 앉아 있는 모습을 보고, 로레나는 다소 실망했지만 그렇다고 크게 놀라진 않았다. 여군주는 가능하면 그 왕좌에 앉는 것을 피했지만 시종장 크리스토프는 여군주가 부재 중일 때, 테라모어의 일을 관장할 때면 늘 그 자리에 앉는 것 같았다.

크리스토프는 사실 왕좌에 앉아 있다기보다는 얹혀 있는 느낌이었다. 좁다란 어깨는 축 늘어졌고, 한쪽 다리를 옆으로 늘어뜨린 채 비스듬히 앉아 있었다. 듀리의 뒤를 따라 로레나가 알현실로 들어왔을 때, 크리스토프는 두루마리를 읽고 있었다.

"로레나 대령이 왔어요."

듀리는 조심스럽게 말했다.

"무슨 일이시죠, 대령님?"

크리스토프는 두루마리에서 눈을 떼지도 않은 채 말했다.

"스트로프 일등병이 사라졌다."

로레나는 단도직입적으로 말했다.

그러자 크리스토프가 고개를 들었다. 한쪽 눈썹을 꿈틀거리며 치켜들었다.

"제가 알고 있어야 하는 이름인가요?"

"어군주님과 함께 만났을 때 주의를 기울였다면 알고 있었겠지."

크리스토프는 두루마리를 옆으로 치워놓으며 왕좌에서 허리를 똑바로 세웠다.

"이 알현실에서 제게 말씀하실 때는 말투에 주의해주십시오."

로레나는 어이가 없는 표정으로 크리스토프를 바라봤다.

"미안하지만 장소가 어디든 내 마음대로 얘기하겠다. 프라우드무어 여군주께서 잠시 자리를 비우시는 동안에만 당신에게 이곳 업무를 맡기신 거야. 왕좌에 그렇게 앉아 있다고 해서 당신이 여군주가 되는 건 아니지."

로레나는 냉소를 숨기지 않은 채 덧붙였다.

"다른 건 몰라도 당신에겐 그럴 만한 능력이 없어."

크리스토프가 눈살을 잔뜩 찌푸렸다.

"프라우드무어 여군주님께서 돌아오실 때까지는 제가 여군주님의 대행자라는 권한을 받았습니다. 그 지위를 존중해주시기 바랍니다."

"당신의 지위는 테라모어 왕실의 시종장이지. 프라우드무어 여군주님께 조언을 하는 것이 당신 역할이고, 나도 그와 다르지 않아. 그러니까 괜히 과대망상에 빠지지 말라고."

크리스토프는 왕좌에 다시 등을 기댄 채 두루마리를 들어 올리며 지루한 듯 소리로 말했다.

"그래, 이곳에 오신 목적이 따로 있던가요?"

"앞서 말했다시피 스트로프 일등병이 사라졌다. 내가 불타는 칼날단을 조사하라고 보냈던 병사다. 그의 형인 마누엘을 만나봤는데, 악마파멸 선술집에서 준비했었다고 하더군. 스트로프는 구석에 앉아 있었고, 마누엘이 불타는 칼날단과 관련이 있다고 생각되는 자에게 말을 걸었다고 했다. 그리고 그자가 선술집을 나서자 스트로프가 그 뒤를 밟았지. 그게 그저께 밤의 일이었고, 그 뒤로 스트로프는 흔적도 없이 사라져버렸다."

"그게 도대체 저와 무슨 상관이지요?"

크리스토프는 여전히 지루한 말투였다.

"말귀를 못 알아듣는군. 스트로프는 불타는 칼날단에 관해 조사하고 있었다. 북부감시 요새에서 나와 우리 병사들을 공격했던 그 불타는 칼날단 말이야. 그래도 이번 일이 수상하지 않다는 건가?"

그는 다시 두루마리를 내려놓았다.

"딱히 수상하진 않군요. 병사가 탈영하는 일은 종종 있는 일이지요. 슬픈 일이지만 그게 현실 아닌가요? 대령님도 이미 잘 알고 계시리라 생각합니다만."

크리스토프의 말에 로레나는 잔뜩 인상을 쓴 채 말했다.

"잘 알고 있다, 시종장. 하지만 스트로프 일등병에 대한 내 생각은 분명하다. 그는 탈영을 하느니 다리를 자를 군인이다. 내 휘하의 병사 중 최고의 용사지. 이 섬을 모조리 뒤져서라도 그를 찾아내고 싶다."

"안 됩니다."

로레나의 손이 본능적으로 칼자루를 움켜잡았다. 물론 테라모어의 왕좌에 앉아 있는 사람을 칼로 찌르는 건 어리석은 일이었다. 하지만 저 시종장이 왕좌에 앉을 자격은 없고 칼에 찔릴 자격은 충분하다는 생각이 들었다.

"안 된다니, 그게 무슨 말이지?"

대령님이라면 그 말의 의미 정도는 잘 알고 계실 것 같습니다만."

"재미있군."

로레나는 칼자루에서 손을 떼고 알현실의 커다란 창문으로 향했다. 다른 것보다 크리스토프의 얼굴을 더는 보고 싶지 않았기 때문이다. 하늘이 화창해서 북동쪽 알카즈 섬이 한눈에 들어왔다.

"불타는 칼날단이라는 단체가 마음에 걸린다, 시종장. 놈들은 마법을 사용하고, 그뿐 아니라―"

"대령님, 지금으로서는 불타는 칼날단이라는 조직도 단순히 뜬소문에 불과합니다. 병사 한 명이 행방불명된 만큼 이제는 명확히 입증할 방법도 없는 상황이겠죠. 안타깝지만 지금은 탈영병을 찾는 일에 병력을 허비할 수 없습니다. 게다가 지금은 그 병력을 다른 곳에서 필요로 하는 상황이니까요."

로레나는 휙 돌아서서 물었다.

"지금 무슨 소리를 하는 거지?"

"이렇게 와주신 덕분에 대령님을 소환해야 할 걱정을 덜었습니다."

로레나는 그가 왜 이 얘기를 이제야 꺼내는지 의아해하며 그 이유를 묻자 크리스토프가 코웃음을 치며 말했다.

"이 왕좌에 앉은 사람의 결정에 의문을 제기하는 건 대령님의 일이 아닙니다. 그 명령에 따르는 것이 당신의 의무지요. 지금 그 명령을 내리는 사람이 당신에게 '콜카르 바윗골에 오크 병력이 대규모로 집결하고 있다'는 보고가 들어왔다고 이야기하는 겁니다. 그곳은 북부감시 요새와 가까운 지역입니다."

콜카르 바윗골이 어디에 있는지 정도는 이미 잘 알고 있다는 말 따위 생각한 채 로레나가 잔뜩 인상을 쓰며 물었다.

"그게 언제 일어난 일이지?"

"오늘 아침입니다. 다빈 소령에게 추가 지원군이 필요할 것으로 예상되며, 그 지원 부대를 대령님이 이끌어야겠습니다."

로레나의 직무 기술서에는 테라모어와 북부감시 요새 사이의 병력 이동을 모두 감독하는 것은 포함되어 있지 않았지만, 그러한 이동과 관련해 인지할 필요는 있었다.

"추가 지원군이라고? 언제 북부감시 요새로 지원군이 파견됐나?"

"어제입니다. 무역 해안을 따라 오크가 인간을 도발하는 사례가 여러 차례 발생했죠. 그중 일부는 관계자가 체포되기도 했습니다. 지금도 오크의 공격을 받은 인간 선장 하나가 톱니항에 구금되어 있습니다."

로레나는 고개를 끄덕였다. 그 보고서는 그녀도 이미 읽었다.

"그런데 그게 무슨 상관이지? 고블린은 싸움을 막을 권리가 있어."

"그건 평범한 싸움이 아닙니다!"

크리스토프는 소리를 지르고 있었다. 그 모습에 로레나는 적잖이 놀랐다. 시종장은 분명히 오만하고, 거들먹거리고, 무례한 사람이었다. 동시에 똑똑하고 업무 능력이 탁월한 사람이기도 했다. 그런데 이렇게 목소리를 높이는 건 로레나가 처음 보는 모습이었다.

로레나는 크리스토프의 높아진 목소리와 대비되는 가라앉은 목소리로 말을 이었다.

"그게 평범한 싸움인지 아닌지는 중요하지 않다. 북부감시 요새의 방어를 강화한 이유가 뭐지?"

"이미 말했다시피 오크 병력이─"

"처음에 강화한 이유 말이다."

크리스토프는 어깨를 으쓱했다.

다빈 소령이 요청하길 추가 병력이 필요하다고 했고, 제가 그 요청을 수락했습니다."

로레나는 고개를 가로젓고는 다시 창문을 향해 돌아섰다.

"다빈 소령은 오크에 관해 아무 관심도 없다, 시종장. 이 문제에 관해서 그 친구의 판단이라면 별로 신뢰하고 싶지 않아. 아마도 불필요하게 과장하는 것일 테니까."

"그런 것 같지는 않습니다. 적의 병력이 집결하고 있으니까요."

크리스토프는 왕좌에서 일어나 밑으로 내려왔다. 그러고는 창가로 다가와 로레나 옆에 섰다.

"대병님, 북부감시 요새가 다시 한 번 인간과 오크 사이의 전쟁에 휘말리는 사태를 대비하려면, 미리 준비해야 합니다. 그래서 주둔지 두 곳 규모의 병력과 함께 정예 호위병까지 파견하려는 겁니다."

그 말에 로레나의 입이 벌어졌다. 로레나는 돌아서서 크리스토프를 바라보면서도 그에게서 한 걸음 떨어졌다.

"정예 호위병이라고? 그 부대의 역할은 프라우드무어 여군주님을 보호하는 것이다."

한결 차분해진 목소리로 크리스토프가 말했다.

"여군주님께서는 현재 연락이 되지 않으시고, 자신의 몸 정도는 능히 지킬 수 있는 분이시지요. 정예 호위병들도 무의미하게 이곳에서 시간을 보내는 것보다는 북부감시 요새에서 활동하는 편이 낫지 않겠습니까."

다시 한 번 로레나는 고개를 가로저었다.

"너무 지나친 대응이다, 크리스토프 시종장. 지금은 단지 긴장이 고조되는 상황이 몇 차례 발생했을 뿐이야. 전쟁이 다시 일어난다는 뜻은 아니다."

"그럴지도 모르지요. 하지만 전 시작되지 않은 전쟁이라도 미리 대비하는 편이, 곧 시작될 전쟁에 대비하지 않는 것보다는 현명하다고 생각합니다."

논리적으로는 일리가 있었지만 로레나는 그 생각이 영 내키지 않았다.

"오크들이 우리 군의 움직임을 적대 행위로 해석하면 어떻게 하지?"

"제가 저들의 움직임을 적대 행위로 해석했기 때문에 그런 조치를 하는 겁니다, 대령님. 어느 쪽이든 최고의 부대 지휘관을 현장에 배치해야 합니다. 그래서 북부감시 요새의 병력을 강화하기 위한 지원 부대를 대령님께서 지휘해주길 바라는 겁니다. 시급한 대처가 필요한 문제인 만큼 고위 간부들과 함께 비행선으로 먼저 이동한 후, 필요한 조치를 하셔도 좋습니다. 대령님이 현장에서 부대를 운용할 준비가 될 때쯤 배편으로 이동한 나머지 병력이 그곳에 도착할 겁니다."

로레나는 한숨을 내쉬었다. 비행선이 이미 준비된 상태라면, 그녀가 이 방에 들어서기도 전에 크리스토프는 이미 모든 결정을 내렸다는 뜻이었다. 그래도 로레나에게는 던질 패가 하나 남아 있었다.

"프라우드무어 여군주님이 돌아오실 때까지 기다려야 할 것 같다, 시종장."

"그렇게 생각하실 수도 있겠지요."

크리스토프는 다시 왕좌로 돌아가 앉았다. 나팔 모양의 양쪽 팔걸이에 과장된 태도로 팔까지 얹었다.

"하지만 프라우드무어 여군주님께서는 그 소중한 오크 친구들을 돕느라 너무 바쁘십니다. 그 작자들은 지금 태세를 강화하면서 우리를 공격할 준비에 여념이 없는데 말이죠. 여군주님이 만사를 제쳐놓고 스랄을 돕는 동안, 그분이 지금껏 이뤄놓은 모든 것이 붕괴되는 모습을 가만히 지켜보 있지는 않겠습니다. 자, 대령님, 테라모어의 군주 대행으로서 명령하…입니다. 부디 지금부터는 명령에 따라주십시오."

"…리스토프, 이건 큰 실수를 하는 거야. 일단 내가 스트로프를 찾아낸…에一"

"안 됩니다."

…대답과 함께 크리스토프의 목소리가 누그러졌다.

"…니. 좋습니다, 대령님. 한 가지만 양보하겠습니다. 스트로프 일등병을…일에 병사 두 명을 할당해도 좋습니다. 그 이상은 어려울 것 같지만."

지…은 그 정도가 시종장에게서 얻어낼 수 있는 최선의 양보인 것 같았다.

"…맙군. 이제 실례가 안 된다면 나는 간부들과 이번 출정에 관한 논의…하러 이만 가봐야 할 것 같다."

…리스토프는 오른손으로 두루마리를 들어 올리며 천천히 왼손을 내저…다.

"…보셔도 좋습니다."

…레나는 곧장 돌아서서 불편한 심기를 감추지 않은 채 알현실을 떠났다.

제 14 장

에이그윈이 들려주는 수호자 시절의 이야기를 듣고 있으려니, 제이나는 충격에 충격이 쌓이는 것을 느꼈다. 그녀가 읽어본 역사서에서는 에이그윈이 수호자로 지명되던 때의 일을 늘 긍정적으로만 묘사했었다. 의회가 에이그윈을 수호자로 지명하는 것을 주저했다는 사실과 단지 그녀의 성별 때문에 걱정스러워했다는 것, 그리고 의회가 그녀의 접근 방식에 반발했었던 사실 모두 제이나에게는 낯선 이야기였다.

물론 에이그윈이 기억하는 과거의 그 일들은 이미 수백 년 전의 일이었지만.

"당신이 말씀하시는 내용은 역사책에 실린 기록과는 차이가 있군요, 마그나 님."

제이나의 말에 에이그윈은 한숨을 쉬며 말했다.

"당연히 그렇겠죠. 모든 마법사들이 조화를 이루며 활동한다는 것을 젊은 마법사들에게 심어줘야 할 테니까요. 그렇지 않은 사례는 드러내지 않

생각이었겠죠."

에이그윈은 고개를 가로저으며 의자에 조금 더 깊이 몸을 묻었다.

"하지만 그 마법사들은 여자가 함께하는 걸 원치 않았어요. 나도 어쩔 수 없이 지명된 거였죠. 다른 네 명의 수습 마법사들보다 뛰어난 능력을 가지고 있었으니까요. 그리고 의회는 매 순간 그 결정을 후회했죠. 결국엔 우리 모두 후회했어요. 내가 아니었다면……."

제이나는 고개를 가로저었다.

"말도 안 돼요. 당신이 얼마나 많은 일을 해주셨는데요."

"내가 뭘 했죠? 조금 더 적극적으로 악마들을 상대해야 한다고 주장했죠. 하지만 내가 그렇게 고집을 부려서 얻어낸 게 정확히 무엇이었죠? 두 세기 동안 흐름을 바꾸려 했지만 아무 소용이 없었어요. 즈모들로가 왕이었죠. 너무나 많은 악마와 너무나 많은 전투를 경험한 후, 난 결국 게라스에게 속고 말았어요. 나는―"

지금부터 이어질 이야기는 제이나도 잘 알고 있는 내용이었다.

"살게라스와 마주쳤을 때 당신에게 어떤 일이 있었는지, 저도 잘 알고 있어요. 당신은 그자의 육체를 파괴하는 데 성공했지만 그 영혼이 당신의 안에 남았죠. 이후 메디브에게 전해졌고요."

씁쓸한 표정으로 쿡쿡 웃으며 에이그윈이 말했다.

"그런데 아직도 내가 훌륭한 마법사라고 생각하는 건가요? 나는 오만함 때문에 판단력이 흐려졌어요. 티리스팔렌에 대해 고집스러운 멍청이 영 감들의 무리라고 일축하고 그들의 진가를 알아보지 못했죠. 그들이 저보다 현명하고 경험 많은 마법사들이라는 사실을요. 살게라스를 '물리친' 후 난 더 오만해졌어요. 그런 게 가능할 줄은 정말 몰랐지만. 의회의 소환 도 모두 무시하고, 기존 절차를 묵살하고, 그들의 명령도 모두 거역해버렸죠. 난 신이라 불린 살게라스를 무찌른 사람이었어요. 고루한 영감들이 뭘 안다고 나에게 이래라저래라 할 수 있겠어, 라고 생각했죠."

에이그윈은 분노가 치미는지 이를 악물고 말했다.

"난 바보였어요."

"그런 말씀 마세요."

제이나는 에이그윈의 말을 믿을 수가 없었다. 제이나 자신이 평생을 우상으로 여겼던 최고의 여성 마법사가 알고 보니 자학에 빠져 있다는 사실만으로도 충분히 절망적이었는데, 이제 그녀는 말도 안 되는 이야기까지 늘어놓고 있었다.

"상대는 살게라스였어요. 그 어떤 마법사라 해도 당신과 같은 실수를 했을 거예요. 말씀하셨다시피 그자는 사실상 신이었어요. 당신의 막강한 힘 때문에 당신을 속일 수밖에 없다는 사실과 당신을 조종하는 방법까지 모두 알고 있었을 거예요. 결국 피할 수 없는 일이었어요."

에이그윈은 집이라고 부르는, 다 쓰러져 가는 오두막의 한쪽 구석을 바라봤다.

"그게 전부가 아니죠. 메디브 일도 있잖아요."

제이나는 점점 더 당황스러워졌다.

"메디브는 저도 알고 있어요. 그 사람은―"

에이그윈은 휙 돌아서서 제이나를 응시하며 딱 잘라 말했다.

"내 아들이 누구였는지를 말하고 싶은 게 아니에요. 그 아이가 어떻게 태어났는지, 그걸 말하고 싶은 거죠."

제이나는 몹시 당황한 목소리로 물었다.

"그게 무슨 말씀이세요? 메디브의 부친은 니엘라스 아란이었―"

에이그윈은 바위가 깨지는 듯한 목소리로 반문했다.

"'부신'이라고요? 너무나 너그러운 표현이군요."

육 쉬구 년 전……

이번 소환은 끈질기게 이어졌고, 결국 에이그원은 소환에 응했다. 티리스팔의 수호자들도 오랜 시간이 지나면서 달라졌다. 엘프 세 명은 똑같았지만, 인간과 노움은 모두 죽고 다른 이들로 교체되었다. 그리고 교체된 이들 역시 죽고 후계자가 그 자리를 대신했다. 하지만 여러 면에서 달라지지 않은 것도 많았다. 그들을 직접 상대해야 하거나, 수습 마법사들을 상대하는 일을 피하고자 에이그원은 마법으로 자신의 수명을 연장해 수호자의 역할을 계속 수행했다.

로데론의 난간에 서서 도시 안팎에서 활동하고 있다는 살게라스의 옛 예를 추적하는 주문을 시전하다가, 그녀는 가까스로 죽음의 위기를 넘겼다. 주문을 외우던 도중, 의회가 아주 강력한 위력으로 에이그원을 소환한 탓에 균형을 잃었기 때문이었다. 그건 며칠 사이 의회가 세 번에 걸쳐 그녀를 소환했던 시기였으며, 실제로 능력을 제한까지 한 건 처음이었다.

그 소환에 응하기 전까지는 성가신 일이 끝나지 않으리라는 사실을 깨닫고, 에이그원은 티리스팔 숲으로 순간이동했다. 그녀는 오래전 팔릭이 침상으로 바꿔놓았던 바위 위에 서 있었다. 팔릭과 다른 세 명의 동료 수습 마법사들도 이미 악마와 싸우다 세상을 떠난 후였다. 팔백 년 전에는 찬란한 황금빛을 발하던 그 바위도 어느새 흐릿한 갈색으로 바랬다.

"무슨 중요한 일이 있길래 내 일을 방해하는 거죠?"

"팔백 년이 지났습니다, 에이그원. 당신의 직무를 내려놔야 할 때가 지났습니다."

의회에 새로 합류한 인간 중 하나가 말했다. 에이그원은 굳이 그의 이름을 외우지 않았다.

몸을 꼿꼿이 세워 자신을 둘러싼 그 누구보다도 큰 키를 돋보이게 하며 에이그윈이 말했다.

"나를 부를 땐 '마그나'라는 호칭을 잊지 마세요. 마법 세계에서 고집스럽게 유지하고 있는 우스꽝스러운 규칙 중 하나잖아요."

마그나라는 말은 드워프어로 '보호하는 자'라는 뜻이었고, 초대 수호자 이후 모든 수호자에게 붙여진 경칭이었다. 에이그윈은 사실 칭호 따위 신경 쓰지도 않았지만, 고집스럽게 규칙과 규정을 강요하며 그녀의 권력을 인정하지 않으려 하는 의회가 자신들이 정한 규칙을 어기는 모습을 보니 심기가 몹시 불편했다.

렐프스라가 그녀를 보며 쏘아붙였다.

"아, 그럼 이제부터는 규칙을 까다롭게 지키겠다는 건가?"

방금 전 팔백 년을 운운한 인간 의원이 렐프스라를 흘긋 바라본 후 말을 이었다.

"마그나, 중요한 건 지금 당신이 하고 있는 일의 위험성을 우리만큼이나 당신도 잘 알고 있다는 겁니다. 인간의 수명을 연장하면 연장할수록, 그 마법이 역효과를 일으킬 위험성은 증가하니까요. 나이를 억제하는 마법은 정밀하지도, 안정적이지도 않습니다. 전투 중에, 마법을 시전하는 중에 갑자기 원래 나이로 돌아갈 수도 있다는 말입니다. 후계자를 지정하지 않은 상태에서 그런 일이 발생한다면—"

에이그윈은 한 손을 들어올렸다. 이 멍청이들에게서 마법의 운영 방식에 대한 강의를 듣고 싶은 생각은 추호도 없었다. 그녀는 그 자리에 있는 누구보다도 강한 마법사였다. 그들 중 누구 하나 살게라스를 직접 상대했던 적이 있었던가?

"좋아요, 내가 후계자를 찾아서 수호자의 힘을 그 사람에게 인계하겠어요."

에이그윈의 말에 인간 의원이 이를 악물며 말했다.

"우리가 당신의 후계자를 선택하겠습니다. 스카벨의 후계자를 선택했던 것처럼, 그 전에 존재한 모든 수호자의 후계자를 선택했던 것처럼 말입니다."

"아니, 내가 선택하겠어요. 수호자의 삶은 그 누구보다 내가 가장 잘 알고 있어요. 다른 마법사들이 진짜 일을 하는 동안 이 숲에 이렇게 둘러서 허튼소리만 지껄이는 당신들보다는 확실히 잘 알고 있을 거예요."

"에그나―"

인간 의원이 입을 열었지만 에이그윈은 그의 말을 더는 듣고 싶지 않았다.

"당신 이야기는 들을 만큼 들었어요. 처음으로 신경 쓸 만한 구석이 생겼네요."

에이그윈이 웃으며 말을 이었다.

"어차피 언젠가는 했어야 하는 일이겠죠. 시골구석의 멍청이라도 평생한 번쯤은 실수로 그럴듯한 철학을 떠올릴 수 있을 테니까. 후계자를 선택하면 당신들에게도 통보하겠어요. 그럼 이만."

회의가 끝났다는 대답을 기다리지도 않은 채 에이그윈은 로데론의 난간으로 순간이동했다. 의회의 말이 사실이긴 했지만, 그녀는 자신의 사명을 수행하고 있던 중이었다. 그녀는 다시 한 번 떠도는 소문처럼 악마가 로데론에서 활동하고 있는지 확인할 추격 주문을 시전했다.

다행히 악마는 없었다. 몇몇 십 대 청소년들이 이해하지 못하는 마법에 몰두하고 있었을 뿐이었다. 그들이 아무 저항 없이 계속했더라면 실제로 악마가 소환될 수도 있었지만, 에이그윈은 그 청소년들의 무모한 장난을 저지하는 데 성공했다. 그 일을 모두 처리하고 나서 에이그윈은 스톰윈드로 순간이동했다. 구체적으로 말하자면 니엘라스 아란의 집이었다.

아란은 아주 오랫동안 그녀를 흠모해왔다. 에이그윈은 사실 아란에게 그다지 신경 쓰지 않았다. 그저 아란이 티리스팔렌에 소속된 의원들보다는 더 재능 있는 마법사라는 사실만 인지하고 있었다. 그는 다행히 의원들처럼 편견에 사로잡혀 있지 않았고, 묵묵히 맡은 일을 수행했다. 그는 랜던 린 국왕의 왕실 마법사이기도 했다. 에이그윈이 몇 세기만 젊었더라도 그의 서늘하게 푸른 눈과 넓은 어깨, 쉽게 웃는 성품을 좋아했을지도 모른다.

하지만 그녀는 젊지 않았고 그에게 관심도 없거니와 자신에 대한 그의 애정을 인정하고 싶지도 않았다. 어린 시절에는 조나스를 시작으로 이런저런 연인들과 어울리는 일도 있었지만, 그런 사람들을 참아낼 수 있는 인내심은 이미 오래전에 사라지고 말았다. 팔백 년에 걸친 삶에서 애정이란 늘 잘못된 것이거나 계략의 일부였다. 그래서 에이그윈은 그런 일에 할애할 시간도, 의지도 없었다.

그럼에도 에이그윈은 십 대 시절 조나스에게 처음 보였던 경박한 모습을 최대한 끌어내며 아란에게 말을 걸었다. 그러다 갑자기 그의 취미와 드워프 음악에 대한 관심에 매혹되었다.

그 모든 것이 그와 함께 잠자리에 들겠다는 단 하나의 목적을 위해서였다.

다음 날 아침, 에이그윈은 자신이 아란의 아이를 가졌다는 사실을 알았다. 티리스팔의 수호자들을 골탕 먹이기 위해서라도 딸이기를 바랐지만, 배 속의 아이는 아들이었다. 그래도 그녀가 원한 목적을 이루는 데는 아무 문제가 없었다.

그 길로 에이그윈은 스톰윈드를 떠났다. 아란은 사실 특별한 걸 기대하지는 않았지만 조금이나마 예의를 갖춰 작별 인사를 해주길 바랐는지 실망한 눈빛이었다. 아홉 달 동안 그녀는 최선을 다해 수호자로서의 과업을 수행했고 결국 메디브를 출산했다. 그때가 되어서야 에이그윈은 돌아왔고, 아이를 아란에게 건네며 그 아이가 자신의 후계자가 될 것이라고 선언했다.

"충격을 받은 표정이군요."
에이그윈이 짓궂은 미소를 지으며 말했다.
"네."
제이나의 대답은 사실이었다. 그녀는 메디브 곁에서 함께 싸웠었다. 제 이라에게 스랄은 물론이고 모든 오크들과 힘을 합쳐서 불타는 군단에 맞서라는 이야기를 해준 이가 바로 메디브였다. 하지만 제이나조차 예언자가 그렇게 태어났다는 사실은 전혀 알지 못했다. 물론 메디브가 죽음을 극복하고 돌아왔고, 속죄하고자 사력을 다해 불타는 군단을 막으려 했다는 것을 제외하면 그에 관해 알려진 사실은 거의 없었다.

"그래서 당신에게 이 이야기를 해준 거예요. 난 영웅이 아니에요. 좋은 본보기도 될 수 없어요. 성별과 관계없이 후배 마법사들에게 영감을 주는 동료이 아니라고요. 난 그저 자신의 힘조차 제대로 파악하지 못한 채 악마의 속임수에 넘어가 자신과 온 세계를 파멸시킨 오만한 멍청이일 뿐이죠."
에이그윈의 말에 제이나는 고개를 가로저었다. 크리스토프가 역사의 기록은 명시적으로 기록된 글이 아니라고 여러 차례 이야기하던 게 떠올 랐다. 그런 기록은 필연적으로 저자가 독자에게 전달하고 싶은 바에 따라 편향으로 왜곡되기 때문이라고 했다. 안토니다스의 서재에 꽂혀 있었던 티리스팔의 수호자에 대한 역사적 기록이 바로 크리스토프가 얘기했던 것처럼 편견에 의해 왜곡되어 있었다.

그때 제이나의 목덜미가 날카롭게 꼬집히는 듯한 느낌이 들었다. 그녀는 벌떡 일어섰다.

에이그윈도 마찬가지였다. 연로한 마법사도 같은 느낌을 감지한 게 분명했고, 그녀의 말이 그 사실을 명확히 했다.

"수호장벽이 돌아왔군요."

에이그윈이 알아채지 못하게 제이나가 수호장벽을 깨뜨렸던 걸 생각해보면, 장벽이 다시 돌아온 것을 에이그윈이 감지했다는 점에는 흥미로운 구석이 있었다. 덕분에 의혹을 사실로 확인할 수 있었다.

하지만 걱정되는 점은 다시 돌아온 수호장벽이 기존의 장벽보다 훨씬 더 강한 느낌이 든다는 점이었다. 게다가 어딘가 완전히 잘못된 것 같았다.

"뭔가 잘못됐어요."

"그래요. 내가 아는 마법이에요. 솔직히 이 마법을 다시 만날 거라고는 생각도 못했는데."

에이그윈이 쯧, 하고 혀를 찼다.

"솔직히 어떻게 된 일인지 모르겠네요."

에이그윈에게 자세한 설명을 부탁하기 전에, 제이나는 그 수호장벽을 뚫을 수 있는지 확인해야 했다. 먼저 순간이동 주문을 시도했다. 이번에는 수호장벽을 관통하는 주문도 추가했다. 동시에 성공하지 못할 경우에 찾아올 고통에도 단단히 대비했다.

예상했던 대로 순간이동은 실패로 돌아갔다. 아까와 같은 상황이라면 순간이동은 성공했을 것이다. 천둥도마뱀을 순간이동시킬 때 장벽 관통 주문을 사용하지 않은 건, 수백 마리의 성난 동물을 데려오기 전에 이 고원을 직접 조사해보고 싶었기 때문이었다. 잠시 두 눈을 감고 애써 고통을 참아낸 후 제이나는 에이그윈을 향해 돌아섰다.

"통과할 수 없어요."

"그럴까 봐 걱정하고 있었어요."

에이그원은 한숨을 쉬었다. 꼬마 아가씨와 이곳에 갇혀 있는 상황이 마음에 들지 않는 듯했다.

제이나도 썩 달갑지는 않았다. 이 고원에 갇혀 있는 동안에는 스랄에게 했던 약속을 지킬 수 없기 때문이었다.

"이 마법을 알고 있다고 하셨나요?"

에이그원이 고개를 끄덕였다.

"그래요. 내가 맨 처음에 상대했던 즈모들로 기억해요? 어린 학생들을 가뒀던 그 악마?"

제이나는 고개를 끄덕였다.

"이 수호장벽에서 느껴지는 힘은 그자의 것이에요."

제 15 장

크리스토프는 왕좌에 앉는 걸 싫어했다.

필요성에 대해선 이해했다. 지도자란 권위 있는 모습을 보여줘야 할 필요가 있었다. 알현실 안의 그 누구보다 높은 곳에 있도록 설계된 거대한 의자의 압도적인 모습은 그런 권위를 아름답게 표현하는 상징이었다.

하지만 크리스토프는 왕좌에 앉는 게 정말 싫었다. 언제든 뭔가 실수를 해서 왕좌의 권위를 손상시킬 것만 같은 느낌이 들었다. 크리스토프는 자신의 한계를 너무 잘 알고 있었다. 그에게 지도자는 어울리지 않았다. 그는 오랜 세월 동안 지근거리에서 지도자를 관찰하고, 직접 만날 수 없는 지도자들은 꼼꼼히 연구해왔다. 그래서 좋은 지도자가 잘하는 것이 무엇이고 나쁜 지도자가 잘못하는 것이 무엇인지 그 누구보다 잘 알고 있다고 자부했다. 그가 일찌감치 깨달았던 건 오만한 자는 왕좌에서 오래 버틸 수 없다는 점이었다. 지도자들은 종종 실수를 했다. 그리고 오만한 자는 자신의 실수를 절대 인정하지 않으려 했다. 그와 같은 갈등 때문에 많은 지도

자기 스스로, 또는 외부 요인에 의해 파멸에 이르렀다. 과거에 크리스토프의 고용인이었던 가리토스가 그런 경우였다. 그 대영주가 크리스토프의 말을 들었더라면 아니, 똑같은 조언을 하는 다른 여섯 명 중 누구의 말이라도 들었더라면 포세이큰과 결탁하는 일은 없었을 것이다. 크리스토프가 예상했던 대로 언데드 괴물들은 가리토스와 전사들을 배신했고, 결국 그가 파멸에 이른 단초가 되었다. 그 당시 크리스토프는 이미 더 나은 곳을 찾아 떠난 후였다.

오만한 자는 결코 오래 버틸 수 없다는 건 어딘가 모순되는 경향이 있었다. 지도자의 자리까지 오르고자 하는 이들이 바로 오만한 자들이었으니까. 그런 모순이 학생 시절의 크리스토프를 매혹시켰다. 그리고 그 모순은 위대한 지도자가 왜 그렇게 부족한지 설명해주는 이유이기도 했다.

크리스토프는 자신이 얼마나 오만한지 잘 알고 있었다. 자신의 능력에 대한 절대적인 자신감 덕분에 프라우드무어 여군주에게 있어 좋은 조언자가 될 수 있었지만, 그녀를 대신하기에는 역부족이었다.

그럼에도 그는 여군주의 지시를 따랐고, 그녀가 그 말도 안 되는 일을 처리하고 돌아올 때까지 여군주를 대신해서 테라모어를 운영했다.

다른 무엇보다 크리스토프는 일단 왕좌가 매우 불편한 가구이기 때문에 싫어했다. 왕좌가 제 효과를 발휘하려면 앉는 사람이 그 의자에 똑바로 앉아 양팔은 팔걸이에 얹은 후, 모든 걸 다 알고 있다는 눈빛으로 청원하러 온 사람들을 내려다봐야 했다. 문제는 그렇게 앉으려면 등이 무척 아프다는 것이었다. 척추를 찌르는 듯한 고통을 피하려면 비스듬히 옆으로 앉는 수밖에 없었다. 다만 한 가지 문제가 있다면, 다른 사람의 눈에는 그가 왕좌를 소파처럼 사용한다는 느낌을 줘서 좋지 않은 인상을 남긴다는 것이었다.

어려운 상황이었다. 크리스토프는 여군주가 그 말도 안 되는 일을 하겠다며 오크 영토로 떠나는 것을 말리지 않은 것을 후회하고 또 후회했다. 듀로타에서 날뛰는 파충류를 옮겨놓는 일이 테라모어의 일들보다 더 시급하단 말인가?

프라우드무어 여군주는 지금까지 참으로 놀라운 일들을 해냈다. 우선 여성이 마법사로서, 지도자로서 그녀와 같은 위업을 달성한 경우는 별로 없었다. 물론 여성 군주가 적잖이 존재했던 건 사실이다. 하지만 그들은 주로 세습이나 결혼을 통해 지도자의 지위에 올랐다. 프라우드무어 여군주처럼 순전히 자신의 의지로 지도자가 된 것과는 달랐다. 물론 그런 생각을 심어준 건 메디브였지만, 인간과 오크를 하나로 묶는다는 상상할 수도 없는 과업을 지금까지 끌고 온 건 온전히 제이나 프라우드무어의 몫이었다. 전문가의 시선으로 평가해봐도 제이나는 이 세계에서 가장 위대한 지도자였으며, 크리스토프는 자신이 여군주의 신뢰하는 조언자가 되었다는 사실만으로도 큰 영광이라 생각했다.

그래서 프라우드무어 여군주의 오크에 대한 맹목적인 신뢰를 도저히 용납할 수 없었다. 크리스토프도 이해가 되지 않는 건 아니었다. 그가 만나고 연구해온 모든 지도자들 중에서 프라우드무어 여군주와 동등하다고 생각할 만한 지도자는 스랄뿐이었다. 오크를 하나로 묶고 아주 오랫동안 자신들을 억압했던 악마의 저주를 물리친 그의 위업은 놀라웠다.

하지만 스랄은 오크 중에서 유일무이한 존재였다. 오크는 본질적으로 문명화되지 않은 야수이며 언어를 이해하는 능력조차 떨어졌다. 그 종족의 관습은 몹시 야만적이었고, 행동은 용납할 수 없는 수준이었다. 물론 지금은 인간 속에서 성장한 스랄이 문명에 가까운 것을 이용하여 오크 전체를 억제하고 있었다. 하지만 스랄도 필멸의 존재일 뿐이다. 그가 죽으면 오크와 인간의 일시적인 평화 역시 사라질 것이다. 그리고 오크는 살게리스가 그들을 이 세계로 불러들였을 때처럼 흉포한 짐승으로 돌아갈 것이다.

하지만 프라우드무어 여군주는 그러한 충고를 들으려 하지 않았다. 크리스토프 역시 여러 차례 시도했었다. 하지만 아무리 훌륭한 지도자라 해도 사각지대가 있었고, 여군주에게는 오크 문제가 사각지대였다. 제이나는 오크가 인간과 조화를 이루며 살 수 있다는 믿음을 꺾지 않았다. 자신의 아버지를 배신할 정도로.

그 모습을 보고 크리스토프는 극단적인 대응이 필요하다는 사실을 깨달았다. 여군주는 스랄을 제외하면 어느 누구도 그 은혜에 보답할 리 없는 오크들과의 신뢰와 아버지 중 결국 아버지가 죽는 쪽을 택했다.

다른 상황이었다면 크리스토프도 그렇게까지 하지는 않았을 것이다. 매일 아침 그는 자기가 한 일이 옳은 것일까 고민하며 잠에서 깼고, 때로는 공포에 떨며 깨어났다. 처음 칼림도어에 왔던 순간부터 전쟁이 끝나고 테라모어가 세워질 때까지, 크리스토프는 지금까지 구축한 모든 것이 파괴되는 건 아닐까 하는 절망적인 공포에 사로잡혔다. 무역 해안에 있는 요새 하나를 제외하면 칼림도어 대륙에서 인간의 터전이라고는 동부 해안에 인접한 작은 섬 하나가 전부였다. 그것도 삼면이 인간에게 무관심한, 아니 인간에게 적대적인 존재들에게 둘러싸이고, 네 번째 면은 대해에 접해 있는 섬이었다.

두렵게도 그의 조언을 무시한 채 여군주는 인간에게 해를 끼치는 조치를, 오크만을 위한 조치를 지속적으로 시행했다. 그녀는 그런 조치가 동맹 전체를 이롭게 한다고 여겼다. 함께할 때 모든 종족이 더 강해질 거라고 주장했다. 정말로 비극적인 점은 여군주가 그걸 진짜로 믿는다는 사실이었다.

하지만 크리스토프는 그렇게 어리석지 않았다. 그래서 프라우드무어 여군주가 더 큰 그림을 보지 못한다는 사실을 스스로 증명했을 때, 크리스토프가 평생을 꿈꿔온 그 큰 그림을 볼 수 없음을 확인했을 때, 결국 그는 외부의 도움을 받기로 했다.

듀리가 쭈글쭈글한 얼굴로 방 안에 들어왔다.

"시종장, 북부감시 요새의 수정점 구슬이 빛을 내뿜고 있어요. 아무래도 전갈이 온 것 같은데요."

크리스토프가 무미건조한 목소리로 답했다.

"빛이 난다면 당연히 그렇겠지요."

그는 여군주의 책상에서 일어나 알현실로 향했다. 북부감시 요새와 연락을 취할 수 있는 수정점 구슬이 그곳에 보관되어 있었다. 짐작건대 지원 병력이 요새에 도착했다고 로레나 대령이나 다빈 소령이 연락했을 것이다. 지원 병력은 오늘 아침에 도착할 예정이었다. 병력 수송선이 도착하기 전에 로레나를 그곳에 보내려던 계획은 이미 수포로 돌아갔다. 로레나가 탑승할 예정이었던 비행선은 기계 결함으로 인해 이륙이 지연되었고, 병력 수송선은 바람이 도와준 덕분에 항해 시간이 크게 단축되었기 때문이었다.

알현실의 남서쪽 구석에 있는 받침대 위에 구슬이 놓여 있었다. 크리스토프는 수정점 구슬이 진홍빛을 내뿜고 있는 것을 보았다. 북부감시 요새의 구슬을 누군가 활성화하고 사용했다는 뜻이다.

크리스토프는 잠시 머뭇거리다가 그 구슬을 집어 들었다. 예상했던 대로 강렬한 충격이 팔을 따라 흐르는 바람에 하마터면 구슬을 떨어뜨릴 뻔했다. 충격과 함께 빛은 사라지고 다빈 소령의 목소리가 흘러나왔다. 다빈의 목소리는 꼭 깊은 동굴 속에서 입구를 향해 소리치는 것 같았다.

"시종장님, 유감입니다만 로레나 대령의 비행선이 아직 도착하지 않았다는 사실을 보고하려고 연락드렸습니다. 정찰병들이 비행선을 확인하기는 했으나, 북동쪽으로 가고 있었다고 합니다. 지원 병력은 이미 도착했으나 대령이 병력을 어떻게 운용할 생각인지는 알 수 없습니다. 지시를 내려주십시오."

크리스토프는 구슬을 받침대 위에 다시 올려놓으며 한숨을 쉬었다.

"이 망할 여자가……."

"망할 여자라니, 누구요?" 듀리가 물었다.

"로레나 대령 말입니다. 비행선에 누굴 데려갔는지 알고 계십니까?"

듀리는 주저하지 않고 대답을 내놓았다. 태도가 다소 괴팍했지만 업무 능력만큼은 흠잡을 데가 없었다.

"베크 소령, 하르코트 대위, 미라 대위, 노로이 중위였죠, 아마. 아, 부라벤 상등병도 있었던 것 같네요."

듀리의 말에 눈살을 찌푸리며 크리스토프가 물었다.

"상등병을 왜 데려간 걸까요?"

그는 분명 로레나 대령에게 고위 간부들만 비행선에 탑승시키고 사병들은 배편으로 이동시키라고 말했었다. 그때 희미한 기억이 머릿속을 건드렸다.

"어디선가 들어본 적이 있는 이름이군요."

듀리가 고맙게도 그를 구원해주었다.

"전쟁 중에 행운의 부적이라고 불렸던 병사죠. 감각이 아주 예민하다고 하더군요. 백 보 떨어진 곳에서도 마법 냄새를 맡을 수 있다고 했죠."

"아, 그랬었지요."

크리스토프도 기억하고 있었다. 부라벤 상등병은 전쟁 당시에는 일등병이었을 것이다. 보통 사람들 눈에는 보이지 않는 악마도 감지할 수 있을 뿐 아니라, 불타는 군단의 하수인에게 빙의된 사람도 바로 알아보는 재주가 있었다. 또한 언제라도 프라우드무어 여군주를 비롯한 마법사들을 찾아낼 수 있는 능력이 있었다. 혼란스러운 전쟁의 소용돌이 속에서 몇몇 장군은 부라벤의 능력을 이용해 여군주를 찾아낸 적이 여러 차례 있었다.

그 순간 크리스토프는 로레나가 뭘 하려는지 깨닫고는 긴 한숨을 내쉬며 중얼거렸다.

"멍청한 여자 같으니. 하지만 나도 어지간히 멍청했군."

"뭐라고 하셨죠?" 듀리가 물었다.

"아무것도 아닙니다."

크리스토프는 재빨리 대답했다. 듀리에게 모든 걸 설명할 수는 없었다.

"이제 가보십시오."

"아, 알았어요."

듀리는 당황한 표정으로 대답하면서도 그를 지그시 응시하며 자리를 떴다.

크리스토프는 커다란 창문 밖을 내다봤다. 연무가 낀 날이었다. 대해를 바라보니 10킬로미터 정도까지만 시야에 들어왔다.

그제야 크리스토프는 모든 게 자신의 실수 때문이라는 걸 깨달았다. 전쟁 당시부터 존재했던 자신을 향한 로레나 대령의 적대심이 그의 반응에 영향을 주었다. 크리스토프는 로레나가 드러내는 적개심과 다르지 않은 경멸을 앞세워 그녀를 상대했다. 그런 충돌은 두 사람이 여군주에게 조언할 때, 생산적이진 않더라도 큰 영향을 끼치진 않았다. 하지만 그가 여군주의 왕좌에 앉아 있는 동안에는 그런 충돌이 자살 행위나 마찬가지였다.

왕좌가 알현실의 그 어떤 공간보다 높은 곳에 배치된 이유는 지도자란 다른 모든 것을 떠나 가장 높은 곳에서 군림해야 하기 때문이었다. 그건 곧 궁정의 사소한 다툼 같은 건 모두 잊어버려야 한다는 뜻이었다.

가로토스와 그보다 앞선 많은 지도자들을 파멸시켰던 오만이 크리스토프에게도 영향을 주었다. 그가 로레나를 존중하는 태도를 보였다면, 그녀도 크리스토프의 요청을 따랐을지 모른다. 그가 그러지 않았기 때문에, 로레나는 부라벤을 동행시켜 프라우드무어 여군주를 찾아내려 하고 있었다. 로레나 대령이 지금 북동쪽으로 가고 있는 이유도 짐작할 수 있었다. 여군주가 천둥도마뱀을 처리하고 있는 듀로타로 향하는 중이리라.

회가 나긴 했지만 해야 할 일은 하나뿐이었다. 계획은 그대로 실행해야 했다. 아주 약간의 수정은 필요하겠지만. 그들이 나중에 문제를 일으킬 수도 있었다. 하지만 그때쯤엔 주사위가 이미 던져진 뒤일 것이다. 오크들이 신뢰할 수 없는 존재라는 사실을 제이나 프라우드무어가 깨달으려면, 두 진영 사이의 피할 수 없는 전쟁을 앞당기는 수밖에 없었다.

그걸 위해서 다시 한 번 구슬을 들었다. 이번에는 한 손이 아니라 두 손이었다. 구슬은 전갈을 보내려는 행위로 인식했다. 이번에는 구슬이 푸른 빛을 내뿜었다.

"크리스토프 시종장입니다. 유감이지만 저희가 가장 두려워했던 사태가 일어난 것 같습니다. 프라우드무어 여군주와 로레나 대령 모두 불타는 칼날단이라 알려진 추악한 오크 이교도들에게 사로잡혔습니다. 오크들이 이번 사태의 대가를 치르도록 해야 합니다. 다빈 소령, 북부감시 요새에 있는 전 병력을 지휘하여 전쟁을 준비하십시오."

구슬을 다시 받침대에 올려놓자 빛은 사라졌다. 그가 보낸 전갈은 에테르의 세계를 지나 북부감시 요새로 전해질 것이다.

크리스토프는 숙소로 돌아가 하던 일을 마무리하려 했다. 하지만 입구에 도착하자마자 유황 냄새가 느껴졌다. 즈모들로가 이미 도착했다는 뜻이었다.

갈탁에레드나쉬. 보고해라, 시종장.

크리스토프는 콧등을 찡그렸다. 냄새뿐 아니라 혐오감이 들었기 때문이었다. 그 역시 악마와 관계를 맺는 건 싫었다. 하지만 이렇게 많은 것이 걸려 있지 않았다면 이 하급 악마를 바로 베어버렸을 것이다. 하지만 크리스토프가 배운 지도자의 요건 중 하나는 백성의 이익을 위해서라면 끔찍한 적과도 동맹을 맺을 수 있어야 한다는 점이었다. 바로 그런 이유로 프라우드무어 여군주는 인간과 오크를 하나로 만드는 낯선 과정을 밟아나갔던 것이다. 그리고 지금, 크리스토프가 즈모들로와 함께 그와 같은 과정을 거치려 하고 있었다. 모든 것을 아우르는 거대한 계획 속에서 큰 의미가 없는 아주 사소한 악마와 일시적인 동맹을 맺는 것뿐이다. 크리스토프가 즈모들로를 이용하고 있었다. 그 악마의 허영심을 노리고 그 앞에서 고개를 조아리는 이유는 크리스토프가 원하는 것을 즈모들로가 이행하도록 만들기 위한 책략이었다.

"모든 것은 계획대로입니다. 테라모어 전원이 오크를 공격하여 파괴할 준비를 마쳤습니다."

좋다. 그 추악한 배신자들이 이 세계에서 사라지는 꼴을 즐겁게 감상하겠다.

"저 또한 그렇습니다."

크리스토프는 진심이었다. 즈모들로는 크리스토프에게 아주 유용한 아군이었다. 둘 다 이 세계에서 오크를 제거하려는 맹렬한 욕망을 공유하고 있기 때문이었다. 그리고 그 모든 일이 끝났을 때, 오크가 더는 의미 없는 존재가 되었을 때, 크리스토프는 즈모들로 역시 이 세계에서 지워버릴 계획이었다.

시종장, 우리가 함께 염원하는 목표가 하루속히 실현되기를 바란다. 안녕히. 갈탁에레드나쉬.

크리스토프는 고개를 끄덕이며 두 개의 단어로 이루어진 즈모들로의 언어를 반복했다. 그 의미는 이러했다.

"불타는 칼날단 만세."

제 16 장

에이그윈은 우스우면서도 씁쓸한 기분으로 제이나 프라우드무어가 악마의 수호장벽을 깨뜨리고자 애쓰는 모습을 지켜봤다. 제이나는 에이그윈의 오두막을 떠나 수호장벽의 주변부로 향했다. 기존의 수호장벽과 같은 위치였다. 제이나는 가까운 지점에서부터 그 장벽을 뚫으려 했지만, 에이그윈은 그녀가 성공할 거라고는 생각지 않았다.

즈모들로는 에이그윈을 다시 만나고 싶은 생각이 없는 모양이었다. 프라우드무어가 옛 수호장벽을 깨뜨리자마자 굳이 이곳에 다시 가뒀으니까. 어쨌든 에이그윈이 바랐던 것처럼 수호장벽이 이곳에 존재하는 한, 즈모들로는 걱정할 게 없었다. 하지만 그 방벽이 사라질 경우 성가신 일이 생길 테고, 그래서 예비 방벽까지 이렇게 준비해둔 것 같았다.

어차피 상관없었다. 에이그윈이 마법으로 악마와 싸울 수 있었던 시절은 이미 오래전에 지나가 버렸다.

마지막 시도가 실패로 돌아가자 프라우드무어는 망토 안으로 손을 넣어□포를 꺼냈다. 그 모습을 보고 에이그윈은 무의식적으로 고개를 끄덕였다. 누가 이 여자의 스승이었는지는 몰라도 마법 운용의 현실적인 부분까지 잘 가르친 듯했다. 그건 마법 능력이 그토록 탁월했던 스승 스카벨도 제대로 다루지 못했던 측면이었다. 악마를 추적하던 도중, 허기진 탓에 세 번이나 쓰러지고 나서야 임무를 시작할 때 음식 챙기는 버릇을 들일 수 있었다.

음식를 우물거리던 제이나가 돌아서서 에이그윈을 바라봤다.

"우리가 힘을 합치면 가능할 것 같아요."

"그럴 리가 없어요."

에이그윈은 쓸쓸한 미소를 지으며 말했다.

"내 '힘'을 당신에게 보태봐야 결과가 달라지지는 않을 거예요. 내 마법 능력은 이미 오래전에…… 쇠퇴해버렸으니까요."

정확하지 않은 표현이었지만 프라우드무어의 질문에 대한 대답으로는 충분했다.

"방벽 너머에서 전도체 역할을 해줄 사람이 없는 게 아쉽군요."

"무엇의 전도체를 말씀하시는 거죠?"

에이그윈은 앞서 프라우드무어의 스승에게 매겼던 평가 점수를 조금 깎았다.

"메트르의 관통 주문을 모르는 건가요?"

프라우드무어는 고개를 가로저었다.

"메트르의 두루마리는 십 년도 더 전에 대부분 파괴되었어요. 구할 수 있는 건 모두 익혔지만, 그건 들어본 적이 없는 것 같네요."

"아쉽게 됐군요."

에이그윈은 그렇게만 대꾸했다. 사실 누구의 수호장벽이 이곳을 둘러싸고 있는지는 중요하지 않았다. 그녀를 이곳에 묶어두기만 하면 되는 일이었다. 에이그윈이 바라는 건, 자신이 이미 너무나도 큰 피해를 주었던 세계와 멀리 떨어진 채로 남은 여생을 살아내는 것뿐이었다.

"왜 그렇게 약해지신 거죠?"

제이나의 물음에 에이그윈은 한숨을 쉬었다. 그런 질문을 예상했어야 했다.

하지만 다시 생각해보면, 제이나 프라우드무어는 모든 이야기를 들어야 할 필요가 있는지도 몰랐다. 적어도 에이그윈의 관점에서 보았던 그 이야기를 알아야 했다.

이십오 년 전……

메디브는 붉은마루 산맥 언덕 안에 자리한 카라잔 탑을 거처로 정했다. 엘윈 숲의 커다란 나무들은 메디브가 이곳에 머물기 시작하자 모두 시들어버렸다. 그렇게 덩굴과 잡초로만 둘러싸인 바위산에 메디브는 자신의 요새를 만들었다. 그곳은 마치 인간의 두개골과 꼭 닮은 모습이었다.

에이그윈이 보기에 그 모습은 애처로울 만큼 그곳과 어울렸다. 그녀는 지금 걸어서 그곳을 찾아가는 중이었다. 자기가 가고 있다는 걸 아들에게 알리고 싶지 않았다.

티리스팔의 수호자들은 죽었다. 오크들이 아제로스 전역에서 날뛰고 있었다. 온 세계가 전쟁에 휘말렸다. 그 모든 일의 근원은?

바로 에이그윈 자신의 혈육이었다.

어떻게 된 일인지 알 수가 없었다. 에이그윈이 메디브를 낳은 건 자신의 과업을 이어주길 원해서였지, 모든 일을 망치려 했던 건 아니었다.

정문에 도착하고 나서야 그녀는 느낄 수 있었다. 자신의 아들이 이곳에 있다는 건 분명했다. 시종인 모로스와 요리사도 함께였지만, 두 사람은 각자 자기 방에서 잠들어 있었다. 하지만 다른 기척이 느껴졌다. 아들과 정수가 연결되어 있는 존재의 기척이었다. 수 세기 전 에이그윈이 물리쳤던 바로 그 존재였다.

조용히 탑을 찾아가려던 생각은 버리고, 에이그윈은 바람의 주문을 시전하여 정문을 강타했다. 강력한 돌개바람이 나무 문을 산산이 조각냈다.

반대편에는 아들이 서 있었다. 그는 에이그윈의 키와 눈을 물려받았다. 니엘라스 아란에게서는 넓은 어깨와 아름다운 코를 받았다. 잿빛이 듬성듬성 섞인 머리카락은 단정하게 뒤로 묶은 모습이었다. 희끗희끗한 수염도 잘 다듬어져 있었다. 적갈색 망토가 산들바람을 따라 그의 등 뒤에서 흩날렸다.

하지만 에이그윈의 눈앞에 있는 존재는 아들과 닮은 구석이 없었다. 그녀의 눈은 메디브를 보고 있었지만, 그녀 안의 마법사는 살게라스를 보고 있었다.

"어떻게 이런 일이 있을 수 있지? 내가 분명히 널 죽였는데."

메디브는 악마의 목소리로 웃었다.

"어머니, 당신은 그렇게 한심한 바보였습니까? 정말 한낱 소녀가 위대한 살게라스를 파괴할 수 있다고 생각했습니까? 그분은 당신을 이용했습니다. 당신이 절 잉태하도록 이용한 것이지요. 그분은 당신 안에 숨었습니다. 그리고 당신이 능숙하게 제 아버지를 유혹했을 때, 자신의 정수를 제 태아로 옮겼습니다. 그분은 늘 저와 함께했습니다. 스승이자 당신이 허락하지 않았던 부모 역할을 해주었지요."

에이그윈은 도저히 믿을 수가 없었다. 어쩌다가 그렇게까지 눈이 멀었던 걸까?

"네가 의회의 구성원들을 모두 죽였구나."

"그들이 모두 멍청이라고 말했던 건 어머니 아니셨습니까?"

"그게 중요한 게 아니야! 그 사람들이 죽어야 할 이유는 없었어!"

"이유가 있었습니다. 제게 제대로 된 가르침을 주신 적은 없었지요, 어머니. 수호자로서의 의무를 수행하느라 너무 바빠서, 당신이 낳은 아들이 당신을 계승할 수 있도록 제대로 기르지 못했습니다. 하지만 간혹 제가 곁에 있다는 사실을 깨달을 때면, 으레 의회의 구성원들 모두 멍청이라는 말을 거듭하셨지요. 멍청이들을 기다리고 있던 운명이 무엇인지 가르쳐준 건 바로 살게라스 님이었습니다. 아시는지 모르겠지만, 전 아주 많은 것을 배웠습니다."

"가식은 집어치워라, 살게라스. 내 아들의 목소리로 지껄이는 짓은 이제 그만둬."

에이그윈의 말에 메디브는 고개를 뒤로 젖히며 큰 소리로 웃었다.

"아직도 모르시겠습니까, 어린 소녀여? 나는 당신의 아들입니다!"

메디브는 손을 들어 올리며 말했다.

"그리고 당신의 종말입니다."

그 다음 일은 에이그윈이 상상했던 것보다 훨씬 빠른 속도로 벌어졌다. 자세한 건 거의 기억나지 않았다. 그나마 다행이었다. 확실한 건 메디브, 아니 살게라스의 공격에 맞서며 반격하는 게 점점 더 어려워졌다는 사실뿐이었다. 그런 반면 상대는 그녀의 공격에 대항하며 반격하는 게 점점 더 쉬워지는 것 같았다.

에이그윈의 주문은 차차 약화되고 심각한 타격을 받은 채 피를 흘리다가, 결국 메디브의 요새 돌바닥 위로 쓰러졌다. 기진맥진하여 고개조차 들 수가 없었다. 아들이 웃으며 에이그윈을 내려다봤다.

"왜 그렇게 슬픈 표정인가요, 어머니? 절 이렇게 만든 건 당신입니다. 어쨌든 의회의 간섭을 뿌리치고 당신의 사명을 계속 이어가기 위해 절 낳은 거 아닙니까. 당신이 한 일입니다. 당신이 살게라스의 육체를 파괴한 순간, 즉 당신이 그분을 해방시켜 당신 안에 자리 잡게 했던 그 순간부터, 당신의 사명은 살게라스의 의지를 실현하는 것이었습니다. 마침내 당신은 목표를 이루었습니다. 마지막으로 의회에 혼찌검까지 내주지 않았습니까?"

메디브는 싱긋 웃었다.

에이그윈의 피가 차갑게 식었다. 자신의 아이를 갖고자 했을 때 그런 생각을 했던 건 사실이었다. 하지만 그런 말을 입 밖으로 꺼낸 적은 없었다. 특히 메디브에게는 절대로 그런 이야기를 하지 않았다. 그녀가 메디브의 삶에서 함께했던 시간은 길지 않았다. 사실 그건 아이를 보호하기 위해서였다. 자신의 아들이 스톰윈드에 있다는 사실을 공공연히 드러낼 수는 없었다. 적들이 아이를 이용해 그녀를 공격할 수도 있기 때문이었다. 그래서 사춘기가 지난 후에야 에이그윈은 아들에게 자신이 어머니라는 사실을 밝혔다.

그 순간, 에이그윈은 모든 저항을 멈췄다. 그녀가 이토록 철저히 배신한 세상에서 더는 살아가고 싶은 생각이 없었다. 자신의 일을 제대로 해내려는 열망 때문에, 자신을 무시했던 의회의 생각이 틀렸음을 증명하려는 오기 때문에 악마가 승리하는 결과를 초래했다.

수습 생활을 마친 이후로 에이그윈은 단 한 번도 울지 않았다. 아이가 태어나고, 부모님이 돌아가시고, 악마들에게 패할 때에도 그녀는 눈물을 보이지 않았다. 그녀는 강했다. 하지만 무너져 내리는 자신을 향해 웃고 있는 아들을 바라보자, 눈물이 두 볼을 타고 흘러내렸다.

"날 죽여라."

"그리고 당신을 풀어주라고요? 멍청한 소리하지 마십시오, 어머니. 나는 당신의 종말이라고 했지, 죽음이라고 하진 않았습니다. 당신 마음 편하자고 당신을 소멸시키면, 당신이 내게 한 짓을 속죄할 기회가 사라져버리지 않겠습니까."

메디브는 말을 마치자마자 주문을 외웠다.

여덟 세기 전, 의회는 에이그윈에게 수호자의 힘을 주었다. 그건 그녀의 인생에서 가장 경이로운 경험이었다. 맹인이 처음으로 세상을 보는 것과 비슷한 기분이었을 것이다. 그 힘을 메디브에게 넘겨준다는 건 썩 기분 좋은 느낌이 아니었지만, 그럼에도 자신의 유산을 만들어간다는 만족감이 있었다. 그리고 힘을 떠나보내는 것 또한 편안하고 기분 좋은 경험이었다. 마치 서서히 잠에 빠져드는 것처럼.

하지만 지금 메디브가 그녀의 힘을 뜯어내는 기분은 마치 한순간에 눈과 귀가 멀어 모든 지혜를 잃어버리는 기분이었다. 온몸이 죽어가는 것 같았다. 잠에 빠져드는 게 아니라 혼수상태가 되는 듯했다.

그러나 끔찍하게도 그녀는 깨어 있는 상태에서 자신에게 일어나는 모든 일을 인지하고 있었다. 그리고 계속 이곳에서 머무르다가는 메디브 또는 살게라스가 그녀를 이곳에 영영 가둬두리라는 것을 알았다. 에이그윈은 틀림없이 이 요새의 지하 감옥에 갇혀 주위에서 일어나는 모든 일을 보고 들으며, 자신의 아들이 살게라스의 이름으로 행하는 모든 악행을 지켜봐야 할 것이다.

곧이어 또 다른 깨달음이 찾아왔다. 그녀의 젊음이 사라지지 않았다는 것이다. 그건 곧 메디브가 그녀의 노화 억제 마법은 빼앗지 않았다는 뜻이었다.

그 마법이 그녀를 구원할 것이다. 에이그윈은 흩어진 집중력을 그러모아 노화 억제 마법을 방출하고, 그걸 붙잡고서 멀리 떨어진 장소로 자신을 데려가 줄 순간이동 주문을 형성했다.

잠시 후 머리가 하얗게 세고, 피부에는 깊은 주름이 잡히고, 온몸의 뼈는 가늘어진 채로 에이그윈이 칼림도어에 나타났다. 그 대륙의 동부 해안에 있는 산맥 어딘가의 초원 지역이었다.

제이나는 아주 작은 목소리로 말했다.

"정말 힘드셨겠네요."

"그랬죠."

에이그윈은 온몸을 부들부들 떨었다. 사실 말로 표현한 것보다 훨씬 더 끔찍한 경험이었다. 하지만 그녀는 제이나를 위해 중요한 사건들만 추려서 이야기했을 뿐이다. 사실 그녀는 메디브를 설득하고자 애를 썼다. 또한 그가 왜 그런 짓을 했는지 설명을 들으려 했었다. 물론 살게라스가 하는 일에 의미가 있을 리 없었다. 어쨌거나 그런 일까지 제이나에게 짐을 지우고 싶은 생각은 없었다. 이 이야기에서 가장 중요한 건 에이그윈 자신이 얼마나 어리석었는지를 알려주는 것이었다. 에이그윈이 말을 이었다.

"처음 이곳에 왔을 때, 난 마지막 남은 마법을 이용해서 주위에 아무도 없다는 걸 확인했어요. 그리고 오두막을 짓고, 정원을 만들고, 우물을 팠죠. 수호장벽은 스랄과 그의 백성들이 이곳 인근에 정착하고 난 후에 만든 거예요."

"놀랄 일은 아니군요."

제이나의 목소리에는 어딘가 이상한 구석이 있었다. 에이그윈이 알지 못하는 무언가를 알고 있는 듯했다.

"그게 무슨 뜻이죠?"

제이나가 그 질문에 대답하려는 순간, 에이그윈은 무슨 소리를 들었다. 제이나도 그 소리를 들은 모양이었다. 두 사람은 동시에 남쪽을 바라봤다. 낯익은 소리였지만 에이그윈에게는 아주 오랫동안 듣지 못했던 소음이기도 했다.

잠시 후, 그녀의 생각이 실체를 드러냈다. 그 소리는 거대한 비행선이 내뿜는 소리였다. 좀 더 자세히 말하자면 칼날흉터 봉우리를 통과하는 비행선에서 나는 소리였다. 그 비행선은 수호장벽 바로 앞에서 멈춰 섰다. 에이그윈은 마법사 혹은 마법에 매우 예민한 사람이 그 비행선에 탑승해 있으리라 생각했다.

선체에서 밧줄 사다리가 내려왔다. 곧이어 판금 갑옷을 입은 형체가 사다리를 타고 내려오기 시작했다. 그 형체가 지상과 가까워지자 에이그윈은 방어구에 찍힌 인장을 보고 상대가 대령이라는 걸 알아봤다.

놀랍게도 상대는 인간 여자였다. 에이그윈은 고개를 돌려 제이나에게 의아하다는 시선을 보냈다. 제이나는 웃고 있었다.

"여성이 티리스팔의 수호자가 될 수 있다면, 대령이 되지 못할 이유도 없죠."

에이그윈은 그 말에 동의할 수밖에 없었다.

"여군주님, 유감이지만 좋지 못한 소식을 알려드리고자 왔습니다."

대령은 밧줄 사다리 아래로 내려서면서 말했다. 그리고 불신의 눈초리로 에이그윈을 바라봤다.

"로레나 대령, 이분은 마그나 에이그윈이십니다. 제게 말씀하실 때처럼 편하게 말씀해주세요."

로레나 대령은 긴말 없이 고개를 끄덕였다. 저 여자 대령에게는 다른 설명 없이 제이나 프라우드무어의 말 한마디면 충분한 모양이었다. 에이그윈은 마지못해 자신이 깜짝 놀랐다는 걸 인정해야 했다. 여성이 이런 지위에 오르서려면 엄청난 노력이 필요했다. 그렇기 때문에 로레나 대령은 다른 사람들보다 두 배는 더 뛰어난 능력을 갖고 있을 것 같았다. 사실상 그래야만 이렇게 성공할 수 있었을 테니까.

그리고 그토록 출중한 능력을 갖춘 사람이 제이나의 말을 절대적으로 신뢰한다면, 제이나 또한 에이그윈이 생각했던 것보다 훨씬 더 뛰어난 사람일지도 모른다. 이 꼬마 아가씨가 영웅을 숭배하는 것에도 무언가 숨겨진 사연이 있을지 모르겠다는 생각이 들었다.

로레나 대령이 입을 열었다.

"군주님, 크리스토프 시종장이 불타는 칼날단의 일원이라고 생각됩니다. 그가 북부감시 요새의 우리 병력을 증강하여 오크와의 분쟁을 촉발하려는 음모를 꾸미고 있는 것으로 보입니다."

제이나의 얼굴이 어두워졌다.

"크리스토프가요? 믿을 수가 없군요."

대령은 그 후 몇 분 동안 제이나가 테라모어를 떠나 있는 사이 무슨 일이 있었는지 자세히 설명했다.

로레나 대령이 말을 마치자 에이그윈이 제이나에게 물었다.

"불타는 칼날단이라는 자들은 언제 나타난 건가요?"

"저희도 확실히 알지는 못해요. 그저 과거의 한 오크 부족과 관련이 있으리라 생각하고 있어요. 왜 그러시죠?"

"즈모들로가 불타는 칼날단이라는 이교도를 창시했어요. 실제로 그자가 아이들을 가두고 제물로 바칠 때 사용하려던 칼에는 기름이 덮여 있었고, 의식을 치를 때 불을 붙이려는 계획이었죠. 마침 즈모들로가 다시 나타난 상황이니, 그 오크들에게도 뭔가 영향을 주고 있을 가능성이 높아요."

제이나가 그 말에 미처 대답하기 전에, 로레나가 끼어들었다.

"여군주님, 왜 수호장벽 안에 계신 겁니까? 여군주님을 찾아내려고 부라벤 상등병을 데려왔습니다. 상등병이 말하길 수호장벽이 둘러싸고 있어서 통과할 수 없다고 하더군요. 왜 밖으로 나오시지 않는 겁니까?"

"미안하지만 그럴 수가 없어요. 제가 처음 이곳에 도착했을 때 세워져 있던 수호장벽은 통과할 수 있었어요. 하지만 그 후에 마그나 에이그윈 님께서 방금 말씀하신 즈모들로라는 악마의 수호장벽으로 교체되었죠. 저도 이 장벽을 통과할 수 있는 방법은 알지 못해요."

"아쉽군요. 지금 이곳에 드리운 게 내가 세운 수호장벽이었다면 당장이라도 당신을 통과시켜주었을 텐데 말이죠."

에이그윈의 말에 제이나는 코웃음을 치며 말했다.

"그런 말씀하지 마세요. 당신의 수호장벽이 아니었잖아요. 메디브의 장벽이었죠."

에이그윈은 깜짝 놀라 입을 벌린 채 제이나를 바라봤다.

"대체 그걸 어떻게—"

"처음 여기 왔을 때부터 수호장벽에 사용된 마법이 티리스팔렌 일원의 마법이라는 걸 알았어요. 장벽을 통과하고 나서는 티리스팔렌의 일원 중 누구 것인지도 알 수 있었죠. 전에 만나본 마법이었으니까요. 아까도 말씀 드리려 했지만, 전 메디브를 잘 알고 있어요. 인간과 오크를 이 땅으로 데려온 이가 바로 메디브였고, 우리가 힘을 합쳐 불타는 군단에 맞설 수 있도록 해준 이도 그 사람이었거든요. 저는 메디브의 마법을 아주 잘 알고 있답니다."

에이그윈이 미처 대꾸하기 전에 로레나가 입을 열었다.

"○ 군주님, 죄송한 말씀이지만 시간이 없습니다. 서둘러 장벽 너머로 나오셔야 합니다. 다른 방법이 있지 않겠습니까?"

제이나는 에이그윈을 바라봤다.

"방법이 있어요. 메트르의 그 주문을 가르쳐주세요."

그러고는 로레나 대령을 가리키며 말을 이었다.

"이제 전도체도 생겼잖아요."

"좋아요. 이제 날 가만히 내버려두겠다고 약속하면 가르쳐줄게요."

에이그윈이 말했다.

"죄송하지만 그건 불가능해요."

에이그윈은 두 눈을 깜빡였다.

"뭐라고요?"

"함께 가셔야겠어요."

제이나의 말에 에이그윈은 콧방귀를 뀌며 말했다.

"그게 가능할 거라고 생각하는 건가요?"

"네. 당신은 마그나예요. 우리를 악마로부터 지켜주셔야 할 수호자이시죠. 저희와 함께 가셔야 할 의무가 있어요."

"무슨 근거로 그런 말도 안 되는 얘기를 하는 거죠?"

"스모들로가 이 수호장벽을 만들었다고 말씀하셨죠. 그건 스모들로가 활동하고 있다는 뜻이에요. 게다가 스랄과 제가 아드님의 요청에 따라 가까스로 일구어낸 두 진영의 동맹을 지금 이 순간에도 깨뜨리려고 하는 불타는 칼날단을 만들어낸 게 바로 스모들로라고 하셨잖아요. 분명히 여덟 세기 전에 그자를 처치했다고 생각하셨겠죠. 하지만 아무래도 제대로 마무리하지 못하신 것 같군요. 그러니까 이제 책임을—"

"당신이 책임에 대해 뭘 안다고!"

195

에이그윈이 비명을 지르듯 외쳤다.

"내가 여덟 세기를-"

"네, 당신이 무엇을 하셨는지 잘 알아요, 마그나. 당신의 실패와 기만, 거짓과 오만에 대해 많은 말씀을 해주셨잖아요. 하지만 그 말씀을 듣고 알게 된 건, 당신이 단 한 번도 수호자로서의 책무를 태만히 하지 않았다는 사실이었어요. 즈모들로를 상대하고, 의회의 뜻을 거역하고, 메디브를 낳은 일까지, 당신이 해온 일이 모두 옳다고 믿었기 때문에 행동으로 옮기셨던 거잖아요. 당신이 어떤 실수를 했든, 어떤 패배를 겪었든, 당신은 당신의 책임을 한 번도 외면하지 않으셨어요. 지금까지는요."

제이나 프라우드무어는 고개를 가로저으며 말을 이었다.

"책임에 대해 뭘 아냐고 물으셨죠. 지금은 당신보다 제가 더 많은 걸 알고 있다고 말씀드리겠어요. 당신은 자신을 제외하고는 그 누구도 책임지려 하지 않았으니까요. 전 사람들을 이끌고 전쟁에 뛰어들도록 했어요. 전쟁이 끝나고 나서는 그들을 통치했고요. 그리고 지금, 그렇게 절 믿었던 사람들이 제가 필요하다고 해요. 그 모든 게 당신이 파멸시켰어야 했던 악마 때문일 수도 있고요. 지금까지 우리가 쌓아 올린 모든 것이 당신의 자기 연민 때문에 무너져 내리게 내버려두지는 않을 거예요, 마그나."

"내 운명을 나 스스로 결정할 자격 정도는 있다고 생각해요."

"메디브를 되살렸기 때문인가요?"

제이나의 놀라운 통찰력에 에이그윈은 다시 한 번 놀랐다. 그녀는 아무 말도 하지 못했다.

"카드가와 로서의 손에 죽음을 맞이한 후, 메디브가 어떻게 돌아왔는지 늘 궁금했어요. 아주 강력한 마법이 필요한 일이었겠죠. 저라면 할 수 있었을 거예요. 그런 마법이 가능한 마법사가 한두 명 정도 더 떠오르는 군요. 하지만 그들이 한 일이라면, 아마 솔직히 제게 인정했을 거예요. 메디브와의 전투로 기력이 소진되었다고 말씀하셨죠. 하지만 그런 일에 필요한 마법의 힘을 대체할 수 있는 게 단 한 가지 있어요. 바로 어머니와 아들 사이의 결속이죠."

에이그윈은 고개를 끄덕였다. 그녀의 시선이 칼날흉터 봉우리 너머 어딘가로 향했다.

"그날 억제 마법의 남은 마력을 끌어모아서 우물물을 이용해 점을 쳤죠. 그때 무슨 일이 일어나고 있는지 깨달았어요. 나는 내 아들의 수습 마법사와 가장 친한 친구에 의해 죽어가는 모습을 봤어요. 그리고 살게라스가 그에게서 추방되는 모습을 봤죠. 그래서 아주 오랫동안 힘을 모아 그 아이를 되살렸어요. 그땐 하마터면 죽을 뻔했죠. 이곳의 수호장벽이 메디브의 마법으로 세워졌던 이유예요. 내게는 그런 주문을 시전할 힘이 남아 있지 않았으니까요. 아니, 그런 주문은커녕 어떤 주문도 불가능했죠. 지금도 마찬가지예요."

에이그윈은 돌아서서 제이나를 바라봤다.

"그게 내 마지막 마법이었어요, 프라우드무어 여군주. 내가 저지른 잘못을 만회할 방법 같은 건 이제 없어요."

"전 그렇게 생각하지 않아요. 당신은 이 세계를 구원한 아이를 낳았어요. 시간이 좀 걸리긴 했지만, 그가 해낸 일은 바로 당신의 의지였어요. 당신이 그런 일을 할 수 있도록 메디브를 길러낸 것이죠. 그는 관습적인 지혜를 거부하고 주도적으로 불타는 군단과 싸웠어요. 스랄과 제게는 병력을 하나로 합치라고 설득했고요. 그는 살게라스를 통해서 배운 게 아니에요. 사후 세계에서 배운 것도 아니죠. 그 모든 것들은 당신에게서 배운 거예요."

로레나는 긴 대화가 이어지는 동안에도 참을성 있게 기다렸다. 하지만 이제는 프라우드무어 여군주를 향한 외경심도 어서 행동해야 한다는 군인의 욕구를 억제하지 못했다.

"여군주님—"

에이그윈이 로레나의 말을 잘랐다.

"그래, 그렇겠죠. 대령 말이 맞아요. 즈모들로를 처치해야 해요. 이번에는 영원히 없애버려야죠."

에이그윈은 긴 한숨을 내쉬었다.

"마음 단단히 먹는 게 좋을 거예요, 로레나 대령. 조금 고통스러울지도 모르니까. 프라우드무어 여군주, 내 주문을 따라 해요."

에이그윈은 더 이상 지체하지 않았다. 그녀는 곧장 제이나에게 메트르의 관통 주문을 가르쳐주었다.

제 17 장

스랄은 청원을 들으며 하루를 보냈다. 대부분이 아주 사소한 문제였다. 스랄 생각에는 동료 오크들이 얼마든지 알아서 처리할 수 있는 문제 같았다. 일부 청원은 단순히 양측이 합의를 도출하지 못한다는 이유로 여기까지 끌고 온 사안이라, 중립적인 제삼자의 의견만 들어봐도 간단히 해결되는 문제도 있었다. 솔직히 말하면 누구나 해결할 수 있는 문제였지만, 지금은 대족장으로서 그가 해야 할 일이었다.

마지막 청원자가 알현실을 떠났을 때, 스랄은 동물 가죽을 씌운 왕좌에서 일어나 다리를 펼 수 있는 기회가 생겼음에 감사하면서 방 안을 거닐었다. 천둥도마뱀 문제와 관련해 제이나에게서 아직 아무 소식도 듣지 못했다. 하지만 도마뱀이 날뛰고 있다는 소식도 듣지 못한 터라 상황이 통제되고 있는 것 같았다. 스랄은 제이나가 신속히 그 문제를 해결하고, 그보다 중차대한 문제인 불타는 칼날단에 관해 논의할 수 있기만을 바랐다.

그때 칼타르와 벅스가 알현실로 들어왔다. 벅스가 다급한 목소리로 말했다.

"대족장, 누군가 할 얘기가 있다고 찾아왔소. 지금 당장 만나보시오."

스랄은 벅스가 자신에게 명령조로 말한다는 사실이 썩 달갑지 않았지만, 그가 말을 꺼내기도 전에 칼타르가 심각한 표정으로 스랄을 바라봤다.

"그 누군가를 꼭 만나봐야 한다고 생각하나, 주술사?"

"그렇네."

스랄의 물음에 칼타르가 조용한 목소리로 대답했다.

"좋아."

스랄은 서 있는 쪽을 택했다. 왕좌에 앉아 있는 게 지겨웠다.

벅스가 밖으로 나가서 정찰병 한 명을 데리고 돌아왔다. 그 밀림 트롤은 장식 방어구를 입고 검은창 부족의 전통인 가면을 쓰고 있었다. 삼각형 투구 위에 깃털과 나무, 칠이 결합되어 무시무시해 보이는 가면이었다. 그와는 대조적으로 그가 투구를 벗자 선하고 정직한 얼굴이 드러났다. 무시무시하기로 소문난 검은창 부족치고는 지나칠 정도로 상냥해 보였다. 밀림 트롤은 강력한 마법을 사용했다. 다른 종족은 지금껏 익숙해지지 못한 마법이었다. 스랄도 인간들 중 일부가 그 마법에 도전했다가 실패하고 자신의 영혼까지 잃었다는 사실을 잘 알고 있었다. 그리고 그런 검은창 부족은 이미 스랄에게 충성을 맹세했다.

"이쪽은 로칸이라고 하오." 벅스가 말했다.

사실 소개할 필요도 없었다. 칼림도어 최고의 정찰병 중 하나라는 그 트롤의 명성은 이미 잘 알려져 있었다.

투구를 팔 아래에 낀 로칸이 앞으로 나섰다.

"죄송하지만 좋지 않은 소식입니다. 인간들이 추가 병력을 북부감시 요새로 파병했습니다."

스랄은 그 말을 믿을 수 없었다.

"그들이 병력을 증강한다는 건가?"

"그렇게 보입니다. 병사를 가득 태운 배들이 북부감시 요새로 향하고 있습니다. 그리고 비행선도 하나 목격되었으나 그 비행선은 칼날흉터 고원 쪽으로 가고 있었습니다."

스랄은 눈살을 찌푸렸다.

"병력이 얼마나 되지?"

쿠란은 어깨를 으쓱했다.

"정확히 말씀드리긴 어렵습니다. 하지만 배는 적어도 스무 척은 되는 듯했고, 각 배마다 인간 스무 명 정도가 승선해 있었습니다."

쿠란의 말이 끝나기 무섭게 벅스가 말했다.

"사백 명이군. 당신 친구 제이나가 인간들이 초래한 천둥도마뱀 문제를 해결하겠다고 떠난 직후에 이런 일이 일어났소. 인간 군주가 일을 끝마치기만을 기다리고 있을 수는 없소, 대족장. 나 역시 여군주의 의도는 선하리라 믿지만, 그녀의 동족은 그렇지 않은 것 같소. 이건 절대로 무시할 수 없는 문제요!"

"벅스 말이 옳아."

칼타르가 무척 여린 목소리로 말했다. 스랄은 그 주술사의 나이가 얼마나 많은지 새삼 실감했다. 노쇠한 칼타르는 말을 이었다.

"북부감시 요새를 지금처럼 유지하고 있는 것도 인간 측의 힘을 과시하려는 의도가 다분하네. 하지만 최근 일련의 사건들을 따져봤을 때, 이번 지원군 파병은 공격 행위라고 생각할 수밖에 없네. 만약 그게 사실이라면 우리도 같은 방식으로 대응해야겠지."

벅스는 스랄에게 군이 상기시킬 필요도 없는 이야기를 계속했다.

"그곳은 프라우드무어 제독의 요새였소. 그리고 지금은 프라우드무어 제독 딸의 부하들이 지도자 몰래 제독의 일을 마무리하려는 것 같소."

벅스의 말은 스랄에게 크게 영향을 주지 않았지만, 칼타르의 말은 달랐다. 그리고 로칸은 최고의 정찰병이었다. 그가 목격한 정보라면 충분히 믿을 만했다.

"좋아. 벅스, 나즈그렐에게 지시하여 주둔지 병력을 집결시키고 불모의 땅으로 보내라. 북부감시 요새 외곽에 자리를 잡으라고 명하고. 벅스 자네는 함대를 이끌고 강 하류로 내려가라. 또한 트롤을 소환하여 동일한 임무를 지시하도록."

스랄은 한숨을 쉬었다. 인간과의 싸움은 모두 지나간 일이기를 바랐건만, 아무래도 옛 증오는 잘 사라지지 않는 모양이었다.

"인간이 전투를 원한다면, 우리도 만반의 준비를 해야겠지."

벅스는 호위대 수장 나즈그렐과 항만 관리장에게 지시를 내린 후 집으로 돌아갔다. 대해를 따라 내려가 인간 벌레들을 완전히 끝장내기 전에 준비해야 할 것들이 있었다.

도끼날을 갈고 있을 때, 익숙한 유황 냄새가 오두막 안으로 스며들었다. 반바지의 주름 속에서 따뜻한 기운이 느껴졌다. 즈모들로가 충성의 상징으로 그에게 준 부적을 감춰둔 곳이었다.

갈탁에레드나쉬. 모든 것이 계획대로인가?

벅스는 대족장이 아닌 다른 누군가에게 충성을 맹세해야 한다는 사실이 달갑지 않았다. 하지만 그냥 동조하는 척하며 대답했다.

"갈탁에레드나쉬. 그렇다. 스랄이 지상과 해상으로 병력을 보낼 것이다. 이틀 내로 우리는 인간과 전쟁을 시작한다. 그리고 일주일 내로, 인간은 섬멸될 것이다."

훌륭하군. 아주 잘했다, 벅스.

"난 그저 오크에게 옳은 일을 하고 싶을 뿐이다. 내게 중요한 건 그것뿐이야."

물론 그렇겠지. 이번 전쟁은 우리 둘의 대의를 모두 실현할 수 있는 길이 되어줄 것이다. 갈탁에레드나쉬.

벅스가 생각하기에는 그게 그나마 나은 방향이었다. 악마가 추악한 존재인 건 분명했다. 하지만 늘 오크에게 이익이 되는 쪽을 염두에 두고 있었다. 악마는 오크를 이 세계로 데려와 세계를 지배하려 했다. 인간이 오크를 가두고 정체성을 잃어버리게 만들 수 있었던 건 악마의 잘못은 아니었다. 그래, 악마들이 오크를 이용한 건 사실이지만, 적어도 오크를 모욕하지는 않았다.

벅스는 노예로 자랐다. 인간은 쉴 새 없이 그를 때리고, 모욕하고, 오물을 뒤집어씌우고, 그를 비웃으면서 그 오물을 치우게 했다. 인간은 온갖 멸칭으로 그를 불렀다. 그중 가장 친절한 이름은 '이 초록 피부 멍청이'였다. 가장 치욕스러운 일은 늘 그에게 맡겼다. 벅스는 오크들 중에서도 왜 자기를 선택해 그렇게 끔찍한 일들을 시키는지 알지 못했다. 아무도 그에게 이유를 설명해주지 않았다. 어쩌면 그저 운이 없어서 우연히 선택된 것인지도 몰랐다.

인간의 노예로 살면서 겪어야 했던 일과 비교하면, 악마가 한 짓은 아무것도 아니었다. 그리고 인간이라는 역병을 박멸하기 위해 악마 중 한 명과 협력해야 한다면, 그 정도는 얼마든지 받아들일 수 있었다.

벅스는 스랄에게 모든 것을 빚졌다. 하지만 스랄은 인간을 향한 눈먼 믿음을 떨쳐내지 못했다. 심지어 스랄은 그의 인간 주인에게도 인정받는 오크였다. 에델라스 블랙무어도 스랄과 관련하여 끔찍한 계획을 준비해뒀던 건 분명 사실이었다. 하지만 스랄은 벅스에 비해 주인에게 훨씬 나은 대우를 받았다. 사실 다른 대부분의 오크보다 나은 대접을 받았다.

천천히, 하지만 확실하게 스랄도 자신의 방식이 왜 잘못되었는지 깨달아가고 있다. 북부감시 요새에 인간 병력이 집결하면서 마침내 모든 것이 분명해졌다. 이제는 시간문제에 불과했다. 오크와 트롤 전사들은 이제 인간 병사들과 매우 가까이 근접해 있었다. 그곳은 이미 화약고였다.

벅스는 도끼를 마저 갈았다. 이 도끼가 인간의 피로 붉게 물드는 순간만을 고대하면서.

제 18 장

로레나는 가슴이 두근거렸다. 숨을 쉬는 게 힘들었다. 판금 갑옷이 온몸을 짓어 누르는 듯한 기분이었다.

지금 함께 있는 에이그원이라는 사람이 누구인지는 몰라도, 프라우드무어 여군주는 로레나가 지금껏 한 번도 보지 못한 존경심과 경외감으로 에이그원을 대했다. 그리고 지금 프라우드무어 여군주와 에이그원은 그들을 가둬두었던 악마의 수호장벽을 통과할 수 있었다. 수호장벽의 반대쪽에 있던 로레나의 육체를 이용해서 방벽을 흐트러뜨릴 수 있었다고 했다. 물론 로레나는 정확히 뭘 어떻게 했다는 것인지 전혀 이해하지 못했다. 마법에 관해 이야기하다 보면 머리만 아팠다. 로레나가 신경 쓴 건 그마법이 효과가 있느냐 없느냐 하는 것뿐이었다. 여군주가 주문을 시전할 때면 거의 대부분 효과가 있었지만 말이다.

프라우드무어 여군주는 에이그원을 향해 돌아섰다.

"마그나, 부탁드릴 게 있어요."

"그게 뭐죠?"

"지금 계시는 곳을 천둥도마뱀들과 함께 쓰셔도 될까요? 제가 당신의 집과 정원, 우물은 안전하게 지켜줄 방벽을 세워드릴게요. 그 고원이라면 천둥도마뱀들이 밖으로 나가지 못하도록 해줄 거예요."

제이나는 천둥도마뱀들과 관련된 상황을 간단히 설명했고, 그 얘기를 듣고 있던 에이그윈은 소리 내어 웃었다.

"난 정말 괜찮아요. 한때 천둥도마뱀을 애완동물로 키운 적도 있었거든요."

로레나가 입을 벌린 채 잠시 굳어 있다가 간신히 말했다.

"농담이라고 말씀해주십시오."

"농담이 아니에요. 내 사백 번째 생일 직후였어요. 너무 오랫동안 홀로 지내다 보니, 외로움이 점점 커졌어요. 그래서 애완동물을 기르기로 했죠. 코도를 길들이는 일에 도전해보고 싶었어요. 스카벨이라고 이름을 지어주었죠. 스승님 이름을 따서요."

"코도라고요?"

로레나가 눈살을 찌푸리며 되묻자 에이그윈은 어깨를 으쓱했다.

"그때는 녀석들을 그렇게 불렀어요. 어쨌든 난 그 야수들을 참 좋아해요. 내 거처를 함께 나눌 수 있다면 무척 행복할 거예요."

"감사합니다, 마그나."

프라우드무어 여군주는 감사 인사를 건넨 뒤 로레나를 향해 돌아섰다.

"애초에 듀로타에 온 목적은 해결해야 하니 잠시만 기다려주세요. 그 뒤에 테라모어로 돌아가죠. 우리 세 사람은 순간이동을 할 거예요. 병사와 장교들은 비행선을 통해 즉시 테라모어로 돌려보내세요."

제이나는 쓴웃음을 지으며 덧붙였다.

"천둥도마뱀들을 이곳으로 데려온 후에 비행선까지 통째로 순간이동시킨다면, 전 너무 지쳐서 당분간 아무 도움도 안 될 거예요."

"알겠습니다, 여군주님."

로레나가 고개를 끄덕이며 말했다.

"고마워요, 대령."

여군주는 진심 어린 미소와 함께 고마움을 전했고, 그 표정을 본 로레나는 담담한 자부심을 느꼈다. 로레나 대령은 엄청난 위험을 무릅쓰고 여기까지 왔다. 오크 영토에 있는 프라우드무어 여군주를 찾아낼 수 있다는 부라빈의 능력만을 믿고, 자신의 건방진 행동에 여군주가 분노하지 않기만을 바라면서 여기까지 왔다. 결과적으로는 본능을 믿었던 게 옳았던 것 같다. 게다가 로레나는 여군주와 그녀의 친구를 방벽으로부터 풀어주는 데 핵심적인 역할을 했다.

프라우드무어 여군주가 눈을 감고 주문에 집중하는 동안, 로레나는 연로한 여성을 바라봤다.

"정말 사백 살이 넘으셨습니까?"

"칠백 살이 넘었어요."

로레나는 고개를 끄덕이며 눈을 두 번 깜빡이고는 덧붙였다.

"아, 나이보다는 훨씬 젊어 보이십니다."

에이그윈은 피식 웃었다.

"날 삼십 년 전에 봤어야 하는데 말이죠."

아무래도 대화가 이상한 방향으로 흘러가고 있다는 생각에, 로레나는 밧줄 사다리를 타고 올라가 베크 소령과 다른 병사들에게 새로운 지시를 내렸다. 베크는 명령을 확인하고 그녀에게 행운을 빈 후, 비행선의 회항 준비를 시작했다.

로레나가 사다리를 타고 다시 내려왔을 때, 프라우드무어 여군주는 주문 시전을 모두 마친 후였다. 로레나가 사다리의 마지막 가로대에서 내려서자마자 베크 소령은 사다리를 끌어 올리라는 명령을 내렸고, 비행선은 남서쪽으로 이동을 시작했다.

"시종장은 알현실에서 대부분의 시간을 보내고 있습니다."

로레나는 목소리에서 경멸을 지우지 못했다. 다시 생각해보니 굳이 그럴 필요도 없었는데 말이다.

"그리고 알현실에서 보내는 대부분의 시간 동안 여군주님의 왕좌에 앉아 있습니다."

프라우드무어 여군주는 고개를 끄덕였다.

"크리스토프는 왕좌에 앉는 행위가 얼마나 중요한지 늘 얘기하곤 했죠."

"제가 생각하기에는 조금 지나친 것 같았습니다. 어쨌든 전 이제 준비됐습니다."

로레나는 고개를 끄덕이며 말했다. 마음의 준비는 이제 끝났다. 로레나가 순간이동을 경험한 건 전쟁 당시, 단 한 번뿐이었다. 그때도 속이 불편하고 구역질이 나서 혼이 났다.

예상했던 대로 세계의 위아래와 안팎이 뒤바뀌는 것만 같았다. 로레나는 머리가 뽑혀 가랑이 사이에 끼워지고, 발바닥이 목 위로 빠져나오는 듯한 기분을 느꼈다.

잠시 후, 세계가 정상으로 돌아오고 로레나는 구역질을 했다. 허리를 숙이고 서 있는 그녀의 눈에 희미하게 돌바닥이 보였다. 프라우드무어 여군주의 알현실이라는 걸 알아볼 수 있었다. 로레나가 바닥 여기저기 토해놓은 모습을 보면 듀리가 소리를 질러댈 게 분명했다.

그때 크리스토프의 목소리가 그들을 반겼다.

"○군주님! 돌아오셨군요. 로레나 대령님도 함께. 불타는 칼날단에 붙잡히신 건 아닌가 걱정하던 중이었습니다. 저희가 북부감시 요새의 병력을 강화했으니 마음 놓으셔도 됩니다. 지금 육로와 해상을 통해 오크와 트롤 병력이 요새로 향하고 있는 상황이지만, 저희가 제때 대응할 수 있어서 정말 다행이었습니다. 그런데 이분은 누구십니까?"

로레나는 다시 한 번 구역질을 했다. 배 속이 어찌나 심하게 뒤틀리는지. 지금과 비교하면 전도체 역할은 천국 같았다.

"에이그윈이라고 해요."

"정말이십니까?"

크리스토프는 깜짝 놀란 목소리였다. 에이그윈이 누구인지 알고 있는 듯했다. 로레나는 에이그윈이라는 이 여성이 나이가 아주 많다는 사실을 제외하면 정체가 무엇인지 짐작조차 할 수 없었다.

"그래요. 비록 이제 티리스팔렌은 아니지만, 그래도 악마의 악취를 맡을 수 있죠. 당신은 끔찍한 악마의 냄새에 찌들어 있군요."

로레나의 배 속에는 이미 아무것도 남아 있지 않았지만, 그녀는 다시 한 번 구역질을 했다. 티리스팔렌인가 뭔가 하는 것이 도대체 무슨 의미일까 궁금해하면서.

"지금 무슨 말씀을 하시는 겁니까?"

크리스토프가 물었다.

"크리스토프, 부탁이에요. 제발 에이그윈 님이 착각하신 거라고 얘기해줘요. 즈모들로나 불타는 칼날단과 동조하고 있지 않다고 얘기해줘요."

제이나는 침착한 목소리로 말했다.

"여군주님, 지금 생각하고 계신 것과는 다릅니다."

마침내 배 속의 고통이 가라앉은 로레나는 똑바로 일어설 수 있었다. 아주 흥미로운 광경이었다. 왕좌 앞에 선 크리스토프는 겁에 질린 표정이었고, 에이그윈은 조금 화가 난 표정이었다. 사실 그 표정은 로레나가 처음 에이그윈을 만났을 때의 표정과 크게 다르지 않았다.

하지만 프라우드무어 여군주에게선 뭔가 새로운 감정이 보였다. 차가운 분노였다. 여군주의 두 눈 속에서 폭풍이 휘몰아치는 것 같았다. 로레나는 여군주와 같은 편이라는 사실에 감사했다.

"내가 생각하는 것과는 다르다고요? 크리스토프, 지금 내가 정확히 무슨 생각을 하고 있어야 하죠?"

"오크를 제거해야 합니다, 여군주님. 즈모들로도 저희와 같은 목표를 공유하고 있습니다. 그리고 그자는 하급 악마에 불과합니다. 모든 게 끝나면 그 악마를 이 세계에서 추방할 준비도 모두 끝마쳤습니다."

"모든 게 끝나면? 뭐가 끝난다는 말이죠? 당신이 지금 무슨 짓을 하고 있는지 말해요, 크리스토프."

"오크를 이 세계에서 영원이 쫓아낼 일련의 조치들입니다. 모든 게 최선의 결과를 위한 조처에 불과합니다, 여군주님. 놈들은 이 세계에 속한 자들이 아닙니다. 따라서—"

"이 멍청한 작자 같으니!"

크리스토프는 따귀를 맞은 듯한 반응을 보였다. 로레나도 시종장만큼이나 깜짝 놀랐다. 그렇게 오랫동안 곁에서 섬겨왔지만, 대령은 단 한 번도 프라우드무어 여군주가 이토록 맹렬한 분노가 담긴 말을 내뱉는 모습은 본 적이 없었다.

"즈모들로는 악마다. 당신이 그 악마를 막을 수 있을 것 같나?"

여군주는 에이그윈을 가리켰다.

"이분은 에이그윈이시다. 가장 위대했던 수호자 에이그윈."

에이그윈은 그 말에 콧방귀를 뀌었지만, 여군주와 크리스토프는 그녀의 콧방귀를 못 들은 척했다.

"최고의 기량을 발휘하시던 과거에도 즈모들로를 완전히 처치하지는 못하셨다. 당신이 이분보다 더 나을 거라고 생각하는 이유가 뭐지? 설령 당신이 더 뛰어나다고 해도, 그 어떤 목적도 악마와 동맹을 맺는 행위를 정당화할 수는 없다. 악마의 유일한 목적은 혼란을 일으키고 세상을 황폐화시키는 것뿐이다. 아니면 로데론이 파괴된 것만으로는 부족하다는 건가? 당신이 원하는 대로 북부감시 요새에서부터 이 전쟁이 시작되고, 칼림도어가 그 뒤를 따라야 만족하겠나?"

잠자코 있던 에이그윈이 입을 열었다.

"설혹 당신에게 즈모들로를 처치하거나 추방할 수단이 있다고 해도, 실제로 해낼 수는 없을 거예요. 당신은 이미 그자의 노예니까."

크리스토프는 더욱더 당황한 목소리로 소리쳤다.

"말도 안 됩니다! 우리는 그저 필요에 따라 동맹을 맺었을 뿐입니다. 오크들만 사라지면—"

"오크가 우리의 동맹이다, 크리스토프!"

클라우드무어 여군주의 황금빛 머리카락 주위로 번개가 흐르는 것 같았다. 산들바람이 그녀의 발목 주위에서 구체화되어 여군주의 새하얀 망토를 휘날렸다.

"인간과 오크는 피로 맺어진 동맹이다. 그리고 악마는 살아 있는 모든 생명체의 적이다. 당신이 어떻게 우리를, 감히 나를 배신할 수 있지?"

크리스토프는 식은땀을 비 오듯 흘리고 있었다.

"맹세합니다, 여군주님. 배신한 것이 아닙니다. 테라모어에 도움이 될 만한 일을 하고 있었던 것뿐입니다! 불타는 칼날단은 즈모들로의 지시를 따르는 흑마법사 교단에 불과합니다. 그리고 스모들로는 오크에 대한 우리의 근원적인 적개심을 발현시키는 역할을 합니다. 그들은 이미 내재된 증오심을 밖으로 드러나게끔 할 뿐입니다!"

"그럼, 불타는 칼날단에 소속된 오크들은 뭐지?"

로레나가 물었다.

"뭐라고?"

크리스토프는 진심으로 당황한 목소리였다.

"북부감시 요새에서 나와 우리 병력을 공격한 오크들 역시 불타는 칼날단의 일부였다. 모두 오크였고. 그들은 그 계획에 어떻게 포함된 걸까?"

"난……."

크리스토프는 당황하는 기색을 조금도 숨기지 못했다.

프라우드무어 여군주는 거칠게 고개를 가로저었다.

"대체 몇 명을 희생시키려는 거지, 크리스토프? 당신이 원하는 오크 없는 완벽한 세상을 만들기 위해 몇 명이나 목숨을 잃어야 하는 거지?"

크리스토프는 그 물음에 조금은 자신감을 되찾는 듯했다.

"스랄이 죽고 오크들이 원래의 모습으로 돌아갈 때까지만 기다리면 희생자는 훨씬 줄어들 겁니다. 이건 그저–"

"그만!"

산들바람은 어느새 돌풍으로 변했고, 여군주의 손끝에서 번개가 뻗어나왔다.

크리스토프가 왼쪽 어깨를 움켜쥐며 비명을 질렀다. 그의 손가락 사이로 희미하게 연기가 피어올랐다.

로레나는 크리스토프에게 달려가 그의 셔츠를 잡아 뜯었다. 그의 어깨에는 불타는 칼날 모양의 문신이 새겨져 있었다. 로레나와 스트로프, 클레이, 자로드를 비롯한 여러 병사들이 북부감시 요새에서 싸울 때 봤던 문양과 동일한 문신이었다. 그 문신이 지금 불타고 있었다.

잠시 후 문신은 사라졌다. 그 자리에는 검게 그을린 육체만 남았다. 크리스토프는 다진 쇠고기 자루처럼 바닥에 풀썩 쓰러졌다. 두 눈이 꿈틀거리는 데 보였다.

조그마한 목소리로 에이그윈이 말했다.

"즈모들로의 흔적이 사라졌군요."

"네. 하지만 제가 시전한 퇴마 주문 때문에 우리가 사태를 파악하고 놈을 노리고 있다는 사실을 아마 알아챘을 거예요."

프라우드무어 여군주는 어느새 차분해진 목소리로 말했다.

"죄송합니다……."

로레나는 크리스토프 곁에 무릎을 꿇고 앉았다. 그는 속삭이듯 작은 목소리로 힘겹게 말을 이었다.

"제가 한 일은…… 모두 제 의지인 줄 알았는데…… 즈모들로가…… 모든 것을…… 조종했군요. 정말…… 죄송…… 죄송합니다……."

크리스토프의 눈에서 빛이 사라졌다.

세 사람은 잠시 동안 아무 말도 없이 그대로 서 있었다.

로레나에게 있어 가장 슬픈 점은 크리스토프가 그렇게까지 악한 자는 아니라는 사실이었다. 그는 테라모어에 있어 최선이라고 생각되는 일을 행동으로 옮겼고, 자신의 의무를 다했을 뿐이었다. 물론 경악스러울 만큼 잘못된 길을 택하긴 했지만, 그의 마음은 옳은 곳에 있었다. 그렇기 때문에 로레나는 죄책감을 느꼈다. 크리스토프가 없어져버렸으면 좋겠다고 생각한 적도 있었지만, 그의 시신을 보고 있자니 슬픈 감정이 밀려들었다.

로레나 대령은 프라우드무어 여군주를 바라보며 말했다.

"북부감시 요새로 가야 합니다. 운이 좋아서 아직 전쟁이 시작되지 않았다면, 병력의 움직임을 중단시킬 수 있을 겁니다. 하지만 여군주님께서 직접 하셔야 합니다. 다빈 소령은 다른 사람의 명령은 받지 않을 겁니다."

프라우드무어 여군주는 고개를 끄덕였다.

"맞아요. 제가—"

"아니에요."

여군주의 말을 끊은 건 에이그윈이었다. 여군주는 서늘한 눈빛으로 옛 수호자를 바라봤다.

"뭐라고 하셨죠?"

"이번 일에는 마법이 관여하고 있어요, 프라우드무어 여군주. 그러니 칼림도어에서 이 일을 막을 수 있는 사람은 당신뿐이죠. 죽은 시종장의 생각 중 옳았던 게 하나 있어요. 즈모들로가 하급 악마라는 사실이죠. 놈은 살게라스의 졸개일 뿐이에요. 그렇게 많은 사람들을 조종할 힘은 없어요. 아니, 숲을 파괴하고 나무들을 순간이동시킬 힘도 없어요. 크리스토프가 언급한 흑마법사들이 모든 사태의 근원이에요. 그자들이 즈모들로의 이름을 내건 채 움직이고 있는 게 분명해요. 아마 희귀한 두루마리나 뭐 그런 걸 교환 조건으로 내걸었겠죠. 흑마법사란 약물 중독자가 양귀비꽃에 들러붙는 것처럼 주문을 쫓죠. 정말 역겨운 존재예요."

에이그윈이 고개를 절레절레 저었다.

"흑마법사 무리를 사냥할 시간은 없습니다."

로레나가 초조한 목소리로 말했다.

"그 흑마법사들이 이 모든 일의 근원이에요, 대령."

에이그윈의 말에 로레나는 프라우드무어 여군주를 바라봤다.

"여군주님, 전투는 이미 시작되었을 겁니다. 아직 시작되지 않았다 해도 시간문제입니다. 오크와 트롤 병력이 움직이고 있다는 크리스토프의 말이 사실이라면 말이지요. 일단 전투가 시작되면 누구 혹은 무엇이 그 전쟁을 촉발시켰는지는 아무 의미가 없을 겁니다. 피가 흐를 것이고, 일단 그 선을 넘으면 양쪽 진영의 동맹은 영구적으로 깨지고 말 겁니다."

에이그윈도 여군주를 바라보며 말했다.

"지금은 시간이 가장 중요해요. 당신이 즈모들로를 쫓고 있다는 사실을 놈도 이미 알아챘을 거라고 얘기했었죠. 지금 공격해야 해요. 놈이 당신을 상대할 전략을 준비하기 전에 말이에요. 당신이 두 곳에서 동시에 존재할 수는 없지 않겠어요."

여군주는 미소를 지었다. 환하게 빛나는 미소였다. 로레나는 크리스토프를 향해 내보인 여군주의 분노를 직접 봤기 때문인지, 그 미소를 보자 마음이 놓였다.

"두 곳에 모두 있어야 할 필요는 없죠."

그녀는 방의 출입구를 향해 다가갔다. 로레나와 에이그윈은 당황한 눈빛을 서로 교환한 후 그 뒤를 따랐다.

방으로 들어간 그들 앞에서 프라우드무어 여군주는 책상 위에 놓인 두루마리를 뒤지고 있었다. 한참을 뒤적이던 그녀가 환호하듯 소리쳤다.

"그래!"

여군주는 돌아서서 섬세한 모양으로 조각된 돌을 집어 들었다. 그러자 그 돌이 빛나기 시작했다.

제 19 장

"소령님, 놈들이 야영지를 세웠습니다."

다빈 소령이 수염을 잡아 뽑기 시작했다. 복장 규정 따위 엿이나 먹으라지.

"몇 명쯤 되나?"

소령의 질문에 리치 상등병은 어깨를 으쓱이며 말했다.

"정확히 말씀드리기는 어렵습니다."

다빈은 두 눈을 감고 다섯을 셌다.

"추측해봐."

상등병은 또 한 번 어깨를 으쓱했다.

"파수병이 말하길 최소 육백 명 정도가 모였다고 했지만, 정확히 말씀드릴 수는 없습니다. 꽤나 뒤쪽에 머물고 있기 때문에 국경을 침범하지는 않았습니다. 하지만……."

리치 상등병이 말을 잇지 못하고 주저하자, 다빈 소령은 한숨을 쉬고는 재 했다.

" 지만 뭔가?"

" 네, 소령님. 놈들이 지금은 가만히 있지만, 그게 끝이 아닐 것 같습니다. 그 배들이 도착하면 상황이 달라질 것으로 보입니다."

다시 한 번 다빈은 한숨을 내쉬었다. 요즘은 한숨을 쉬는 것이 그가 하는 일 전부인 것 같았다. 어제 오크와 트롤을 태운 수십 척의 배가 대해에서 쪽으로 이동하는 모습이 목격되었다. 북부감시 요새를 향해 오고 있는 했다. 몇 시간 후면 그 배들이 도착할 것이다.

그리고 그 시점이 되면 다빈 소령은 결정을 내려야 한다.

라우드무어 여군주가 그 불타는 칼날단 놈들 때문에 자리를 비운 사이 라모어의 지도자 대행을 수행 중인 크리스토프 시종장의 지시에 따르 '무슨 일이 있어도' 북부감시 요새를 지켜내야 했다.

다빈은 그게 정말 가능한지 도저히 알 수가 없었다.

는 애초에 군인이 되고 싶지도 않았다. 다빈은 워낙 폭력적인 성향이라 린 시절 그의 마을을 찾아왔던 모병관에게 매력적으로 보였던 건 사실 었다. 하지만 그는 엄청난 겁쟁이이기도 했다. 다행히 훈련 중에는 그런 향을 숨길 수 있었다. 실제로 위험에 처한 것은 아니기 때문이었다. 단 히 연기를 하는 거라면 다빈도 어려움이 없었다. 짚으로 만든 허수아비 검으로 찔러야 한다고? 아무 문제없었다. 하지만 피와 살로 이루어진 과 진짜로 싸워야 한다면? 그런 상황은 절망적이었다.

음으로 피와 살로 이루어진 적과 싸워야 했을 때, 다빈은 이제 끝장이 리 생각했다. 하지만 그는 운 좋게도 실력이 뛰어난 소대에 소속되어 있 었 . 기존 정부의 전복을 시도하다가 실패한 변절자 드워프들이 처벌을 고자 그의 마을로 숨어들었고, 그 드워프들과 마주쳤을 때 다빈은 아무엇도 할 수 없었다. 하지만 소대의 다른 병사들은 꽤 괜찮은 실력을 발휘했고, 결국 드워프 전원을 체포하거나 처치할 수 있었다. 다빈은 동료들 사이에 끼어 쏟아지는 찬사와 영광을 만끽했다.

그리고 불타는 군단이 나타났다.

끔찍했다. 주위에서 모두들 죽어 나갔다. 로데론이 파괴되었다. 인간과 오크가 힘을 합쳐 싸웠다. 온 세상이 뒤집어졌다. 다빈은 프라우드무어 여군주가 오크와 동맹을 맺기로 결정한 이유를 도저히 이해하지 못했다. 놈들은 야수였고, 악마들보다 그리 나을 것도 없는 존재였다. 하지만 다빈의 의견을 묻는 사람은 없었다.

최악의 날은 어떤 숲에서 보낸 하루였다. 다빈은 그 숲이 어딘지도 몰랐다. 그저 예전 소대의 너덜너덜한 잔류병들과 함께 악마의 요새를 찾아 나섰을 때였다. 마법사와 다른 이들이 악마의 비밀을 밝혀낼 수 있도록 놈들의 소굴을 알아내야 했다. 다빈의 임무는 간단했다. 마법사를 지켜라.

임무에 투입된 병력은 요새의 위치를 추적했고, 안타깝게도 그들은 악마의 요새를 찾아냈다. 하지만 악마들은 그들을 상냥하게 맞이하지 않았다.

두 눈이 불타는 악마들이 나타나자마자 다빈은 겁에 질린 채 커다란 떡갈나무 뒤에 숨었다. 마법사는 적에게 노출된 채로 내버려두었다. 그 마법사는 최선을 다해 방어했지만 결국에는 악마들 중 하나에 의해 온몸이 불타버렸다. 다빈이 나무 뒤에 숨어 지켜보는 사이, 그가 지켜야 했던 마법사는 고통스러운 비명을 질러대며 아주 천천히, 천천히 죽어갔다.

이유는 알 수 없었지만 악마들은 다빈을 무시했다. 아마도 다빈이 심각한 위협은 아니라고 판단한 모양이었다. 분명히 틀린 생각은 아니었다. 그 이유가 뭐였든 다빈의 소대가 전멸하고 악마들이 자기네 소굴로 돌아간 뒤, 다빈은 필사적으로 달려 부대로 돌아왔다. 혼자서 목숨을 건진 겁쟁이라고 비난받으리라 생각했지만, 그것들을 다시는 상대하지 않을 수만 있다면 그 어떤 결과라도 감수할 작정이었다.

하지만 악마의 치명적인 공격에서 살아남은 후, 전장의 상황을 전하고 자대로 복귀한 그를 영웅이라며 찬사를 보냈다.

그리고 다빈을 진급시켰다.

다빈은 충격을 받았다. 그는 영웅이 아니었다. 사실은 정반대였다. 하지만 아무리 사실을 털어놓아도 지나치게 겸손하다는 얘기만 들을 뿐이었다. 미칠 것만 같았다. 전투에서 열외가 되기는커녕, 그는 병력을 책임지는 위치로 올라갔다.

그 직후 다행히 전쟁은 끝이 났고, 다빈은 병력을 이끌고서 겁에 질린 채로 전투에 뛰어드는 창피를 당하지 않았다. 불타는 군단은 지옥의 구덩이로 쫓겨났다. 그 이후 다빈은 다시 한 번 진급했다. 이번에는 소령이었다. 프라우드무어 제독이 목숨을 잃은 후, 다빈은 북부감시 요새의 지휘를 맡았다.

최근까지는 그 직무가 아주 마음에 들었다. 북부감시 요새는 상당히 평화로운 곳이고, 다빈은 겁이 많아 전투는 불가능했지만 행정 업무에는 꽤 소질이 있었다. 물론 모든 게 평화로운 상황에서 말이다.

다빈은 로레나 대령을 별로 좋아하지 않았다. 그래도 지금은 로레나 대령이 불타는 칼날단과 싸울 게 아니라 이곳에 있어주기를 바랐다. 적어도 주둔지에 가득한 병력을 운용하는 일에는 다빈보다 로레나 대령이 훨씬 뛰어난 게 사실이었다. 다빈과 달리 로레나는 실제로 혁혁한 전공을 세우며 차근차근 진급한 군인이었으니까.

만약 불타는 칼날단이 로레나 대령과 프라우드무어 여군주까지 제압해 버린다면, 다빈에게 무슨 희망이 있겠는가?

그때 오레일 일등병이 달려왔다. 체격에 비해 너무 큰 방어구가 걸음을 옮길 때마다 철컹거렸다.

"다빈 소령님! 다빈 소령님! 오크들이 움직이기 시작했습니다! 배들이 정박하자마자 말입니다!"

다빈 소령은 다시 한 번 한숨을 쉬었다.

"배가 언제 정박했지?"

오레일 일등병은 눈을 몇 번 깜빡였다.

"아무도 말씀드리지 않았습니까? 아, 그렇죠. 제가 말씀드렸어야 했는데. 죄송합니다, 소령님. 제가 너무 흥분했던 모양입니다. 군법 회의에 회부하지는 말아주십시오."

다빈은 의자에서 일어나 문 밖으로 나가며 말했다.

"일등병, 지금은 군법 회의를 걱정하고 있을 때가 아니야."

다빈은 북부감시 요새의 중앙에 있는 탑에서 지상으로 이어지는 좁은 층계를 따라 내려갔다. 북부감시 요새는 고르지 않은 언덕 위에 건설되었고, 대해로 이어지는 경사로와 인접해 있었다. 요새의 동쪽 경계에는 두 개의 언덕 사이를 가로지르는 석조 장벽이 있었다. 북부감시 요새를 구성하는 건물들은 벽 서쪽에 있었고, 그 동쪽에는 야자나무가 줄지어 늘어선 해변이 있었다.

이 석조 장벽을 지나 해변으로 이어지는 아치형 입구로 걸음을 옮기던 다빈은 오크와 트롤을 보았다.

오크와 트롤은 정말, 정말 많았다.

적의 배들은 모래사장에 박아놓은 기둥에 묶여 있었다. 수십 척의 배에는 각각 십여 명의 트롤과 오크가 타고 있었다. 그중 일부는 동물 가죽으로 몸을 감쌌고, 일부는 흉포한 야수의 두개골을 투구처럼 쓰고 있었다.

다빈 도끼와 대검, 샛별둔기와 철퇴 등 언뜻 봐도 다빈 자신보다 더 커 보이는 각종 무기를 들고 있었다.

"끝났군. 우린 끝장이야."

다빈이 중얼거렸다.

"뭐라고 하셨습니까, 소령님?"

입구를 지키고 있던 경비병의 물음에 재빨리 고개를 저으며 다빈이 대답했다.

"아무것도 아니다."

다빈 소령은 온 힘을 다해 떨리는 다리를 한 걸음씩 앞으로 옮겼다. 석조장벽의 입구를 지나자 걸음을 뗄 때마다 장화가 모래 속으로 푹푹 빠졌다.

어렴풋하게 수십 명의 병사들이 다빈 뒤에서 줄지어 도열하고 있다는 것을 느낄 수 있었다. 흘긋 뒤를 돌아보니 병사들 중 일부가 장벽 앞에서 산개선을 이루며 자리를 잡고 있었다. 다른 병사들은 장벽 위에 자리를 잡았다. 다빈은 그래도 누군가 그런 명령을 내릴 수 있는 사람이 있어서 다행이라고 생각했다. 그리고 잠시 동안 그게 누구일까 떠올려보려 했다.

하지만 지금 급한 건 그게 아니었다. 다빈은 적들을 향해 고개를 돌린 후 말했다.

"나는 다…… 다빈……."

그는 입을 다물었다. 목소리가 떨리고 있었다. 그는 헛기침을 하며 목소리를 가다듬은 후 다시 말했다.

"나는 다빈 소령이다. 북부감시 요새를 맡고 있다. 여기까지 무슨 일인가?"

잠깐 동안이지만 다빈은 오크들이 잠시 지나가는 길이며, 한 시간 내로 사라져주겠다는 이야기를 하지 않을까 기대했다. 그는 소대원 전체가 죽고 혼자만 살아남아 부대로 돌아왔을 때 당장이라도 전역하고 싶은 마음이 간절했었다. 당시에 간절했던 그 마음만큼 오크들이 그냥 이대로 돌아가길 바랐다. 하지만 이번 일도 그때와 마찬가지로 실현될 가능성은 없었다.

당연한 일이겠지만 가장 크고, 가장 무시무시해 보이는 녀석이 앞으로 나섰다. 어쩌면 그자가 앞으로 나섰기 때문에 가장 크고 무시무시해 보이는지도 몰랐다.

"나는 벅스다. 호드의 대족장이자 부족의 군주인 스랄 님을 대신해 말하겠다. 이 요새는 우리의 동맹을 훼손하고 있다. 한 시간을 줄 테니 요새를 허물고 너희들의 흔적을 이곳에서 모두 지워라."

다빈 소령은 더듬거리며 대꾸했다.

"서…… 설마 진심은 아니겠지? 한 시간 내로 요새를 철거하는 건 불가능해!"

다빈 소령의 외침에 벅스는 얼굴 한가득 웃음을 지었다. 거대한 육식 동물이 작고 무력한 먹잇감을 내려치기 직전에 스치는, 그런 종류의 웃음이었다.

"이 명령을 따르지 않으면 우리는 공격한다. 그리고 넌 죽는다."

다빈은 거대한 오크의 마지막 말이 빈말이 아니라는 것을 직감했다.

제 20 장

제이나는 고위 장교와 고관들만 이용할 수 있는 작은 식당으로 에이그 원과 로레나를 보냈다. 듀리의 말에 따르면 현재 테라모어에서 실질적으로 고관이라 할 수 있는 인물은 세상을 떠난 크리스토프와 제이나만을 의미했다. 제이나는 에이그윈도 그 식당에 들어갈 수 있도록 허가해주었다. 듀리가 반대하자 제이나는 수호자란 국가의 수장보다 더 높은 지위라는 사실을 지적했다.

한편 제이나는 자신의 방으로 돌아갔다. 그녀도 식사를 해야 했지만, 지금은 일을 하면서 식사를 할 수밖에 없었다. 흑마법사의 위치를 알아내야 했다. 로레나 대령은 북부감시 요새의 병력에 합류하길 원했다. 스랄이 전투의 해일을 막지 못할 경우에 대비하려는 것이었다. 하지만 제이나가 반대했다. 우선 그녀는 스랄을 믿었다. 또 한편으로는 즈모들로와 그자의 하수인들을 상대해야 하는 일이 발생했을 때, 로레나가 물리적 방어선이 되어주어야 했기 때문이다. 크리스토프가 제이나의 공식적인 호위 부대인

정예 호위병들까지 북부감시 요새로 모두 보냈기 때문이었다.

지금 제이나는 혼자 일해야 했다. 그래서 연로한 수호자 에이그윈과 젊은 대령 로레나를 식당으로 물러나게 한 것이다.

사환이 다가오자 에이그윈은 샐러드와 과일 주스만 요청했다. 로레나는 고기 요리와 멧돼지 그로그주를 주문했다. 에이그윈은 들어본 적이 없는 술이었다. 로레나가 오크의 음료라고 설명하자 에이그윈은 길게 한숨을 내쉬며 말했다.

"시절이 이렇게 변하다니."

"무슨 말씀이십니까?"

"불과 얼마 전까지만 해도 오크라는 종족은 악마의 하수인에 불과해서, 내가 목숨을 바쳐 막아내려 했었단 말이죠. 놈들은 괴물이었어요. 굴단의 이름으로 이 땅을 약탈한 광전사였죠. 굴단은 결국 살게라스의 의지를 행하던 자였고요. 인간이 오크의 음료를 마신다는 건 뭐랄까…… 거북하다고밖에 달리 할 말이 없네요."

에이그윈의 솔직한 말에 로레나는 웃었다.

"무슨 말씀이신지 알겠습니다. 하지만 '불과 얼마 전'이라는 표현은 당신처럼 아주 긴 시간 살아오신 분만이 하실 수 있는 말씀 아니겠습니까?"

에이그윈은 키득키득 웃었다.

"맞는 말이군요."

"정말 천 년을 사셨습니까?"

에이그윈은 쓴웃음을 지으며 대답했다.

"백 년 정도는 오차가 있을 수도 있겠죠."

로레나는 여전히 믿어지지 않는다는 듯 고개를 가로저었다.

"마법이라…… 전 마법이라는 것을 도통 이해하지 못했습니다. 솔직히 말씀드리면 싫어했죠. 심지어 저를 위해 사용되는 마법도 마찬가지였습니다."

에이그윈은 어깨를 으쓱했다.

"난 평생 마법사가 아닌 다른 삶은 원한 적이 없어요. 어린 시절부터 어른이 되면 뭐가 되고 싶으냐는 지루한 질문을 받을 때면 늘 같은 대답을 했어요. 내가 대답을 하면 어른들은 항상 이상한 표정으로 날 바라봤죠. 마법사란 늘 남자였으니까요."

마지막 말에는 어딘가 씁쓸함이 묻어 있었다.

"당신도 다르지 않았습니다. 전 형제 아홉 명과 함께 자랐습니다. 모두 아버지처럼 군인이었지요. 저 또한 군인이 되지 말아야 할 이유를 찾지 못했습니다."

로레나는 쿡쿡 웃으며 덧붙였다.

"저도 늘 그 의아해하는 눈빛에 익숙해져야 했습니다."

잠시 후 에이그윈의 샐러드와 음료가 차려지자 로레나가 잔을 들었다.

"잔 좀 보시겠습니까?"

멧돼지 그로그주는 이름을 따온 짐승처럼 역겨운 냄새를 풍겼다. 콧등을 찡그린 채로 에이그윈은 정중히 거절했다.

"미안하지만 술을 마시지 않은 지가…… 수백 년은 된 것 같군요. 마법사는 명민한 정신을 항상 유지해야 해요. 그래서 아주 오래전에 그런 취미는 버렸죠."

에이그윈은 자신의 잔을 들어 올렸다. 서너 가지 과일을 짜서 섞은 음료인 것 같았다.

"이 정도가 내가 마실 수 있는 가장 강한 음료지요."

"이해가 되는군요."

로레나는 그로그주를 크게 한 모금 마셨다.

"저는 이걸 네 잔 정도는 마셔야 뭐든 마신 것 같은 기분이 듭니다. 술에 강한 편이죠."

로레라는 싱긋 미소를 짓고는 말을 이었다.

"쿨 티라스 근위대의 신병이었던 시절에는 같은 병영의 남자 병사들이 전부 나가떨어질 때까지 술을 마셨습니다. 다른 병영과 술 내기도 자주 했는데, 제가 늘 우리 병영의 비밀 병기로 활약했습니다. 그해에는 내기로만 월급을 네 배로 불렸지요."

에이그윈은 웃으며 샐러드를 먹었다. 로레나 대령과 이야기를 나누는 건 즐거웠다. 어제까지만 해도 이런 감정을 느낄 수 있으리라고는 생각도 하지 못했다. 다른 사람과 어울릴 필요 따위는 전혀 없다고 확신했었으니까.

사환이 먹음직스럽게 구워낸 갖가지 고기 요리를 갖고 들어왔다. 에이그윈은 그중 일부를 제외하고는 어떤 동물의 고기인지도 알아볼 수 없었다. 아무래도 칼림도어의 생물은 그녀가 아는 것과는 많이 다른 듯했다. 에이그윈이 육류를 먹은 지도 벌써 몇 년이 지나 있었다. 하지만 멧돼지 그로그주와는 달리, 고기 요리는 그 매혹적인 냄새에 취해버릴 것 같았다. 마법사에게 고기 요리는 늘 가까이해야 할 동반자였다. 마법을 시전하는 행위는 워낙 체력 소모가 많은 일이었기에 주기적으로 단백질을 섭취해야 했다. 하지만 자발적으로 칼림도어에 격리된 이후 에이그윈은 고기를 얻기 위해 사냥할 처지가 아니었고, 한편으로는 신체적으로 육류가 필요하지 않았던 터라 채식주의자 같은 생활을 하고 있었다.

"한 입만 먹어봐도 될까요?"

에이그윈은 부끄러워하며 물었다. 부끄러움…… 이제 다시는 경험할 수 없을 거라고 생각했던 감정이었다.

로레나는 함께 앉아 있는 식탁 중앙으로 정중히 접시를 밀며 말했다.

"마음껏 드십시오."

에이그윈이 멧돼지 소시지로 보이는 요리를 맛나게 먹는 사이 로레나가 물었다.

"이런 걸 여쭤봐도 될지 모르겠습니다만, 마그나 님, 어떤 기분입니까?"

"에이그윈이라고 불러줘요."

그녀는 소시지를 우물거리며 말을 이었다.

"아들에게 힘을 물려준 후로 난 수호자의 직위에서 물러났어요. 그리고 지금까지 그 칭호에 걸맞은 책임을 다하지 못했고요. 그런데 구체적으로 어떤 기분을 묻는 거죠?"

에이그윈은 먹던 것을 꿀꺽 삼키며 물었다.

"그렇게 오랫동안 살아오신 것 말입니다. 전 군인입니다. 그렇게 태어났고 그렇게 길러졌죠. 군인이 되겠다고 결심했을 때부터 마흔 살이 채 되기도 전에 죽을 수도 있다는 걸 알고 있었습니다. 당신은 사십 년을 열 번 보냈고, 사백 년을 두 번이나 겪으셨죠. 전 그런 시간은 상상할 수도 없습니다."

에이그윈은 긴 한숨을 내쉬었다. 숨결에서 멧돼지 소시지 냄새가 났다. 멧돼지 그로그주보다는 훨씬 달콤한 향기였다.

"사실 그런 일을 곰곰이 생각할 여유가 없었어요. 슬프지만 수호자 역할은 한시도 게을리할 틈이 없었죠. 내가 태어나기 전부터 악마의 위협은 지속되고 있었으니까요. 최근에는 공격이 공공연해진 덕분에 그나마 일이 조금 쉬워졌을지도 모르겠군요. 하지만 그때의 난 악마를 저지하고 있거나 놈들의 배신이 남긴 골칫거리를 해결하는 것 말고는 아무것도 하지 못했죠. 사람들은 대부분 알지도 못했어요. 수호자라는 존재조차 몰랐죠.

227

의회에서는 그런 기조를 유지하려 했고요."

에이그윈은 천천히 고개를 가로저으며 말을 이었다.

"참 이상하죠. 난 많은 면에서 의회의 방식을 거부했는데, 그 신조 하나만은 그대로 지켰어요. 그게 실수였던 건 아닐까 생각하기도 하죠. 그래요, 진실을 몰랐기 때문에 사람들이 조금 더 안전했는지도 몰라요. 물론 최근의 전쟁 때문에 많은 사람들이 죽었죠. 하지만 악마들에게도 큰 타격을 줄 수 있었어요. 프라우드무어 여군주와 그 오크 친구가 악마에게 가한 파괴력은 지난 수천 년 동안 온 인류가 애썼던 것보다 훨씬 더 강력했을 거예요."

"우리 필멸자는 싸움을 좋아합니다. 싸울 수 있는 적만 있다면 최후의 숨을 내뱉는 순간까지 뒤쫓을 겁니다. 필요하다면 죽은 후에라도."

로레나는 능글맞게 웃었다.

"맞아요. 대령, 한 조각 더 먹어도 될까요?"

"마음껏 드십시오." 로레나는 웃으며 답했다.

이번에는 정체를 알 수 없는 고기 한 점을 먹으며, 에이그윈은 이번 전쟁이 끝난 후에는 무슨 일이 일어날지 생각했다. 칼날흉터 고원에 있는 작은 오두막으로 돌아가는 건, 생각했던 것만큼 끌리지 않았다. 제이나의 말이 옳았다. 인간과 오크가 이곳에 삶의 터전을 만들었다. 메디브 덕분이었다. 다시 말하면 결과적으로는 모든 것이 에이그윈 덕분이라는 의미였다. 오랜 노동 끝에 맺은 결실을 수확하는 것이 낫지 않을까.

에이그윈의 생각이 더 깊어지기 전에 제이나가 식당으로 들어섰다.

"찾았어요. 서둘러야 해요."

제이나는 많이 지쳐 보였다. 에이그윈은 식사를 멈추고 자리에서 일어났다.

"괜찮아요?"

"조금 피곤하네요. 괜찮을 거예요."

제이나가 무심하게 대답하자 에이그윈은 고기 요리가 담긴 접시를 가리켰다.

"뭐든 좀 먹어요. 쓰러지기라도 하면 아무 도움도 되지 않아요. 그리고 집중력이 떨어진 상태에서 마법을 시전하면 무슨 일이 생기는지 내가 누구보다 잘 알거든요."

제이나는 무슨 말인가를 하려다가 그만두기로 했다.

"맞는 말씀이세요, 마그나."

로레나는 몸을 숙여 제이나에게 낮게 속삭였다.

"그렇게 불리는 게 싫으시답니다."

그 말에 에이그윈은 웃음을 터뜨렸다. 이 대령이라는 자가 점점 더 좋아지고 있었다.

제이나는 로레나의 고기 요리를 순식간에 먹어 치웠다. 우습게도 로레나의 식사를 가장 적게 먹은 이는 로레나가 되고 말았다.

"불타는 칼날단은 공포안개 봉우리 꼭대기에 있는 동굴에서 활동하고 있어요."

제이나의 말에 로레나는 눈살을 찌푸렸다.

"아, 이런."

로레나를 바라보며 에이그윈이 물었다.

"무슨 문제가 있나요?"

"공포안개 봉우리라는 이름이 아주 잘 어울리는 곳입니다. 그 산의 위쪽은 짙은 주홍빛 안개로 뒤덮여 있으니까요."

역시나 못마땅한 목소리로 제이나가 말했다.

"그곳에 내려진 고대 악마의 저주가 남긴 잔류물이죠. 아마 그래서 즈모들로도 그곳을 선택했을 거예요. 위치도 나쁘지 않고요. 오그리마와 테라모어까지의 거리가 대충 비슷하니까요. 어쨌든 제 마법이 우리 세 사람을 안개의 해악으로부터 지켜줄 거예요."

"다행이군요."

로레나가 힘주어 말했다.

"그리고 듀리 비서관이 이걸 찾아냈어요."

제이나는 망토 안에서 봉인이 풀린 낯익은 두루마리를 꺼내 에이그윈에게 건넸다.

에이그윈은 그 두루마리를 받아들더니 뜯어진 봉인이 티리스팔렌의 것임을 확인한 후, 두루마리를 펼쳐보고는 웃음을 지었다. 두루마리에 적힌 글자는 에이그윈 자신의 필체였다.

두루마리를 다시 제이나에게 건네며 에이그윈이 말했다.

"악마 추방 주문을 내 나름대로 다듬어본 거예요. 삼백 년 전에 그 두루마리를 작성했죠. 에르탈리프가 죽고 내가 그의 보루를 이용하게 된 후였어요."

에이그윈은 연로한 엘프의 도서관에서 머물렀던 시절을 떠올리며 넌더리를 냈다. 아무리 깔끔하게 청소를 해도 엉망진창인 상태에서 도무지 벗어날 수 없는 곳이었다. 그녀와 에르탈리프의 부하들이 두루마리를 정리하고, 말라붙은 음식과 음료 찌꺼기를 닦아내고, 벌레를 때려잡는 데만 장장 두 달이 넘게 걸렸다. 전설적인 엘프 마법사 키트로스가 한 영역에서 다른 영역으로 물체를 옮기는 주문을 기록해놓은 쪽지를 찾아냈을 때, 에이그윈은 그 주문을 바탕으로 악마를 추방하는 일에 좀 더 효과적인 주문을 만들어냈다.

"몇백 년 전에 그 주문을 만들어냈다면, 지금 즈모들로를 상대할 일도 없었을 거예요."

제이나는 두루마리를 망토 안에 다시 넣었다.

"사실은 얘기가 조금 달라요. 제가 확인해보니, 당신은 즈모들로를 추방하는 데 성공하셨어요. 하지만 불타는 군단이 공격해왔을 때 놈들은 많은 악마들을 영입했고, 그중에는 티리스팔렌이 추방한 악마들도 포함되어 있었죠. 그리고 전쟁이 끝났을 때, 군단은 쫓겨났지만 그런 악마들 중 일부가 이 세계에 잔류했어요."

"즈모들로도 그중 하나였나요?"

"네, 맞아요."

제이나는 고개를 끄덕였다.

"공포안개라는 곳으로 가야 한다는 생각 때문에 두려워하던 사람치고는 놀라우리만큼 단호한 목소리로 로레나가 검을 뽑으며 말했다.

"여군주님, 죄송하지만 지금 무엇을 기다리고 계신 겁니까?"

"아쉽지만 발각될 여지가 있어서 아주 가까운 곳까지 살펴보지는 못했어요. 그래서 즈모들로와 흑마법사들이 어떤 방어 체계를 갖췄는지 확신할 수가 없어요. 무슨 일이 일어날지 모르니 단단히 대비해야 해요."

제이나는 고개를 돌려 에이그윈을 바라봤다.

"마그나, 아니, 에이그윈 님, 함께 가실 필요는 없어요. 상당히 위험할 수도 있거든요."

그 말에 에이그윈은 코웃음을 쳤다. 그런 말을 하기에는 정말이지 때가 좋지 못했다. 수호자로서의 책임에 관해 일장 연설을 늘어놓기까지 했으니. 지금은 상황이 역전된 셈이었다. 잠시나마 즈모들로를 추방하는 데 실패했다고 생각했었지만, 지금은 그게 사실이 아니라는 걸 알게 되었다. 그럼에도 어떤 책임감이 느껴졌다.

"난 당신의 고조부가 어린아이였던 시절부터 즈모들로 같은 멍청한 악마보다 훨씬 더 끔찍한 것들과 수도 없이 맞서왔어요. 쓸데없이 시간 낭비하지 말아요."

에이그윈의 단호한 태도에 제이나는 그만 웃음이 나왔다.

"그러면 어서 가시죠."

제 21 장

리치 상등병은 어느 진영에서 전투를 시작한 것인지 도무지 알 수가 없었다.

그는 북부감시 요새의 장벽 앞 산병선에 서 있었다. 왼쪽에는 호반 일등병, 오른쪽에는 알린 일등병이 함께 있었다. 그들은 다빈 소령에게서 스무걸음쯤 떨어진 곳에 서 있었다. 소령은 굉장했다. 전쟁 영웅답게 아무 두려움 없이 그 거구의 오크에게 당당히 맞섰다. 정말이지 자랑스러운 모습이었다.

그러다가 한순간에 산병선은 흩어지고 오크와 트롤, 인간이 모두 밀려들었다. 주위는 온통 금속과 금속이 충돌하는 날카로운 소음과 양측 병사들이 동료에게 적을 죽이라고 외치는 고함 소리로 가득 찼다.

리치 상등병은 그 엄청난 굉음에 신경 쓸 새가 없었다. 오크들은 정말이지 뻔뻔스러웠다. 톱니항에서 거래를 하던 중에 쓸데없는 장난을 쳐서 조크 선장 같은 선한 사람을 덩치들에게 끌려가게 만들더니, 이제는 여기까지 몰려와 인간의 정당한 영토인 북부감시 요새에서 인간들을 쫓아내려 하고 있었다.

리치 상등병은 그런 짓거리까지 참아줄 생각은 없었다.

그는 집안 대대로 전해 내려온 클레이모어를 뽑아 들었다. 그의 아버지는 젊은 시절 쿨 티라스 비정규단에 소속되어 있었고, 그때 이 클레이모어로부터 많은 도움을 받았다. 아버지가 독감으로 돌아가신 후에는 어머니가 입대하여 많은 적을 해치웠다. 어머니가 불타는 군단과 싸우다 돌아가시자, 이 클레이모어는 리치에게 전해졌다. 다행이었다. 당시 그가 사용하고 있던 대검은 쓰레기였으니까.

클레이모어를 다루는 솜씨가 어머니만큼 뛰어나지는 않았지만 아버지보다 나았던 리치는, 이번엔 클레이모어로 오크와 트롤의 피를 잔뜩 흩뿌릴 생각이었다.

트롤 하나가 거대한 클리버를 들고 리치를 향해 곧장 달려들었다. 그는 무기를 들어 클리버를 막고 트롤의 배를 걷어찼다. 그 방법은 고향의 모브리 선술집에서 주정뱅이들을 정리할 때 늘 효과가 있었다.

하지만 아쉽게도 트롤은 인간에 비해 복부가 튼튼한 모양인지, 놈은 웃으며 클리버를 휘둘렀다. 발아래 모래에 피가 고였다. 하지만 리치는 적의 클리버를 계속 막아내느라 그게 누구의 피인지 눈길을 줄 틈도 없었다.

"진작 이렇게 했어야 했는데 말이지."

트롤은 클리버를 들어 올리며 말했다.

트롤이 그 말을 하느라 지체하는 사이, 리치는 검을 들어 트롤의 가슴에 찔러 넣었다.

적은 모래 위로 쓰러지고, 리치는 트롤의 가슴팍에 박혀 있던 클레이모어를 뽑아냈다. 고개를 돌려보니 발아래 고인 피는 호반과 알린의 것이었다. 두 사람 다 많은 상처에서 피를 쏟아내고 있었다. 한 오크가 요새 관문을 향해 돌진하고 있었다. 놈의 도끼에서 피가 뚝뚝 떨어졌다. 리치는 거칠게 포효하며 오크를 향해 달려가 초록 피부의 등에 칼을 꽂았다.

"어이, 인간!"

리치가 돌아서자 또 다른 오크가 서 있었다.

"감히 곡스를 죽이다니!"

"곡스가 내 친구들을 죽였다."

리치는 이를 악물고 말했다.

"그래, 싸워서 죽였지. 그러나 넌 곡스의 등을 찔렀다!"

그게 무슨 상관이냐며 리치는 다시 말했다.

"놈이 내 친구들을 죽였다고!"

오크가 대검을 들어 올리며 말했다.

"그래, 이제 내가 널 죽여주마!"

오크의 대검은 리치의 클레이모어보다 훨씬 컸다. 하지만 그건 곧 오크가 검을 휘두르는 데 더 많은 시간이 필요하다는 뜻이었다. 그래서 오크가 공격을 준비하는 사이 리치는 검을 피하거나 막아낼 시간을 충분히 확보할 수 있었다. 클레이모어를 들어 오크의 검을 막자 날과 날이 부딪힐 때마다 끔찍한 충격이 온몸으로 전해졌다. 결국엔 리치도 공격을 피하는 쪽이 효과적이라는 사실을 깨달았다.

아니, 그렇게 생각했었다. 하지만 적의 대검을 네 번째로 피하려던 순간, 리치는 내쉬 일등병과 충돌했다. 그 바람에 내쉬는 깜짝 놀라 뒤로 돌아섰고, 그러면서 오크의 공격에 무방비로 노출되었다.

리치는 분노가 치밀며 피가 끓어올랐다. 오크의 공격만으로도 충분히 끔찍한데, 이제는 리치 자신 때문에 동료 병사가 목숨을 잃었다. 의미를 알 수 없는 고함을 목이 터져라 외치며, 리치는 클레이모어를 치켜들고 오크에게 달려들었다.

오크는 왼쪽으로 비켜서며 대검을 세차게 내뻗었다. 오크의 대검은 달려드는 리치의 판금 방어구를 찢고 복부를 꿰뚫었다. 새하얗게 느껴질 만큼 뜨거운 고통이 그의 상체를 관통했다. 리치의 비명은 한층 더 이해할 수 없는 괴성에 가까워졌다. 그는 다친 가슴을 왼손으로 부여잡으며, 오른손으로는 클레이모어를 마구 휘둘렀다.

갑자기 클레이모어가 우뚝 멈춘 채 움직이지 않았다. 리치는 타는 듯한 고통에 얼굴을 잔뜩 찌푸리며 오른쪽으로 고개를 돌려보니, 클레이모어가 오크의 머리를 꿰뚫은 것이 보였다.

"……꼴좋다."

리치 상등병은 악다문 이 사이로 간신히 중얼거렸다.

그는 오크 머리에 박힌 클레이모어를 잡아 뽑았다. 더 큰 고통이 리치의 가슴을 후벼 팠다. 왠지 몰라도 전투의 소음이 잦아들었다. 리치의 귓속에서는 윙윙거리는 소리만 들려왔다.

가문의 무기를 지팡이로 사용하면서, 리치는 절뚝절뚝 모래 위를 걸으며 죽여야 할 다음 오크를 찾았다.

제 22 장

조금 전 에이그윈은 테라모어에 서 있었다.

조금 전 로레나 대령은 깊이 숨을 들이쉬며 불안한 표정을 지었다. 에이그윈은 대령이 마법을 싫어한다고 말했던 게 떠올랐다. 순간이동을 했을 때도 현기증과 함께 구토를 했던 것 역시 기억하고 있었다. 잠깐이지만 에이그윈은 순간이동을 하기 전에 로레나가 식사를 한 것이 과연 좋은 선택이었을까 생각했다.

조금 전 제이나 프라우드무어의 얼굴에는 단호한 결의가 가득했다.

지금 그들은 부정한 냄새를 풍기는, 주홍빛 안개로 자욱한 동굴 입구에 서 있었다. 그제야 에이그윈은 로레나가 왜 이곳에 오는 걸 그렇게 꺼려했는지 알 것 같았다. 주홍빛의 독기는 끔찍한 안개처럼 공중을 맴돌았다. 에이그윈은 그 안개의 무게에 짓눌릴 것만 같았다.

에이그윈은 이미 오래전 순간이동의 부작용에 익숙해진 몸이었다. 그래서 지금 정신이 혼미해진 건 안개 때문이라고 할 수 있었다. 그녀는 로

237

레나를 흘긋 바라봤다. 대령은 조금 창백해 보였지만 여전히 검을 치켜든 채 언제 달려들지 모르는 적에 대비하고 있었다.

문제는 제이나 역시 로레나만큼 창백하다는 것이었다. 좋지 않은 징후였다.

하지만 에이그윈은 아무 말도 하지 않았다. 이제는 돌아갈 수 없었다. 그리고 지금의 제이나는 보살펴줄 어머니가 필요한 사람이 아니었다. 에이그윈 자신도 지친 몸을 이끌고 계속 싸워야 할 때, 누군가 도와준답시고 법석을 떠는 게 정말 싫었다. 스카벨이든, 한때 잠자리를 함께하던 조나스든, 의회의 누군가든 귀찮게 구는 건 딱 질색이었다. 제이나의 상태가 썩 좋아 보이진 않지만 성가시게 굴 생각은 없었다.

그럼에도 걱정스러운 마음이 사라지진 않았다. 에이그윈이 아는 것만 해도 제이나는 오늘 순간이동 주문을 네 번이나 시전했다. 칼날흉터 고원으로 홀로 이동했을 때, 천둥도마뱀을 칼날흉터로 옮길 때, 그들 셋이 테라모어로 돌아갈 때, 그리고 그 세 명이 다시 이곳 공포안개 봉우리의 동굴 앞으로 이동한 것까지. 그 외에도 즈모들로의 위치를 알아냈고, 천둥도마뱀을 억제하기 위해 필요한 조치를 했고, 이 안개의 해악을 막아낼 수 있도록 그들을 지키고 있었다. 하루에 그 많은 마법을 시전하는 것만으로도 몸에 무리가 갈 수 있었다. 그리고 에이그윈의 생각에는 그게 전부가 아니었다.

제이나가 그들을 동굴 초입으로 이끌고 가는 사이, 에이그윈은 언제부터 이 금발 마법사를 '프라우드무어 여군주'나 '성가신 꼬마 아가씨'가 아닌 '제이나'라고 생각하기 시작했는지 문득 궁금해졌다.

그 순간 에이그윈은 몸을 떨며 소리 높여 말했다.

"즈모들로가 여기 있군요. 사방에 가득해요!"

악마가 이 동굴 안에 함정을 파둔 것이 분명했다. 그 석굴 내부는 즈모들로의 정수로 가득했다. 카라잔에서 아들을 마주한 이후로 부정한 느낌에 이렇게까지 압도됐던 적은 처음이었다. 그런 기분 중 일부는 저 안개 때문이기도 했다. 주홍빛 안개는 이 음습한 동굴의 불쾌함을 한층 더 고조시키고 있었다. 제이나는 빛의 주문을 시전해 주위를 밝혔다. 그래 봤자 안개가 조금 더 밝게 보일 뿐이었지만. 어차피 습기 찬 동굴 벽과 정수리를 스칠 듯 내려 뻗은 종유석, 울퉁불퉁한 바닥을 더 자세히 보고 싶은 생각도 없었다.

동굴 속으로 스무 걸음쯤 걸어 들어가자 에이그윈의 몸이 뻣뻣하게 굳었다.

"저기—"

"제가 할게요."

제이나가 말했다. 그리고 빠르게 주문을 외웠다.

에이그윈이 고개를 끄덕였다. 에이그윈과 제이나 모두 단순한 올가미 함정 주문을 눈치챘다. 일 년 정도의 수습 생활을 거친 낮은 수준의 마법사라도 충분히 시전할 수 있는 마법이었다. 아마 길 잃은 짐승이나 정처 없이 흘러온 사람들이 침입하지 못하도록 막으려는 의도일 것이다. 이런 악몽 같은 곳까지 찾아드는 사람은 거의 없겠지만, 에이그윈도 예전에 이상한 일을 많이 겪었었다. 늑대 혹은 미친 듯이 산을 오르는 드워프들이 여기까지 올라와, 즈모들로와 그의 하수인들이 한창 마법을 시전하는 중에 동굴 안으로 불쑥 들어올 수도 있었다. 위험은 대비하는 것이 제일이다.

단순한 마법이긴 했지만 그 주문을 제거하면 경보가 울릴 수도 있었다. 에이그윈은 로레나와 그녀의 검, 그리고 제이나와 그녀의 마법이 동굴의 다른 장소에 영향을 주는 일이 없도록 그들 앞을 방어하며 움직였다.

바로 그때, 로레나가 외쳤다.

"엎드리십시오!"

에이그윈은 즉시 그 말에 따라 차가운 바닥에 엎드렸다. 로레나도 재빨리 엎드렸다.

하지만 제이나는 똑바로 서서 두 손을 들어 올렸다. 화염구는 뜨겁게 포효하며 그녀를 집어삼키기라도 하려는 듯 맹렬히 다가왔다. 하지만 팔 하나 정도 떨어진 거리에서 우뚝 멈춰 선 화염구는 그 즉시 사라져버렸다.

비틀거리며 자리에서 일어난 에이그윈이 말했다.

"우리가 여기 온 걸 아는 모양이군요."

"네, 그런 것 같아요."

제이나는 속삭이는 목소리로 낮게 대답했다.

아, 물론이지.

느닷없이 들려오는 목소리에 에이그윈은 한숨을 쉬었다. 그 목소리는 동굴 안 모든 곳에서 들려오는 듯했다. 악마가 즐겨 사용하는 속임수였다.

"요란한 장난은 그만둬, 즈모들로. 우리는 멍청한 네 하수인들과는 달라. 별로 놀랍지도 않다고."

에이그윈! 참으로 반가운걸. 이미 오래전에 네 아들 손에 죽어버린 줄로 알았는데. 내가 끝장을 낼 수 있다니 정말 다행이군. 난 네게 진 빚이 워낙 많아서 말이야.

악마가 얘기를 늘어놓는 동안, 에이그윈의 귀에 까르륵거리는 기이한 소리가 들렸다.

로레나는 역겹다는 표정을 지었다.

"낯익은 웃음소리군요. 그렐킨입니다."

곧이어 안개와 같은 색인 주홍빛 털가죽으로 온몸이 뒤덮인 작은 악마

무리가 나타나 그들을 향해 달려들었다.

로레나는 에이그윈과 제이나를 보호하고자 앞으로 나서며 말했다.

"저는 이 녀석들이 정말 싫습니다."

그러고는 곧장 앞으로 돌진해 악마들을 공격했다.

털이 복슬복슬한 그 악마 무리를 혼자만의 힘으로 처리하기에는 역부족이었다. 하지만 다행히 두 명이 더 있었다. 제이나는 몇 개의 주문을 시전하여 그렐킨에게 다양한 공격을 퍼부었다. 몇몇은 털에 불이 붙었다. 몇몇은 숨을 쉬지 못했다. 또 몇몇은 갑작스러운 돌풍에 동굴 벽으로 날아가 처박혔다. 그리 대단치 않은 주문이었던 터라 제이나는 힘을 아낄수 있었다.

하지만 그건 적의 첫 번째 파상 공세에 불과했다. 스무 마리의 그렐킨들을 해치우고 나자, 다시 스무 마리가 나타났다.

"우리의 주의를 딴 곳으로 돌리려는 모양이군요."

에이그윈이 말했다.

"맞아요."

제이나는 또 다른 주문을 시전해 그렐킨 스무 마리를 소멸시켰지만, 그 뒤로 또다시 그렐킨 열 마리가 기다리고 있었다.

"대령, 처리해줄 수 있겠어요?"

제이나의 다급한 물음에 로레나가 싱긋 웃었다.

"잘 보십시오."

"좋아요."

로레나가 그렐킨들을 향해 달려들자, 제이나는 두 눈을 감고 쓰러질 듯 비틀거렸다. 에이그윈이 다가와 제이나를 붙잡았다.

"괜찮아요?"

제이나는 오랜만에 솔직하게 대답했다.

"아니요. 추방 주문을 시전할 수는 있지만, 그렇게 되면 더 이상 다른 마법은 시전할 수 없을 것 같아요. 로레나가 잘 처리해줘야―"

날카로운 비명이 동굴 안에서 울려 퍼졌다. 로레나가 검을 단 한 번 내뻗는 것으로 마지막 남은 그렐킨 세 마리를 한꺼번에 꿰뚫었다. 대령이 칼을 뽑아내자 세 마리의 악마는 그대로 쓰러졌다. 그렐킨의 체액으로 뒤덮인 칼날을 보며 로레나가 한숨을 쉬었다.

"이 얼룩은 지워지지 않을 것 같군요."

지금 그런 걱정을 할 때가 아닐 텐데.

이번에는 그 목소리가 주위에서 들려오는 게 아니었다. 바로 앞에서 들려왔다.

주홍빛 안개가 흩어졌다. 에이그윈이 생각하기에 그건 그리 좋은 징조가 아니었다. 잠시 뒤, 세 사람의 눈앞으로 즈모들로의 거대한 형체가 모습을 드러냈다.

제 23 장

당혹스러운 공포감에 다빈 소령은 그 자리에서 얼어붙었다. 사방에서 병사들이 죽어가고 있었다. 팔다리가 잘려 나가고, 가슴이 검에 꿰뚫리고, 머리가 도끼날에 떨어져 나갔다.

다빈은 그냥 멍하니 서서 죽기만을 기다리고 있었다.

그는 전투가 시작되자마자 오크의 대장쯤으로 보이는 벅스의 도끼에 몸이 두 동강 날 거라고 확신했다. 하지만 지휘관을 지키겠다며 달려든 다른 병사 두어 명이 벅스를 물고 늘어졌다. 다빈은 무슨 이유로 그 병사들이 자신에게 이렇게까지 충성하는지 도무지 알 수가 없었다.

그 후에는 아무도 그를 쫓지 않았다. 오크와 트롤이 인간을 공격하고, 인간 또한 그들을 공격했다. 그런데도 어느 누구보다 해안 가까이 서 있던 다빈은 못 본 척 무시해버렸다.

한 트롤 사체가 그의 발치에 쓰러졌다. 반즈 상등병의 시체가 긴 호를 그리며 날아가 바닷물에 떨어졌다. 다빈은 반즈를 처치한 적이 대체 왜 그렇게까지 멀리 시신을 던져야 했는지 생각해보려다가 굳이 알고 싶지 않아 그만뒀다.

그때 온 세계가 폭발하는 듯한 떨림과 굉음이 전해졌다.

오히려 강렬한 지진 덕분에 다빈은 정신을 차릴 수 있었다. 그렇게 그는 간신히 몸을 움직였지만 이내 바닥에 쓰러졌다.

조금 전까지만 해도 하늘은 구름 한 점 없이 화창했다. 하지만 어느새 하늘이 검게 물들고, 귀를 쾅쾅 울리며 무시무시한 천둥이 지면을 때렸다.

우르릉 소리에 다빈 소령이 해안을 바라보자 거대한 파도가 밀려드는 모습이 보였다. 지금껏 북부감시 요새를 지휘하는 동안, 다빈은 배가 지나가며 일으킨 파도를 제외하고는 그렇게 큰 파도가 해안으로 밀려드는 모습을 본 적이 없었다.

세차게 밀려오던 파도가 요새의 성벽에 다다를 만큼 높이 솟구쳤다. 그리고 지금 그 파도가 다빈을 향해 덮쳐오고 있었다.

그는 버둥거리며 다급히 일어서려 했지만 장화가 모래에 미끄러지면서 다시 한 번 바닥에 얼굴을 처박았다. 입으로 들어온 모래를 뱉어내고, 코로 모래가 들어오지 않게 숨을 참으면서 다빈은 주먹을 모래 깊숙이 박아넣으며 최악의 사태에 대비했다.

파도가 다빈을 강타했다. 그는 하마터면 파도에 휩쓸려 갈 뻔했지만, 갑옷의 무게와 모래에 박아둔 두 손 덕분에 가까스로 버틸 수 있었다. 이 사태에 대비하지 못한 다른 병사들은 어떻게 됐을지 궁금했다. 물론 오크와 트롤이 어떻게 됐는지는 별로 궁금하지도 않았다. 하지만 그보다는 자신이 숨을 다시 쉴 수 있을지 그게 가장 궁금했다.

잠시 뒤 바닷물이 왔던 길로 되돌아가면서 그의 얼굴을 뒤덮었던 모래를 씻어주었다. 온몸은 흠뻑 젖고, 물에 젖은 머리카락은 얼굴에 착 달라붙었으며, 젖은 수염은 무겁게 늘어졌다.

"너희가 정말 수치스럽구나, 전사들이여!"

갑작스러운 고함 소리에 다빈은 돌아누워 하늘을 올려다봤다. 아직 어두운 하늘에 밝은 곳이 한 군데 있었다. 그리고 그곳에 비행선이 떠 있었다.

그 순간 다빈은 희망을 품었다. 저 비행선은 어쩌면 로레나 대령이 탑승한 비행선일 수도 있었다. 불타는 칼날단의 손아귀에서 프라우드무어 여군주를 구하고 돌아온 것인지도 몰랐다. 갑작스러운 기상학적 악몽도 여군주의 솜씨일지 모른다. 이제 그들이 돌아와 병력을 결집시키고 오크를 몰아내고 오늘의 전투를 승리로 이끌 것이다.

다빈은 비행선을 찬찬히 바라봤다. 심장이 덜컥 내려앉았다. 돛에는 몇 가지 기이한 기호가 그려져 있었다. 소령은 그 기호 대부분이 오크의 언어라는 걸 알아볼 수 있었다. 그중 두 개는 전쟁에서 오크가 들고 다니던 방어구와 무기에서 본 적이 있는 것이었다. 뿐만 아니라 지금 이곳에서 병사들을 도륙하고 있는 오크들 사이에서도 그 기호가 눈에 띄었다. 전쟁 당시 다빈의 소대장은 그 기호가 여러 오크 부족의 문장들이라고 말해주었다.

다빈은 종교를 믿지 않았다. 한평생 그가 유일하게 기도를 했던 순간은 나무 뒤에 숨어서 악마들이 자신을 찾아내지 못하게 해달라고 빌던 순간뿐이었다. 다행히 그때의 기도는 응답을 받았다. 다빈은 그 뒤로 남은 운을 시험하고 싶지 않아서 단 한 번도 기도를 하지 않았다.

하지만 지금 이 순간, 하루만 더 살아남게 해달라고 기도했다. 그러자 용케 힘을 얻어 자리에서 일어날 수 있었다.

앞서 다빈이 들은 고함 소리는 비행선에서 들려온 것이었다. 밧줄 사다리가 내려오고 뒤이어 그 목소리의 주인공인 듯한 오크가 팽팽해진 사다리를 타고 내려오기 시작했다.

그 오크가 해안에 도착하자 주위의 모든 오크들, 적어도 다빈의 시야에 들어와 있는 오크 전원이 무기를 들어 경례를 했다. 소령은 그 오크의 눈동자가 푸른색이라는 걸 눈치챘다. 그러자 저 오크의 정체는 이제 충분히 짐작할 수 있었다. 지금껏 다빈은 오크의 대족장 스랄을 실제로 만나본 적이 없었다. 게다가 스랄은 막강한 힘을 가진 주술사이기도 했다. 프라우드무어 여군주와 마찬가지로, 거대한 파도의 책임이 그에게 있는지도 모른다.

한때 스랄의 스승이었던 오그림의 전설적인 양손 망치 둠해머를 한 손에 든 채 스랄이 큰 소리로 외쳤다.

"나는 스랄, 듀로타의 대족장, 부족의 군주, 호드의 지도자다! 그런 자격으로 고하노니, 이 오크의 말은 나의 뜻이 아니다!"

스랄은 벅스를 가리키고 있었다.

지난 오 년의 시간 동안 다빈은 오크를 만날 기회가 적지 않았다. 장기간 계속된 전쟁은 물론이고, 그 외에도 무역 해안에 인접한 북부감시 요새의 특성상 인근 지역을 지나가는 오크들을 볼 일이 아주 많았다. 그렇게 오랜 시간 동안 수많은 오크의 얼굴을 보았지만, 지금 벅스의 얼굴에 드러난 저 표정, 저런 표정은 단 한 번도 본 적이 없었다.

"듀로타의 전사들이여, 무기를 내려라!"

그리고 다시 한 번, 이번에는 둠해머를 들어 벅스를 가리켰다.

"이 추악한 자는 악마와 협력하여 우리 두 진영을 전쟁의 파국으로 이끌었다. 나는 우리 모두를 파괴하려 한 자에게 휘둘려 우리의 동맹을 깨뜨리는 우를 범하진 않겠다!"

벅스가 이를 악물고 소리쳤다.

"나는 당신의 충직한 신하였소!"

스랄은 고개를 가로저었다.

"널 섬기던 몇몇 전사들이 네가 불타는 검 모양의 부적을 지니고 있다고 알려왔다. 불타는 칼날단의 상징 말이다. 제이나의 말에 따르면, 그리고 인간과 다시금 함께하기로 한 고대 마법사의 말에 따르면, 그 상징물을 몸에 지니고 있는 자는 모두 즈모들로라는 악마의 노예다. 칼림도어에 갈등을 조장하여 양 진영의 동맹을 깨뜨리는 것을 목표로 하고 있는 악마 말이다. 언제나 그랬듯, 악마는 우리를 이용한 후에 파괴하려 할 뿐이다."

그러자 벅스는 무기를 들어 다빈 소령을 가리키며 말했다.

"이 더러운 작자들이 우리를 해하려 했소! 놈들은 우리를 노예로 부리고, 모욕하고, 우리의 유산을 부정했소!"

히스테리에 가까운 반응을 보이며 악을 쓰는 벅스와 달리 스랄은 차분한 목소리로 말했다.

"그래, 일부 그런 자들도 있었다. 하지만 그건 모두 악마가 우리의 영혼을 앗아간 후 자기들을 대신하여 이 세계의 주민들과 싸우게 했기 때문이었다. 결국 우리가 패배하고 말았던 그 전쟁 말이다. 그러나 이제 우리는 구속을 벗어던지고 그 어느 때보다 강한 종족으로 일어섰다. 그 이유는 벅스, 우리가 전사이기 때문이다. 우리의 영혼이 무결하기 때문이다. 아니, 우리 대부분만 무결하다고 해야겠군. 영혼이 무결한 전사라면 맹세를 저버리도록 만들었던 추악한 존재와 손을 잡는 짓은 상상조차 할 수 없는 일일 테니까."

주위의 오크와 트롤들이 경악과 역겨움이 뒤섞인 표정으로 벅스를 바라봤다. 개중에는 당황스러운 표정으로 어찌할 바를 모르는 자들도 몇몇 있었다. 그들 중 하나가 목소리를 높였다.

"사실이냐, 벅스? 악마와 거래를 했다는 게 정말 사실이야?"

"인간을 말살하기 위해서라면 일천 마리의 악마와도 거래할 수 있다! 인간을 파멸시키기 위해서라면 뭐든 하겠다!"

그 말을 증명하기라도 하듯, 벅스는 다빈 소령을 향해 곧장 돌진했다.

다빈의 모든 본능이 도망쳐야 한다고 울부짖었지만, 앞서 파도가 밀어닥쳤을 때처럼 다리가 움직이지 않았다. 벅스의 도끼가 위로 올라가는 게 보였다. 그 오크는 도끼를 힘껏 쳐들어 다빈의 두개골을 반으로 가르려 했다.

하지만 벅스는 공격을 끝내기도 전에 온몸을 부들부들 떨기 시작했다. 그러고는 움직임을 멈춘 채 그대로 모래 위에 쓰러졌다. 쓰러진 벅스 뒤에는 그를 둠해머로 내리친 스랄이 서 있었다.

"너는 듀로타의 수치다, 벅스. 네 탓에 오크와 트롤, 인간 전사 모두가 불명예스러운 죽음을 맞이해야 했다. 이러한 역병을 씻어낼 수 있는 건 오직 너의 죽음뿐. 대족장으로서 그 형벌을 집행하는 것이 나의 엄중한 의무이다."

스랄은 둠해머를 머리 위로 들어 올린 후, 다시 한 번 벅스의 머리를 강하게 내리쳤다.

다빈은 오크의 피와 살점이 모래와 스랄, 다빈 자신에게 흩뿌려지는 모습을 보며 몸을 움츠렸다. 하지만 그는 너무 겁에 질린 터라 닦아낼 생각조차 하지 못했다. 왼쪽 볼에 땀과 함께 뒤섞인 피도, 수염에 걸린 두개골 조각도 털어낼 수가 없었다.

스랄도 자기 몸에 묻은 벅스의 흔적을 닦아내려는 기색이 없었다. 그래서 더 무시무시해 보였다. 다빈은 그런 것이 오크에게는 명예의 상징 같은 역할을 하는 모양이라고 생각했다. 대족장 스랄이 앞으로 한 걸음을 내딛고는 다빈 소령에게 말했다.

배신자의 행위에 대해 듀로타를 대표해서 사과하고 싶소, 소령. 오늘 일어났던 이 끔찍한 전투에 대해서도 사과하오. 이제 불타는 칼날단이 내 백성에게 악영향을 끼치는 일은 없도록 하겠소. 또한 당신에게도 같은 조치를 기대하고 싶소.”

입이 제대로 움직일지 자신이 없던 다빈은 그저 고개만 끄덕였다.

“우린 이제 떠나겠소. 좀 더 일찍 도착해서 유혈 사태를 막지 못한 것은 정말 유감이오. 하지만 이 땅에 집결한 병력을 먼저 진정시켜야 했소. 이제 듀로타로 돌아가 다시는 공격하지 않겠소.”

대족장 스랄은 한 걸음 더 앞으로 나서며 덧붙였다.

“당신이 그럴 이유를 만들지 않는 한 말이오.”

다빈 소령은 다시 한 번 고개를 끄덕였다. 이번에는 조금 더 열심히 끄덕였다.

아무 말 없이 서 있는 다빈을 내버려둔 채 스랄은 병사들에게 사체들을 수습하고, 부상자들을 부축해 배에 태우라고 지시한 후, 북쪽 콜카르 바윗골로 뱃길을 잡으라고 명했다. 다빈의 장화가 모래와 벅스의 피, 두개골 조각, 뇌수, 방어구와 육신의 여러 조각들이 뒤섞인 진창 속으로 조금씩 빠지고 있었다. 스랄은 사다리를 올라 비행선에 탑승했고, 이내 비행선과 배들은 모두 철수해 북쪽으로 향했다.

다빈은 놀랍게도 자신의 기도가 두 번째 응답을 받았다는 사실을 깨달았다. 아무래도 기도라는 행위에 어떤 힘이 있는 모양이었다.

상황이 이렇게 급격하게 바뀔 수 있다는 사실이 정말 놀라웠다. 그 모든 게 스랄의 몇 마디 말 때문이었다. 물론 스랄의 극적인 등장과 행위에 놀란 모든 병사들이 잠시 싸움을 멈춘 것도 사실이었지만, 그건 일시적인 중단일 뿐이었다. 오크와 트롤이 완전히 싸움을 멈추고 물러나게 만든 건 스랄의 말이었다.

인정하고 싶진 않았지만 그 오크의 모습이 정말 인상적이었다는 건 다빈도 동의할 수밖에 없었다.

그렇게 한동안 생각에 잠겨 있는데 이름도 기억나지 않는 대위가 다가와 물었다.

"소령님, 명령을 내려주시겠습니까?"

"어…… 회군하자, 대위."

그제야 다빈 소령은 한참 동안 숨을 참고 있었다는 사실을 깨닫고는 길게 숨을 내쉬었다. 갑자기 주체할 수 없는 피로가 밀려왔다.

"전군, 회군하라."

제 24 장

에이그윈이 즈모들로에게 속임수 따위는 그만두라고 얘기한 지 오 분도 채 지나지 않았다. 정체를 알 수 없는 목소리로 장난을 치는 건 평범한 사람들에게나 위협적인 일이지, 일 년차 수련생도 구사할 수 있는 아주 간단한 속임수였다. 덕분에 즈모들로는 에이그윈에게 그다지 뚜렷한 인상을 남기지 못했다.

하지만 지금, 박쥐 날개를 연상케 하는 커다란 날개와 뜨겁게 타오르는 두 눈, 가죽 피부로 뒤덮인 거대한 즈모들로가 눈앞에 서 있는 모습을 보자 에이그윈은 입을 뗄 수가 없었다. 악마는 전반적으로 어여쁜 존재라고 할 수 없었다. 하지만 즈모들로는 악마를 기준으로 삼는다 해도 더할 나위 없이 추악했다.

악마 주위로 두건을 쓴 여덟 명의 형체가 서 있었다. 흑마법사로 보이는 그들은 리드미컬하게 주문을 외우고 있었다.

세이나는 망토 안으로 손을 넣어 두루마리를 꺼냈다. 에이그윈은 그 사실이 고마웠다. 모든 것이 곧 끝난다는 뜻이었으니까. 즈모들로가 이렇게 모습을 드러냈으니 제이나는 추방 주문을 시전할 수 있었다.

그 순간 갑자기 제이나가 비명을 지르며 바닥에 쓰러졌다.

"제이나!"

에이그윈이 젊은 마법사 곁으로 달려갔다. 로레나는 훌륭한 군인답게 악마와 제이나 사이를 가로막았다.

제이나의 이마에 땀이 송골송골 맺혔다. 그녀는 가까스로 무릎을 꿇고 일어나 이를 악문 채 말했다.

"흑마법사들이…… 주문을 차단하고 있어요."

그들과의 거리가 가까워진 에이그윈은 흑마법사들의 주문을 느낄 수 있었다. 주문 자체는 미약했지만 여러 명의 흑마법사가 동시에 시전하는 탓에 주문에 힘이 실렸다. 하지만 제이나 정도의 마법사라면 그런 주문 정도는 돌파할 수 있어야 했다.

다만 오늘처럼 지나치게 무리하지 않았어야 가능한 일이었다.

제이나가 힘겹게 버티고 있다는 것을 에이그윈도 느낄 수 있었지만, 제이나는 즈모들로의 하수인들에게 서서히 밀리고 있었다.

기대했던 것보다 일이 잘 풀리는구나. 프라우드무어의 죽음이 오크의 소행이라고 알려지면 어찌 될까? 인간들은 광란에 휩싸이겠지. 그리되면 그 누구도 전쟁의 발발을 막을 수 없으리라. 하지만 인간을 이끌 만한 마법사가 없다면 전쟁은 결국 인간의 패배로 끝날 것이고, 그만큼 오크도 죽어나간 뒤겠지. 이 얼마나 찬란한 위업이란 말인가!

"헛소리는 적당히 해라."

에이그윈이 낮게 중얼거렸다. 이제 그녀가 해야 할 일은 단 하나뿐이었다.

그녀가 메디브를 되살린 후 이미 사 년이라는 시간이 흘렀다. 그 당시에만 해도 제이나에게 얘기했던 것처럼 마력이 모두 소진된 상태였지만, 마법이란 것은 영원히 소멸되는 것이 아니었다. 칼날흉터 고원에 몸을 숨긴 지 이십 년이 지났을 때, 에이그윈은 아들을 되살릴 수 있을 만큼의 마력을 축적했었다. 그 후로 사 년이 지난 지금, 그때만큼의 힘을 축적하진 못했지만 꼭 해야만 하는 그 일을 해낼 수 있을 것 같았다. 그러지 못한다면…… 뭐, 이미 그녀는 천 년 가깝게 살아왔다. 로레나도 조심스럽게 얘기했듯이, 그것만으로도 이미 대부분의 사람보다는 훨씬 더 많은 것을 누려왔다.

제이나의 얼굴에서 땀이 비 오듯 쏟아졌다. 그녀는 여전히 무릎을 꿇은 채 쥔 두 주먹을 허벅지 위에 올려놓고 있었다. 에이그윈은 자신이 직접 작성한 주문이 흑마법사들의 차단막을 꿰뚫으려 애쓰고 있다는 것을 느낄 수 있었다.

제이나 곁에 한쪽 무릎을 꿇고 앉은 에이그윈은 두 손으로 젊은 마법사의 왼손을 잡았다. 그리고 두 눈을 감고서 자신의 생각과 힘, 생명의 정수를 모두 그러모았다. 그 힘을 집중시켜 단단히 다진 후 자신의 팔에 모았다. 그 힘을 팔 아래로 옮기고…… 다음에는 손으로…… 그 다음에는 제이나에게로 옮겼다.

갑작스럽게 피로가 온몸을 덮쳐왔다. 뼈가 무겁게 느껴졌다. 한참을 달리기라도 한 것처럼 온몸의 근육이 아파왔다. 얕은 숨을 몰아쉴 수밖에 없었다. 통증과 고통을 무시하면서 에이그윈은 계속 정신을 집중했다. 그렇게 생명력과 마법, 자신의 영혼까지 제이나 프라우드무어에게 전이했다.

제이나가 두 눈을 떴다. 평상시에는 얼음처럼 푸르던 두 눈이 지금은 타오르듯 붉게 물들어 있었다.

안 돼!

"되고말고!"

에이그윈과 제이나가 동시에 외쳤다.

불타는 칼날단을 막을 수는 없다! 우리는 승리하리라! 우리 앞의 모든 것을 파괴하리라! 그런 후에 우리는…… 으아아아아악!

즈모들로의 비명이 동굴 벽에 부딪혀 메아리쳤다. 악마와의 결속 탓에 동일한 고통을 느끼는 흑마법사들의 입에서도 똑같은 비명이 울려 퍼졌다. 에이그윈은 흐려져 가는 눈으로 즈모들로의 끔찍한 육체가 뒤틀리고, 찢겨진 상처에서 체액이 분출되는 모습을 지켜봤다.

에이그윈이 만들어낸 주문으로 공기에 균열이 생기고 세찬 바람이 일었다. 공간이 찢어지면서 뒤틀린 황천으로 가는 차원문이 열리고, 즈모들로의 육체는 그 틈바구니로 빨려 들어갔다.

안 돼! 이럴 수는 없다, 날 다시 가둘 수는 없—

악마의 머리가 삼켜지는 순간, 그 목소리도 순식간에 뚝 끊어졌다.

하지만 발아래 지면이 흔들리는 동안에도 흑마법사들의 비명은 계속되었다. 잠시 후, 흑마법사들 또한 뒤틀린 황천으로 빨려 들어가면서 그 비명 소리도 모두 사라졌다. 칼림도어를 고통 속에 빠뜨리려 했던 그들은 뒤틀린 황천에서 그보다 몇 배는 더 끔찍한 고통에 시달리게 되리라.

균열이 아물었다. 하지만 동굴은 여전히 흔들리고 있었다.

굳이 뻔한 말을 반복하는 병사들처럼 로레나 대령이 소리쳤다.

"어서 빠져나가야 합니다!"

하지만 에이그윈은 움직일 수가 없었다. 사지가 쇳덩이처럼 무거웠고, 온 힘을 다했지만 두 눈을 뜨고 있는 것이 고작이었다.

종유석 하나가 날카로운 소리와 함께 동굴 천장에서 떨어져 내렸고, 에이그원과 제이나가 무릎을 꿇고 있는 곳에서 한 뼘도 채 떨어지지 않은 곳에 내리꽂혔다.

에이그원은 제이나가 순간이동 주문을 외우기 시작하는 소리를 들었다.

그리고 정신을 잃었다.

에필로그

여군주 제이나 프라우드무어는 칼바위 언덕 위에 올라서서 듀로타를 바라봤다.

이내 스랄의 비행선이 도착했음을 알리는 낮게 우르릉거리는 소리가 들렸다. 대족장은 의장대의 병사 하나를 동반했다. 하지만 그 병사는 스랄이 밧줄 사다리를 타고 제이나를 만나러 내려가는 동안 선체에 그대로 머물렀다. 그 대신 제이나가 알지 못하는 전사 하나가 그의 뒤를 따라 비행선에서 내려왔다. 언덕 위에서 제이나와 스랄이 마주 서자, 전사는 도끼를 든 채 스랄로부터 세 걸음 떨어진 곳에 멈춰 섰다.

씁쓸한 미소를 지으며 제이나가 말했다.

"이제는 저도 믿지 못하는 건가요, 스랄?"

스랄도 미소를 지었다.

"나와 가장 가까웠던 조언자가 날 배신했소, 제이나. 항상 경계하고, 누군가 내 등 뒤를 지켜주는 게 좋을 것 같다는 생각이 들더군."

"현명한 생각이군요."

"위험한 사태는 정말 끝이 난 거요?"

스랄의 물음에 제이나는 고개를 끄덕였다.

"그런 것 같아요. 마법을 시전하던 즈모들로와 흑마법사들 모두 뒤틀린 황천으로 추방당했어요. 아무리 불타는 군단이라 해도 그들을 해방시키기가 쉽지 않을 거예요. 그런 하급 악마를 위해 큰 불편을 무릅쓸 일도 없을 테고요."

"잘했소. 불필요한 피가 흐르기 전에 그렇게 했더라면 더 좋았겠지만 말이오."

스랄의 손이 허리띠로 향했다. 그의 허리띠에는 불타는 검 모양의 부적이 걸려 있었다. 제이나는 그 부적이 벅스의 물건이리라 추측했다. 크리스토프와 마찬가지로 즈모들로와 동맹을 맺었던 스랄의 조언자 벅스. 다빈 장령이 사직서와 함께 제출한 보고서에 따르면, 스랄은 다수의 오크와 트롤 전사들 앞에서 불타는 칼날단에 협력했다는 죄목으로 벅스를 처단했다.

한숨을 내쉬며 제이나가 말했다.

"우린 운이 좋았어요, 스랄. 이번 일의 책임은 즈모들로에게 있지만, 그자는 이미 내재되어 있던 증오를 끄집어냈을 뿐이죠. 북부감시 요새에서 당신 백성과 우리 측 사람들이 얼마나 쉽게 서로를 살해하게 되었는지 생각해보세요."

"그렇소. 불타는 군단이라는 공동의 적이 있을 때는 서로 힘을 합치는게 훨씬 더 쉬웠소. 하지만 이제는…….'

스랄은 말을 잇지 못했다.

두 지도자 사이에 잠시 침묵이 내려앉은 후, 제이나가 다시 입을 열었다.

257

"전에 이 위기가 끝나면 두 진영 사이에 평화 협정을 논의하자고 했었죠."

"그랬지. 이 동맹이 우리 둘의 삶보다 더 오랫동안 유지된다면…… 아니, 인간과 오크가 모두 살아남으려면 반드시 그래야만 하지. 그렇다면 두 진영의 동맹을 공식화해야 하오."

"일주일 후에 톱니항에서 만나요. 중립 항구이니 괜찮겠죠. 그곳에서 평화 협정의 세부 사항들을 논의해보죠."

"좋소. 칼타르를 데려가겠소. 우리 오크 중 가장 현명하니까."

제이나는 자기도 모르게 불쑥 물었다.

"대족장보다 현명하다고요?"

스랄은 소리 내어 웃었다.

"훨씬 더 현명하지. 그렇게 하겠소, 제이나."

"좋아요. 안녕히, 스랄. 다음 주에 뵙죠."

"안녕히, 제이나. 우리 함께 이 위기를 이겨낼 수 있기를."

제이나는 고개를 끄덕이며 자신을 방으로 돌려보내줄 주문을 시전했다.

에이그윈이 기다리고 있었다. 동굴에서 쓰러진 그녀가 깨어나기까지는 며칠 정도의 시간이 걸렸고, 제이나는 이 노령의 수호자가 회복되지 못할까 봐 두려웠다.

당시 제이나에게 남은 힘으로는 세 명을 공포안개 봉우리에서 조금 떨어진 곳으로 순간이동시키는 것이 전부였다. 그보다 멀리 떨어진 곳으로 순간이동하는 건 불가능했다. 그리고 마지막 남은 힘을 끌어내 테라모어에 연락을 취했고 그들을 데려갈 비행선을 요청했다.

비행선에 구조되었을 때 제이나도 많이 지쳐 있었지만, 에이그윈은 기진맥진한 채로 축 늘어져 있었다. 제이나는 따뜻한 식사를 하고 낮잠을 자고 나니 괜찮아졌다. 하지만 에이그윈이 회복되는 데는 그보다 훨씬 더 긴 시간이 필요했다. 선임 치유사의 초기 진단 결과는 좋지 않았다. 하지만 며칠이 지나자 치유사는 에이그윈이 엘프의 체질을 갖고 있다고 밝혔다.

그 덕분인지 수호자 에이그윈은 몸을 온전히 회복할 수 있었다. 지금은 제이나의 방에서 손님용 의자에 앉아 있었다.

"돌아올 때가 됐다고 생각했어요."

"완전히 회복되신 것 같군요, 마그나. 목소리도 그렇고요."

에이그윈은 미소를 지었다.

"그런 것 같군요."

제이나는 피로가 몰려오는 것을 느끼며 쓰러지듯 자리에 앉았다. 제이나는 며칠 정도 쉬면서 기운을 차리고 싶었지만, 그럴 만한 시간을 마련할 수가 없었다. 필요한 일을 맡길 만한 시종장도 없었다. 듀리도 최선을 다해 일했지만, 테라모어를 운영하는 데 필요한 복잡한 일을 맡기는 건 무리였다. 로레나 대령은 조금 더 도움이 됐다. 적어도 군사적인 면에서는 더욱 그랬다. 하지만 로레나 역시 도시 운영을 관장할 만한 자질은 없었다. 제이나는 휴식을 취하는 데 전념할 수 없었고, 치유사는 계속 불만을 제기했지만 방법이 없었다.

누적된 피로를 느끼며 제이나는 에이그윈을 바라봤다. 수호자는 짙은 초록색 눈으로 그녀를 마주 바라봤다. 즈모들로에게 승리를 거둔 건 분명했다. 하지만 그건 제이나가 우연히 천둥도마뱀을 칼날흉터 고원으로 옮기려고 했기 때문에 가능했는지 모른다. 그 사실을 떠올리면 왠지 두려워졌다. 이번 일이 즈모들로의 소행이라는 사실을 밝혀냈다고 해도 수호자의 도움이 없었다면 혼자 힘으로는 그 악마와 하수인들을 물리치지 못했을 것이다.

"감사하고 싶어요, 마그…… 아니, 에이그윈. 당신이 아니었다면 모든 것을 잃었을 거예요."

에이그윈은 아무 말 없이 그저 고개만 끄덕였다.

"칼날흉터 고원으로 돌아가시려는 거겠죠?"

에이그윈은 희미한 미소를 지으며 말했다.

"사실…… 아니에요."

제이나는 두 눈을 깜빡였다.

"아니라고요?"

"필요한 물건들을 좀 챙기고, 천둥도마뱀이 짓밟기 전에 정원에서 마지막 수확을 했으면 해요. 그곳에 잠시 동안만 머물 생각이에요. 나는 이 세상을 너무 오래 떠나 있었어요. 다시 이 세상에서의 삶을 시작할 때가 됐어요. 이 세상이 나를 다시 받아줄지 그건 잘 모르겠지만."

"당연히 환영하지요."

제이나는 앉은 자리에서 몸을 꼿꼿이 세웠다. 에이그윈도 같은 생각이기를 바랐다. 하지만 그런 바람이 현실로 이루어질지는 알 수 없었다.

"마침 시종장 자리가 공석이에요. 지식과 식견을 갖추고, 제가 앞으로 나서야 할 때와 뒤로 물러날 때를 알려줄 수 있는 사람이 필요해요. 당신이라면 모든 면에서 자격이 충분하다고 할 수 있겠죠. 특히 마지막 조건은 더 확실하다고 생각해요."

에이그윈은 웃으며 답했다.

"첫 번째 두 가지 조건은 논쟁의 여지가 있겠죠. 그래도 천 년을 살면서 이런저런 지식과 식견을 쌓을 수 있었을 거예요."

에이그윈이 자리에서 일어나자 제이나도 앉아 있던 의자에서 일어섰다. 에이그윈이 손을 내밀었다.

"받아들이겠어요."

에이그윈이 내민 손을 맞잡으며 제이나가 말했다.

"좋아요. 다시 한 번 말씀드리지만 고마워요, 에이그윈. 후회하지 않으실 거예요."

"글쎄요. 당신이 후회할 수도 있죠."

에이그윈은 손을 놓고 자리에 앉았다.

"대종장으로서 얘기하고 싶은 게 하나 있군요. 크리스토프의 말이 옳았어요. 즈모들로는 하급 악마예요. 이런 일을 계획할 만큼 머리가 좋진 않아요."

제이나는 눈살을 찌푸렸다.

"그자가 불타는 칼날단을 창설했다고 말씀하시지 않았나요?"

"그래요. 하지만 그건 영혼을 거두기 위한 수단일 뿐이었어요. 그렇게 복잡한 계획을 세우는 건, 놈의 능력으로는 불가능해요. 당신도 불타는 군단이 밀려난 후에 남아 있는 악마가 즈모들로 하나만은 아니라고 얘기했잖아요."

제이나는 지금부터 하려는 질문에 대한 답을 이미 알고 있었지만, 수호자의 입을 빌려 직접 듣고 싶었다.

"그게 무슨 말씀이시죠, 에이그윈?"

"우리와 불타는 칼날단의 악연은 아직 끝난 게 아닌 것 같아요, 제이나."